Colecção Literatura de Macau

U0869443

澳門基金會
FUNDAÇÃO MACAU
中华文学基金会

· 散 文 ·

从爱到虚无

凌　谷 / 著

作家出版社

总 序

值此“澳门文学丛书”出版之际，我不由想起 1997 年 3 月至 2013 年 4 月之间，对澳门的几次造访。在这几次访问中，从街边散步到社团座谈，从文化广场到大学讲堂，我遇见的文学创作者和爱好者越来越多，我置身于其中的文学气氛越来越浓，我被问及的各种各样的问题，也越来越集中于澳门文学的建设上来。这让我强烈地感觉到：澳门文学正在走向自觉，一个澳门人自己的文学时代即将到来。

事实确乎如此。包括诗歌、小说、散文、评论在内的“澳门文学丛书”，经过广泛征集、精心筛选，目前收纳了多达四十八部著作，暂分两批出版。这一批数量可观的文本，是文学对当代澳门的真情观照，是老中青三代写作人奋力开拓并自我证明的丰硕成果。由此，我们欣喜地发现，一块与澳门人语言、生命和精神紧密结合的文学高地，正一步一步地隆起。

在澳门，有一群为数不少的写作人，他们不慕荣利，不怕寂寞，在沉重的工作和生活的双重压力下，心甘情愿地挤出时间来，从事文学书写。这种纯业余的写作方式，完全是出于一种兴趣，一种热爱，一种诗意追求的精神需要。惟其如此，他们的笔触是自由的，体现着一种充分的主体性；他们的喜怒哀乐，他们对于社会人生和自身命运的思考，也是恳切的，流淌着一种发自肺腑的真诚。澳门众多的写作人，就这样从语言与生活的密切关联里，坚守着文学，坚持文学书写，使文学的重要性在心灵深处保持不变，使澳门文学的亮丽风景得以形成，从而表现了澳门人的自尊和自爱，真是弥足珍贵。这情形呼应着一个令人振奋的现实：在物欲喧嚣、拜金主义盛行的当下，在视听信息量极大的网络、多媒体面前，学问、智慧、理念、心胸、情操与文学的全部内涵，并没有被取代，即便是在博彩业特别兴旺发达的澳门小城。

文学是一个民族的精神花朵，一个民族的精神史；文学是一个民族的品位和素质，一个民族的乃至影响世界的智慧和胸襟。我们写作人要敢于看不起那些空心化、浅薄化、碎片化、一味搞笑、肆意恶搞、咋咋呼呼迎合起哄的所谓“作品”。在我们的心目中，应该有屈原、司马迁、陶渊明、李白、杜甫、王维、苏轼、辛弃疾、陆游、关汉卿、王实甫、汤显祖、曹雪芹、蒲松龄；应该有莎士比亚、歌德、雨果、巴尔扎克、普希金、托尔斯泰、陀思妥耶夫斯基、罗曼·罗兰、马尔克斯、艾略特、卡夫卡、乔伊斯、福克纳……他们才是我们写作人努力学习，并奋力追赶和超越的标杆。澳门文学成长的过程中，正不断地透露出这种勇气和追求，这让我对她的健康发展，充满了美好的期待。

毋庸讳言，澳门文学或许还存在着这样那样的不足，甚至或许还显得有些稚嫩，但正如鲁迅所说，幼稚并不可怕，不腐败就好。澳门的朋友——尤其年轻的朋友要沉得住气，静下心来，默默耕耘，日将月就，在持续的辛劳付出中，去实现走向世界的过程。从“澳门文学丛书”看，澳门文学生态状况优良，写作群体年龄层次均衡，各种文学样式齐头并进，各种风格流派不囿于一，传统性、开放性、本土性、杂糅性，将古今、中西、雅俗兼容并蓄，呈现出一种丰富多彩而又色彩各异的“鸡尾酒”式的文学景象，这在中华民族文学画卷中颇具代表性，是有特色、有生命力、可持续发展的文学。

这套作家出版社版的文学丛书，体现着一种对澳门文学的尊重、珍视和爱护，必将极大地鼓舞和推动澳门文学的发展。就小城而言，这是她回归祖国之后，文学收获的第一次较全面的总结和较集中的展示；从全国来看，这又是一个观赏的橱窗，内地写作人和读者可由此了解、认识澳门文学，澳门写作人也可以在更广远的时空里，听取物议，汲取营养，提高自信力和创造力。真应该感谢“澳门文学丛书”的策划者、编辑者和出版者，他们为澳门文学乃至中国文学建设，做了一件十分有意义的事。

是为序。

2014.6.6

目　录
CONTENTS

哲思

环保

游记

时评

杂谈

哲 思

简单喜悦

不知道什么时候开始，人们觉得要快乐很困难。现在的人提到“快乐”时，先想到的可能会是金钱、爱情、性、美食、酒宴、舞会、名誉、成功，等等。其实这也难怪。据说“快乐”这个词出自《金瓶梅》这部伟大的“现实主义”小说——快乐似乎都过得太快（所以我用了另一个词——喜悦）。

当然，无可否认，提到的都是我们最强烈的体验。但正如犬儒哲学家所说的：纵欲者们总在追求快乐，但总是跑到快乐前面去了。

再说，你要想享有金钱等东西可不是那么简单的。为了金钱，我们几乎耗尽了所有可以快乐的能量和时间。对很多人来说，快乐遥不可及。

但我记忆里真正的快乐满足，跟上面所说的好像都没什么关系。

金钱，和还是村野小童的我真的沾不上边。从地里回家，把疲倦的身体摊在后山的高坟上，看着浩瀚变幻的黄昏，自己的身体好像也在无限扩大……后来才知道古人管这感觉叫“空乐”。

有时快乐真的简单得让人惊讶。一朵路边的野花，一阵拂面的秋风，一张含蓄的笑脸，一缕倾斜的阳光，一阵莫名的心跳，好像都在向人透露：全宇宙都在庆祝着“存在”。

我们都认为复杂的事情是重要的、有意义的。我们会心思用尽地计算怎么花十年、二十年的时间来赚多少钱，却从来没想过花一两分钟来注视深邃的天空。我们宁可跟一群自己讨厌的人一起，都不愿意享受一个人的静谧。

灵魂总在简单中醒觉……

大学时，一个秋雨后的早晨，很平常的早晨，骑着自行车进了校园，见到两边金黄色的梧桐叶子全落了，沾着雨露铺了满地，秋风过处，那份金亮精纯的美好像把心里积存已久的成见，闭塞真聪多年的尘垢一扫而净。当时把自行车放在一边，感到全世界的空间都往自己体内塞进来，几乎晕过去了。传说一个当代的印度哲贤看到一群天鹅飞起时突然晕了过去，三天后醒过来时已经了悟生命真谛。

我开始相信那是真的。

疯堂围里话疯子

夫天地者，万物之逆旅；房子者，十年之积蓄。

人过三十，光阴的速度就如小城街上的行人密度一样陡然加大，昨日的自己和明天的自己把今天的自己挤得喘不过气来。在紧迫的时间中寻找一个悠闲的空间就显得更为重要。

第一次跟中介看疯堂围的房子时，我就决定买下了，没有还一分钱的价。进厅前是一条甬廊般的过道，仿佛是凝神冥思的过程。大马路都是青山之外或有百米之遥，坐在客厅，清风徐来，丝丝然神思清明。

阳台上，望德堂和附近的葡式建筑尽收眼底。在还没上夜班前，我经常是在鸟鸣和教堂钟声中醒来。但很快就发现在鸟语的掩护下，有一种奇怪的语言入侵着我的生活：有一个女人每天早上都在街上或对面大楼的某一处大声谩骂或自言自语。

她所讲的都是很有条理的话，时而是国际大事和本澳时政的分析，时而是伦理教育的劝谕，有时还引用何特首的讲话。真个是纵横捭阖、口吐妙莲。而随着时间的推移，她的演讲越发频繁，白天深夜，天马行空。

我经常坐在阳台上，一边看着东望洋导航灯光的转动，一边听着楼下有理却无情的演说。直到有一天，“狐狸精”一词的出现，我才明白了个中奥妙。这位女士讲了几个月的经，原来就是想劝她的郎君回心转意！“狐狸精”一词使用频率越来越大。她上天下地，旁征博引，像伍子胥般把古今中外的“狐狸精”都挖了出来鞭尸。

终于有一天，真正的“狐狸精”受不住无止境的精神虐待，做出反击。两位女士就声嘶力竭地对骂起来。道尽各自的衷肠，我估计需时一个星期。其间，我开始夜班工作，大概错过了许多精彩演出，更错过了结局。

疯堂围于是回归了宁静。好友说疯堂围很适合我这种疯子。前几天，我刚出了巷子往荷兰园走去，一位衣着整齐的中年女士挡在我面说:“最近有几部文艺电影很适合你看，你需要我把英文片名写给你吗？”很明显，我不认识她。

但我还是回答:“可我觉得周星驰的电影更适合我，也许也适合你……”走到汽车声回荡的荷兰园，我就想起了那正是恶斗“狐狸精”的声音。

三十而知魔

网友传来一个音频文件，问我听到什么没有。我说没有。他说："这证明你开始衰老了！你把音量开大一点，仔细听！"

还是什么都听不见……

我忽然意识到：青春已乘黄鹤去，此身空余伏枥志。

才想起这些年来，读了太多无用的书，走了太多无轨的路，染了太多无趣的癖好，帮了太多无情的人，提早衰老倒是情理中的事。

我跟网友说：老了，其实也不算什么坏事，活得极致，也就没什么值得遗憾的。说完浑身不自在，心想刚过完三十岁生日咋就老了？

不过，人到三十，生理和心理确实已有了明显的不同。经验代替了冒险，感觉变成了思量。头脑的仿真系统日益完备。经常有某事别人要我去办，我的头脑就开始全方位想象一次事情的整个过程，其真实程度之高，总让我有事情已完成的错觉。水电费和信用卡就这样老有欠账罚款——头脑早已把排队交费演了一遍，连谢谢都说了！

幻想力之强悍让我错以为自己有成为杰出小说家的天赋，但同时也让我高度怀疑这个世界也是某种层次的幻想。走在街上看着铺天盖地的灯光，总有身体细胞都在分解成片片亮火的狂喜幻象。

那部以电脑语言讲述幻象与真相的电影《黑客帝国》，我反复看了不下十次，更是把这种概念可视化了。于是庄周梦蝶的感慨步步深入，但梦的念力却一步步加强。有时在公园里碰到一些老人会主动过来说些合理却不合时的话，喋喋不休，我心里不禁为之一寒：这就是为幻所困！路走多了，路反过来走人；话说多了，话反过来说人。

幻象的梵语是maya，古人译作“魔”。

我三十岁才清晰地看到：我们生活在魔的世界里。但我却听不到那音频的声响。

的士司机的故事

电视新闻报道：一的士司机捡获一名女艺人手机，并以机内的裸体影像作要挟勒索五万港币。

我当时想：香港人大概是想钱想疯了。

话说前几天与朋友在路上拍照，背后来一个手持数码单反的年轻美国人，问我们是不是玩摄影的。我说是，他就死跟着我们一起胡逛乱拍。原来他叫查理，从美国到成都当DJ，这次来澳门是办签证的。

我们从新马路一直拍到西湾大桥，从下午一直拍到黄昏。拍得饥肠辘辘，于是从观光塔打的到塔石附近相熟的餐厅吃饭。

我和查理在车上用英语聊得兴起，从成都近况到佛教教义——他拿出一串佛珠来说自己是佛教徒，到了塔石时才发现车资偏高。不谙英语的朋友这时才一脸诡笑说："你没发觉这车是带我们逛花园吗？"我心里一愣，想起刚才车子竟绕到观音像再过隧道。朋友说："你的英语讲得可欢，可司机却以为咱们是游客了！下次你得先告诉司机：我是本地人！"

我把这事解释给查理听，说："我一直以为澳门的司机挺老实的，没想到……"查理笑笑说："但我知道成都的的士司机都是很老实的。"我虽在成都住过四年，但都是骑自行车活动的，对这个说法倒是新鲜。他说："我刚去成都××迪斯科当DJ时，帮老板从上海带了一套极为昂贵的打碟机，下车前跟女友打电话聊得正入港，结果就把那套打碟机忘到了车上。我当时急得要疯掉了，站在下车的路口快抱着女友哭起来了。女友说成都司机很好，会送回来的。但那机子足够让那司机在成都的府南河畔买套不错的房子了！过了一个多小时，那司机回来了。我当时真是感激涕零，恨不得把身上所有钱都塞给他，但他一分钱都没要……”说到这里，查理眼角突然红了起来。

确实，不做点傻事就不是常人了。女艺人傻得可以，让手机风情一把记下了解衣春光。而那位香港的士司机定是看得心花怒放，被财色所傻，自投法网。而那位成都的的士司机也一“傻”到底，一套多少人朝思暮想的房子就送回去了。但不同人的不同傻法，其境界的差异，实在是巨大的。

却话巴山夜雨时

雨，唯一过滤不掉的来自上苍的言辞。

雨声裹着子夜的房子，仿佛是大自然带着千军万马围攻着由欲望和谎言筑成的城堡。

我正捧着《水浒传》斜躺在沙发上，忽然感到胸间隐隐有一股力量随着阳台外的雨声起伏，却清凉如泉洗。但这股来自洪荒远古的声音迅速成长，很快就盖过了景阳冈那条大虫的咆哮。我把书合上，跣足蹚开阳台的玻璃门，清润的空气挟着雨沫迎面扑来。

尘世的外壳躲避不及，迎风而灭，剩下那刚醒过来的大虫赤裸裸地站在那里向着漠漠无边的夜雨呼啸。

我仿佛离开了自己，看着自己站在雨中，看着无数往事像空中的雨线般在路灯中显现又消失，看着历史从洪荒涌来又从此时分流开去。

雨，确实是上天的恩赐。

对于农夫而言，“五日不雨则无麦，十日不雨则无禾”。而如今还有很多地方仍受着干旱的煎熬。“使天而雨珠，寒者不得以为襦；使天而雨玉，饥者不得以为粟。”人类自认为科技发达，不但没有控制晴雨的能力，妄自尊大、急功近利的人工施为更是直接破坏了大自然的循环系统，把自己陷入了不能自拔的地步。

雨，同时也是记忆的载体。

几年前，我曾独自一人扎营在海螺沟的冰川旁。也是一个初秋的晚上，冰川上下起了滂沱大雨，本不专业的帐篷被打得千疮百孔，雨水渗进了睡袋，我就像睡在冰床之上，听了半夜的雨声。最后只能冒着雨把整个营帐搬到了三百米外的民工木头屋外的亭子里。剩下的夜里，我就坐在那亭子里看着冰川上的雨和对面贡嘎山上的云与电。

自此，夜雨总让我想起壮阔的天地。

少些“化境” 多点原则

诗友从美国专为我淘来几本W.S.Merwin的诗集。夜来无事，与诗友拿着原文跟内地某出版社的中译本对照。真是不比不知道，一比吓一跳：光第一首已是乱译误译一大堆！

W.S.Merwin是我最为倾心的诗人之一，大学图书馆里能找到的几首原作也早熟记于心。前两年内地出了一套三本的选译，没多考虑就买下了。但回来一翻，根本不是我认识的Merwin，熟知的作品也找不到踪影，大部分文字更称不上是诗。我当时想，诗歌翻译确实不是一般人能做的事，而精通欧洲多国诗律的Merwin的诗更是难以下手，翻译不好是可以原谅的。但当我把中英文一对比，心里不禁倒抽一口凉气：这还不是努力翻译而翻译不好，而是随意为之。也许译者已达天下本无事的“化境”，反正一大堆名词动词拼凑得古怪而顺眼就行了。

打开某些报章，你会发现许多这种已入“化境”的翻译文字。不东不西，第一遍完全看不明白是什么意思，第二或第三遍好不容易看“明白”了，却像吃了只死苍蝇，想吐不甘心，想笑又欠洒脱。自己国家的语言都用不好的机构或个人，还能算是爱国的吗？

最让人心凉的其实是这种“看得化”的人无所不在。你要想坚持一些理念原则或想把某些事情钻研通透，你身边的人本能反应就先取笑一番，然后用一千零一种他们都不大了了的埋由劝你赶紧放弃。

这种没有原则、不辨美丑、混淆善恶、以迷为智的观念正深深腐蚀着人心。通过努力，人穷可以变富，国弱可以变强，但要是一个人或整个社会到了没有原则、不明廉耻的地步，就难有希望了。以泰国为例，一个乐于把人妖作为旅游招牌的民族，再强盛也是有限的。再如，有些人以本地的赌业独大繁荣而沾沾自喜、不思进退，岂不谬哉？

在这个浮躁的世界，做事认真、讲求原则、谨记廉耻也许是一个人或一个社会取之不尽的财富。

一碗是恩　一斗成仇

人与人、国与国之间的关系确实很奇妙：给一碗米是恩人，给一斗米是仇人。

最近笔者身边发生了一些事，突然发现自己帮得越多的人就是在背后反咬得越爽快的人。当然，这也不是什么值得生气的事，如果朋友因为反咬在下能得到荣华富贵，也许还值得炫耀一番。但事与愿违，那事却阴差阳错地让朋友陷于困境。向来疏于算计、不务反思的我忽然良心发现，放下遮目故纸，看着天花板，从子夜想到天亮，把脑袋里无边的记忆和有限的典故都翻了出来。

当启明星出现在东方时，我忽然开悟了，想起了当教员时的一位同事告诉我的话："给孩子的甜头不能太多，而且得一点一点有规划有阴谋地给。不然你只是自找苦吃！"我不是有规划的人，当然也不会是好老师，因为孩子是好孩子：他们的快乐本性跟我们的教学大纲并不合拍。为了逃避这些孩子或教学大纲，我没再当老师。

但我却忘记了一件重要的事情：成人其实只是更狡猾的孩子。围绕在身边的还是那帮孩子，只是在时间的长廊里照了一下哈哈镜而已。当你太疼一个孩子，也就宠坏了他，也就很容易把他引向困境。对朋友也是一样，当你帮得太多时，只有两种可能：一种是他觉得你看不起他；另一种是他觉得这是天经地义的。而这两种都必然让双方走向难堪。

宋押司要是只把棺材钱施给阎婆惜，而不是大降“及时雨”把她养起来，也就不至于让婆惜命丧刀下，当然更不用把自己逼上梁山了。

好事做过了有时就成了坏事。

此等坏事对我等小民，损失再大其实也是有限的，但若是国家外交的失误，那可真不是开玩笑的事了。

艺术的“第二感”

有位影友老在我面前提镜头的“第二感”。

他认为现代日本镜头最大的特色是全力追求冲击力、锐度和艳丽炫目，让人第一眼就为之吸引——他管这个叫“第一感”；而德国的老镜头追求的则是丰富的层次和细致迷人的“微反差”，第一眼也许会让人觉得平淡无奇，但细看下去就会有“一花中开出天堂”的妙觉——这就是他说的“第二感”。

其实在各种艺术中都存在这种分野。

比如电影，很多导演追求的就是刺激炫目，试图引来关注和炒作：大制作、大场面、色情、暴力、扮酷。大家当然都会想起《英雄》《十面埋伏》《无极》《夜宴》等个中佼佼者。而真正有才气的导演却往往更关注丰富的生活细节和社会层次，这类作品看上去并没有太多让人眼花缭乱的场面，但无论是悲情还是幽默，其中都有社会各阶层各种意识形态的写照，细微处自有让人回味再三的妙着——而这也可说“第二感”很丰富。

在文学作品里，诡异多变的情节、争议性的题材和各种畅销元素构成的同样也可称为“第一感”；而隽永多姿的文字、深沉明晰的哲理和平易近人的生活气息也就是“第二感”了。

影友认为“第一感”和“第二感”是鱼与熊掌不可兼得。他认为很多人拍了好久照片，却从来没有机会了解“第二感”，感受过“第二感”的魅力，或者说真正镜头的感染力。“第一感不是最好的，可能第二感才是最好的。我宁愿要第二感，不要第一感。”

同样，各种艺术的创作者，可能经过很多年的练习都没有领悟出“第二感”的存在和产生方式。而艺术的接收者也有可能至死都还没有品味出艺术的“第二感”来。

而我认为，在许多艺术里，“第一感”和“第二感”又并非彼此抵消的，有些大匠更是把“第一感”和“第二感”熔为一炉，雅俗共赏，相得益彰。文学中的杰作如莎翁剧作、《水浒传》、《红楼梦》等即是。当然，要是让我选，我还是更喜欢里面的“第二感”。

裸足者言

冬江水旱茶先知……

当杯子里的水一天咸似一天，才想起冬天该又到了吧！试着把长衣穿上，把凉鞋换下。但过了一天，还是因为太闷热而回复到凉鞋、T 恤。

我一直觉得穿凉鞋是一件美妙的事情。感觉就像在一个阳光明媚的海岛上，把木屋四壁的窗子全数敞开……

话说我自小就是泥腿子，双脚从来喜欢与大地接触。后来到了小城，最大的惊讶除了人们对汽车废气过人的忍受力，就是一年四季都穿袜子和皮鞋了。人们在大热天穿着西装革履在人车鼎沸的地方来去不息，面不改色。这是我第一次看到人类强大的适应力。

但自己很快就进入了同样的生活方式。中小学的校服都对鞋袜有着严格的规定。但无论何时何地，只要条件允许，我做的第一件事永远都是把袜子和皮鞋脱掉。到了大学，本该是“复得返自然”的大好时机，奈何那是一个冷天远比暖天漫长的地方。直到后来，皇天不负有心人，竟给我找到了一份可以穿凉鞋上班的工作。

有时我会产生哲学式怀疑：人们为何非得给自己的脚套上一块动物皮才觉得文明和正规呢？我的结论是：这可能是来自人类内心的自卑。人类文明史，也许很大程度就是从夏娃的无花果叶到皮鞋的过程。

每次赤足走在海滩上，让沙子轻轻地摩挲着脚底，让泥浆像牙膏般从趾缝挤出，温柔得像母亲的爱抚和轻吻。你会觉得自己与大地的确有着一种微妙的关系，大地的安稳与宁静也会在你的心里扎根生长。

我后来才看到一本日本人写的书，里面就说到赤足行走对人的心智和健康有莫大的好处。书的作者认为现代人许多心理和生理的脆弱都跟与大自然隔绝有关。

而凉鞋算是赤足以外的第二选择。

留校任教的大学同学说，大学所在的那个城市的暖日也越来越漫长了。

我有时还真会产生宗教式的怀疑：温室效应是不是上帝要让人们多穿凉鞋？

艺术与应酬

过去问为何这个年代再产生不了像《战争与和平》那样的名著，标准答案是作家们太忙了。但在小城，标准答案可能有点细微的区别：作家们忙于应酬。

人类是群居动物，交际应酬不失为一种调节生活、交流感情的美事，如雅若兰亭、滕阁之聚，更是人生之良辰、千古之佳话。但在人少圈子多的地方，要是每天都在这些圈子里头转，天分再高、意志再坚定的人也会在酒池肉山、甜言蜜语中迷失方向的。

曾听一位艺术界的前辈说，他曾带过几个天分颇高、用功也勤奋的学生，但正在他欣喜地看着学生们冲破技经肯綮，等待他们茁壮成长之际，他们却已被某社团“发掘”出来了。而那些学生就在奉承和利益的劝引下走上了社交和自满之路。

也许他们某些能力已远较未经名师指导的人强了许多，也许还是鹤立鸡群。但他们却放弃了成为参天大木的机会——他们已觉得自己不再需要老师，他们还带着无数的学生。

这也许是小城里典型的故事，这故事也许还在不断上演。因为地方小，只要你有点小本事，你可能从小就能得到不应得到的吹捧，你会觉得灌木远比小草高大茂盛。

根据达尔文的理论，如果没有吃高树上的果子的必要和欲望，长颈鹿将永远不会进化成长颈鹿。其实人的潜力远比物种进化的可能性要大。天才和大师，其实就是专注的力量。

达·芬奇在他的笔记里说：一个艺术家应该尽可能独处。

人们都知道，参天巨材长在苦寒的西伯利亚，甜美的果实产自干旱的吐鲁番。南国浅泽宜生灌木攀藤，虽然难盼有擎天之势，但最少也该避免被财团或政府一概填平，也要防被闲人践成大路。

澳门诚然是一个社团林立的“和谐”社会，但对艺术来说，这也可能是一个满布温柔陷阱的沼泽。

当然，我最为期盼的是本人的看法都是错误的，希望澳门都是参天巨木，人们在树荫下过着和谐的生活……只恨最近老看到一棵棵大树被砍伐下来。

疯堂天地

当空间太窄小时，人就很容易在时间的维度上穿梭。

当小提琴手在望德堂前用他阔大的脸颊贴着琴上的腮托，以全身的力度拉扯着弓弦时，我正通过相机的观景器向着他的方框眼镜后的眼睛对焦，琴弓外的路灯和汽车灯被大光圈虚化成一个个浑圆的光斑，仿佛是时光隧道上的感叹符。

去年的同一时间，同一地点同一活动，同一位小提琴手演奏同一首曲子，同一个人拿着同一部相机同一枚镜头，也许还用同一个光圈值对着同一副眼镜拍同一种的照片。奇异的感觉像一只手，在特定的时刻捏住了我身体上特定的“活死穴”。把相机关掉，坐在路边的椅子上，音乐、小丑、路人和时间在身旁走过，甚至可以看到过去的自己也在人群中向未来走去。

现在总是一个广邈无垠的真空。

就在这时，手机响了，香港来的诗友说已到了疯堂围——我家楼下。走不到二十米，我已看到长发络胡的诗友捧个饭盒站在巷阶上面埋头扒吃，左肩上还挂着个小包。

我正要伸手打招呼，下面来一个菲律宾汉子问我会不会说英语。得到确定后，他把提着的塑料袋举上来，另一只手从里面抽出一瓶肝红色的酒，上面的中文字写着“补气酒”，问我上面写的是什么。我说这是用中国药材泡的酒。这时他已跟着我走了一半的巷阶，上面走来两位正要上班的同事，问我是不是今天放假，我用英文说了是——其实是口快说反了。

那位手提两瓶药酒的朋友问我这两瓶东西喝着安全吗？

这时诗友已把饭盒放在栏墙上向我挥手，我对那菲籍朋友说："根据上面的文字，应该是可以喝的。"他说了谢谢，点头一笑，提着酒往炮兵街方向走去。

诗友问："你这小子，诗集还没出来？"

"你听到没有，那小提琴的演奏。那边正搞'疯堂天地'呢。"脑海忽然浮现出那位菲籍汉子背着粗布背囊的背影和他那温暖的笑容，问诗友："你说包装后的药酒会不会过期？"

"我想除了诗，什么都会过期的。"诗友说。

慎当两头燃烧的蜡烛

朋友的网站雇用了一位才华横溢的年轻网络工程师。年方二十三，却老气横秋，写过几个大型搜索引擎的程式，但头发都白了三分之一。说起网络的未来就双眼放光，仿佛自己可以通过代码永垂不朽。但最让我印象深刻的是他的一句话："我希望二十七岁退休。"

这让我陷入了良久的沉思。我想起了 Edna St. Vincent Millay 的那首《第一颗无花果》：我的蜡烛两头燃烧 / 天亮之前就要熄灭 / 可是呵，我的敌人和我的朋友 / 烛光闪烁多么美妙！

这不禁让我想起久已忘怀的问题：一个人该如何活下去？像梵高般专注并疯狂地活在艺术中？还是像庄子般饱食无求曳尾于大道之中？

在属于年轻人的美国文化横行的年代，在信息高度密集的年代，人们仿佛已自然地被一行接一行的电脑指令带动着，夜以继日地工作或玩乐。如果蜡烛有十头，人们就绝不会只点燃九端。

年轻人在生理化学和好奇的相互推动下，恨不得在最短的时间内迅速燃烧。这就是西方文明能在世界各地得以轻易压倒各大文明的主要原因。看看身边，你会发现到处都是匆忙工作、匆忙游玩的人们，生活密不透风，身体疲惫不堪。

说起房子，人们会想到四堵墙和一个屋顶，但实际上，房子最重要的是墙里的空间；说起人生，人们会想起许许多多要做的各种事情，但却忘了，没有不作为的部分，一切都是不可能的。这就是东方所说的“无为”。没有“无为”的基础，“有为”是不可能的。没有深藏九泉之下的根须，也就不可能有触动九天之上的枝叶。

在现实生活中，我们面临无数行与止的决定。所谓“大学之道，在明明德，在亲民，在止于至善”，行与止的节奏的把握很大程度上决定了生命的质量。

年轻人精力充沛，很自然就勇往直前，让自己成为两头燃烧的蜡烛，听起来很浪漫，实际上是大大不妙。

终点就像起点

和一位清华的物理学高材生聊起电脑游戏。而每说起电脑游戏，我就想起“野球拳”。

话说大四时，前途一片光明，也一片茫然，学校的课程已寥若晨星，同学不知从哪里弄来张《金庸群侠传》游戏光盘。最初我们还只是吃饱撑着时玩玩，后来竟也被它迷住了。

通过程式人员的精心设计和你的全情投入，恭喜你，另一个世界向你敞开了。

你被扔进了一个完全陌生的武侠世界，你唯一会的武功就是“野球拳”——胡打乱踢！你在那世界就像在这世界一样：不知道自己的生命目标是什么。但随着乱撞得多了，线索会一点点在你面前浮现。段誉、张无忌、薛神医、杨过、小龙女等人物将会陪你一同闯荡江湖，你会学到各种武功神技。随着功力与日俱增，你开始顾盼自雄。但你的敌人也一个比一个强，不小心碰到欧阳锋或东方不败，你会觉得自己是白活了——白熬了那么多个通宵。

于是你不断地去周伯通那里苦练九阳神功和双手互搏。等你可以轻易击败老顽童时，你开始以为自己已无敌于天下了，你也成功地在武林大会上击败群雄。

这时，可能已废寝忘食了两个星期。但当你拿到最后一把钥匙，打算回到现实世界时，你发觉所有最强的坏蛋都站在你前面。你的盖世武功也受不了绝顶无赖们的轮番攻击啊！

我和同学红丝眼看丝红眼，傻掉了：这怎么可能打过去呢？在极度的绝望中，同学想起了他的一位开网吧的朋友。于是他跑到街上给身在乌鲁木齐的朋友打了个长途，千里迢迢得回来的是让人莫名其妙的三个字：野球拳。

于是你夹着尾巴，灰头土脸地回到周伯通那里练土了吧唧的野球拳：你打周伯通一拳，他扣五分；他踢你一脚，你扣一百分。从第一级练到第八级，大概是从五分到十五分的进步。你心都凉了：被涮了。但刚过了第九级，一下野球拳就扣了周伯通四百五十分，他根本接不了你两招！于是，你又回到那伙坏蛋面前，全力定点清除，你回到了现实世界。

我问那位高材生他是怎样过关的，他说是作弊改了个无限生命值才打出来的。我说：“你错过了整个游戏的重点啦！”

他说：“终点看上去就像是起点啊！”

成为平凡生活的王者

这是一个奇妙的世界。

当你觉得极度喜悦时，悲凉与失落会循影而至；当你觉得极度悲苦时，一种直面真相的快感也如血般在刀锋上渗出。

你会觉得自己活得像三明治一样，同时夹在悲与喜之间，夹在梦与醒之间，夹在过去与未来之间。

事实上，我们就站在天与地之间，我们的理想高远清明如碧落，但日常生常繁重低微如黄土。有些人天生是土地上的强者，做事干净利落，精明周密，不畏琐碎劳苦，能把生活一切照料周全，但却往往缺少高远的想象力和创造力。有些人则天生是云空上的生灵，高瞻远瞩，天马行空，挥洒河汉，但却往往缺少实干的耐性和能力，甚至连自己的生活都很难照顾妥当。

很明显，我属于后者。但飞得再高的鸟也总有一天要回到地面觅食、休息。当生活把我推到了这个悬崖边，我终于决定好好照顾自己。对于许多人来说，这简直是一句废话，但对于我，这却无异于《悲惨世界》里脚踩银币时的冉阿让对自己所许下的宏大的悔改承诺。

我开始自己买菜做饭，自己腌制泡菜，自己把厨房收拾整齐干净，把地板抹得一尘不染。我开始享受在阳台淋花时的扑面清风，享受独自喝茶并细心清洗茶具的细致心曲。房子开始变成了自己的天堂。

慢慢发觉，当自己亲手把地板抹干净后，手捧书本时心里变得更加安详与开放；自己亲手烧的咖喱土豆也特别香滑可口，没有压力；过去不屑一顾的事情也变得亲和可爱。

同时，我也慢慢习惯了喜乐中的悲伤，也能享受困苦中的快意。

在大地上行走，与自己相处，也许是大自然能给予的最大祝福。

据说，中文的“王”字是指能贯通天、地、人三个层次的人。我们当然不是每人都能统领三界，但在自己的生活中，我们都有能力保持自己高远的理想，务实地工作，享受平凡的生活，在悲欢离合中保持平和的心境，成为平衡自己的小王国里的天、地、人三才的真正王者。

批评别人是容易的，追求名利也是容易的，困难的是在平凡中发现这个世界和自己生命中妙不可言的刀锋上的本质。

而我今天晚上就该去收拾书房里杂乱无章的平装书和手动镜头了。

改变观念改变世界

和瑞士朋友聊起想到瑞士找他一起滑雪。他说，你要真来，可得快点来。他说现在全球变暖，能滑雪的地方越来越少了，即使现在是隆冬，也得到二千三百米以上才有雪可滑，说不定明年想滑雪就得先当专业登山运动员了。

看到一个报纸头条：本世纪全球气温或升二到四点五度。

环保问题已经不是一个可有可无、茶余饭后的话题，这个问题直接影响到我们的居住和生存环境。即使你可以凭自己的能力或特权掏尽天下人的金钱，如果地球有问题，你有通天本领可以过得优哉游哉，但你的子孙后代照样是覆巢之下难觅完卵。

无论个人还是政府，现在确实已到了该认真正视这个问题的时候。

事实上，小到个人习惯，大到政策规划，我们都可以做得更好。当中央政府大力提倡环境友好型社会时，我们也许还在规划多建几家赌场或者多批几块地皮。

很多人认为环境问题是必然的，因为人类的需求和大自然的有限资源是有冲突的。但我认为首要任务是改变各种根深蒂固的错误观念。

世上最可怕的监狱是自己错误的概念。

即使你腰缠万贯、呼风唤雨、生龙活虎，如果你的有些概念是错误的，你终其一生也还是活在自己的牢狱里头。比如说，大部分人都认为在街市或超市时都该得到一堆塑料袋，但这堆塑料终将埋葬我们的城市。离我们不远的台北市就强行实施塑料袋收费，虽然夜市上仍难见效，但已完全改变了市民对取用塑料袋的观念。

很多人认为自己必须以车代步，以致这个弹丸之地两个巴士站的距离往往只有五分钟步程，而这几分钟的步程很可能足以减少各种疾病的发生率。许多欧洲国家都提供免费的自行车供市民取用，而祖国和本地是大力打击这种影响市容的交通工具的。

很多人认为不吃肉是要死人的，但实际上吃肉是真的要死人的。先不说肉类所含的毒素，光是为了养殖动物以飨人类的口欲，每年都有大片大片植被消耗，亿万吨食水被污染。如果这些资源用来种植草本食粮，地球的自我调节能力也会大大加强。

许多细微的观念改变终将改变整个生存环境，这都需要我们打破概念枷锁的勇气和努力。

语言的力量

语言的力量是巨大的，虽然目前影音媒体已统治着世界，但在喧哗纷扰的背后，所有统治者背后都有一个共同的“魔咒”：语言。

主宰行动的是思想，改变思想的是语言。

《若望福音》第一句是：“在起初已有圣言，圣言与上帝同在，圣言就是上帝。圣言在起初就与上帝同在。万物是借着他而造成的；凡受造的，没有一样不是由他而造成的。”《老子》说：“道可道，非常道。名可名，非常名。”惚兮恍兮，玄之又玄，众多经典都把至道默默地指向语言，或用语言指代至道。祖先们好像对语言都有着一种贯天彻地的理解。

经常有朋友拿着江本胜博士的《水知道答案》来问我：“里面说对着一杯水说谢谢都能改变水的结晶形状。你相信吗？”我有时很惊讶朋友们对语言的轻视。我们对生命的理解总是带有高度的鸵鸟习性，习惯了用我们所知道的遮盖自己看清未知世界的眼睛。许多事情，我们该静下心来思考和观察，而不是得到简便讨好的答案。许多朋友都希望来我这里取得一个让他们心安的答案。但我总让他们失望。

我们看殭尸电影，茅山道士焚香烧符，指天戳地，黄纸朱砂，急急如律令，好不神奇热闹。其实要是细心观察，我们也无时无刻生活在这种“奇迹”当中。我们到处可以看到人们口叼香烟，怨天恨命，骂父咒母。唯一不同的是，电影中受影响的是殭尸，现实中遭殃的是我们自己和身边的人。

语言的心理暗示和治疗的力量其实早已为人们所知，但很少人注意到生活中的垃圾语言对自己的影响。只要看看自己听到真心祝福的话和听到吵架的反应就能明了一切了。不“卫生”的语言就像有毒的空气和食物一样，可以让我们的思想乃至肉体生病、“拉肚子”。

如果一个人从小生长在语言的“疫区”里，他的思想健康情况就可想而知了。许多心理研究成果显示，一个小孩接受语言就像一块土地接受播种一样，等春天一到，这些多年撒播的种子就会开始发芽。有许多莫名其妙的行动、情绪或个性可能就是多年前听到的一些言语造成的。我们用言语污染环境，跟传播病菌是极为相似的，所以保持语言的环境卫生人人有责。

大众传媒当然要为语言环境负起责任，而不能主宰传媒的我们也就只能自求多福，尽量为下一代选择更好的环境了。

尊卑与樽杯

中文字确实是一所巨大无比、无远弗届的哲学博物馆，我有时会怀疑无名的先哲们出于智慧和慈悲，已把无数哲理与训示都铸入了文字里头，盼子孙后代干干若惕。

很多时候一两个字的典故也足以让人品味半天，回味无穷。比如中国古代最讲究的尊卑观念。孔夫子在《易传》里说：“天尊地卑，乾坤定矣。”《列子》说：“男女之别，男尊女卑。”这不免让人闻到陈腐的气息。

但“尊”和“卑”实际就是“樽”和“杯”。尊卑观念的原始意义，当然也是我们在任何情况下都该谨记的：尊卑之别就是樽杯之别。尊卑的区别是在功能上而非在贵贱上。在这个基础上，就以“男尊女卑”为例，我更赞成“男尊女卑”而不是“男女平等”。因为现实世界是不可能真正“男女平等”的。

接受区别，明确分工，天尊地卑，乾坤定矣。当然人类是倾向曲解与谋私的。即使知道“樽”和“杯”的区别是功能而不是贵贱，但人们很快就认识到“樽”是先装满了资源（酒），在分配资源上有了先机，众多的“杯”就自然可以被少数的“樽”所要挟。

有些人刚好当了“樽”，但还停留在“杯”的私享心态之上，未具备作为“樽”的公平与分享的心胸，误会瓶子里的资源该是自己的，以杯之道行樽之事，藏小人之心而秉大公之事，以致中饱私囊，囤积民怨。要知金乌无私照，大地无私载，贪住别墅者的终住牢房，吝施下者必失上心。当樽失去了樽的功能，樽之尊贵当然就不复存在了。

现实世界里，功能与制度的区别，有时会拉开成云泥之别。而且往往名义上越好听的越像陷阱，表面上越谦卑的越狠毒。比如说光荣的劳动人民和为人民服务的公仆之间的区别，大家当然深知个中“樽杯”之利害。

说到“尊卑”，我总想起一位朋友。他过去是文莱国王的御厨总管，但为了尊重生命的信仰放弃了肉食的同时也放弃了王室内的优差，年前跑到新西兰当油漆工人。有时我问他，这种改变会不会不好受。他总笑嘻嘻说：“做漆工好玩着呢！你用自己的灵感给客人刷出一个七彩缤纷的天地，这跟给国王做出美妙的菜肴是一样有意思呢！”做了不到十个月，他就上电视教人如何“给自己的王宫刷出新玩意”了。

尊与卑，确实只在一念之间。

人过留香

子夜的路灯随着小巷温柔的坡度伸向家门，暖和馨香，像果园里一个个沾满晨露的橘子。

但我的脑袋里还是刚在排版员的屏幕上偶然看到的头条新闻：“林黛玉”出家了。

质本洁来还洁去……

陈晓旭当年脱去林妹妹的衣服后成为商场的女强人，现在又抛弃亿万家产成为四大皆空的比丘尼。

美貌、名气、财富、家庭……无一不是芸芸众生梦寐以求且往往求之不得的福气，但就在“林妹妹”一一拥有后却弃之如敝屣。这里面当然有许多曲折或神奇非外人能道的故事。

世事往往比戏剧还要戏剧化。剧中老念出家台词的宝玉演员现在看起来更像个卖肉的，戏里只会掉泪的黛玉不但精明能干，还在现实世界代替了宝玉哥哥的出家角色。

其实作为一个人，演好每一个角色都不容易。陈晓旭为了演好黛玉到音乐学院苦练古琴，拒用替身，全力以赴。作为演员，她演好了黛玉；作为商人，她也演好了商人的角色，成功建立了年入两亿的4A广告公司；而作为比丘尼，以她的意志与精进，当然有理由相信她会全力向六波罗蜜的理想前进。

当我从楼下的巷阶拾级而上，想起这个世界有着许多为了自己的信仰和理念勇敢前进的人，不禁深深吸了口气，眼睛不觉微扬一转，口唇紧闭向左上角一撅……

那口气还只吐出了一半，忽然意识到这是一位好友的经典表情后，竟在悄无一人的旧城小巷上哈哈大笑：那么多年后，朋友那种用作自嘲和自我激励的鬼脸居然在我的脸上复活了！

回到家，推开木门，一阵百合的花香扑面而来，才想起那是下午送走的两位来借宿一宵的朋友已在我的房子里插满了各种各样的鲜花。

人过留香。这是她们的方式。

我们身边都有许多匆匆过客，有些人会在你的桌子留下一首诗，有些人留下一句话，有些人留下一串眼泪，有些人留下一个表情，有些人留下一种生活态度……这些都像风中散播的蒲公英般的种子，落在我们的心田，总有一天，它们会发芽生长，透过我们的脸向太阳展开微笑。

而陈晓旭留给我的，除了一个活生生的林妹妹，还有一种生命的芳香。

接受缺陷才能完美

摄影是一门很有趣的艺术。

它的有趣在于它是一门追求完美但同时也接受遗憾的艺术。无数人在追求器材、技术、时机、感情的完美结合，但那是不可能的。即使大师级的作品你也可以从中挑出毛病来。但这些毛病并不会让有灵魂的作品变得渺小，相反，小“缺陷”往往能增加作品的真实性和亲和力，让主题更为光芒四射。

相熟的影友都知道我只用定焦镜头，而且是手动的。个中辛酸与艰困当然不足为外人道。手动镜头和自动镜头，这跟快餐与追求美食的餐厅之间的区别是一样的。手动镜头拍摄动态场景会无可避免地增加失焦的概率，但在我看来，只要一百张里头有一张成功，那就足够了。

以我的经验和口味来说，一张九十分的手动镜头出的片子比一百张七十分的自动镜头出的片子来得重要。快餐除了快之外，就是质量相对稳定，一年四季里头你吃一百个汉堡包，它们的味道都是一样的，而你到风味餐馆去吃，大厨走一下神，味道可能就很不一样了。但正是这些不定因素让美食更令人回味无穷。当你追求美食时，你就得接受这些变量和缺陷。

常有朋友问，用定焦很多场合都拍不到怎么办？我只能笑笑，套用某大师的回答：“那就不拍呗！”

“吾生也有涯，而知也无涯。以有涯随无涯，殆已！”

人的一生能做的事何其有限，而人想做的事却是无限的。

我们只能尽量做好一两件而已。年轻时总有精力无限、光阴无涯的幻象，以致读了许多无聊之书，学了许多无用之技。人到中年，才真正体会到精力是比经济学里讲的资源还要稀缺得多的好东西。

古人把房子建好后会刻意把一块没用的瓦片拆掉，自然也是取其尘世无完整，抱缺守一之意。

一个人的成熟当是从了解缺陷并接受缺陷开始的。君子有为而有所不为。

据说李小龙有长短脚的缺陷，而他也深知个中不利之处，所以他勤思苦练，总是用右腿放在前面进行攻击，最终还是无敌于天下。

针无两头利，但只要有一头是锋利无比的，那就够了。

究竟谁抛弃了佛教

未艾兄文思恣阔，一路短歌，多有佳作，然偶有小弟认为尚可商榷之观点。日前一篇《再贬印度》嘲笑印度人如朱买臣之妻把佛教这个已抛弃的丈夫收回来大赚中日的旅游钱。

此事可以从两个层面来看。光就印度政府这个实际施行已久的政策，我认为是值得嘉许的。为了国家经济，利益当地民众，利用老祖宗的思想和文化遗产发展旅游观光，正是各方皆大欢喜之善政。

在宗教和思想方面，未艾兄认为印度人早已抛弃了佛教。事实上，这种思维是通过许多普及书籍传播的。实际上，几千年过去后，最亲近佛教思想的还是印度人，而不是中国人和日本人。

印度是一个盛产大师和宗教的国度。佛陀释迦牟尼无疑是一座受人景仰的高峰，但在印度，他也只是喜马拉雅山脉的一部分，他的前面和后面还有连绵不断的山峦。当他创立的团体走向僵化，这个宗教当然就会在众多充满活力的新宗教中失去其主导地位。但佛陀的影响力已潜移默化地进入后来众多的宗教中，释迦牟尼在它们中间也享有极为崇高的地位。

比如信众最多的印度教（Hinduism）就在佛陀后进行了大幅度的自我改革和优化。而如今印度教就把佛陀看成是印度教里三大神祇毗湿奴（Vishnu）的一个转世，他的任务是对部分古旧的教理进行改革。虽然听起来很有点中国人把佛陀说成是老子西出函谷关后的转世的土味，但也可见印度人实质上并没有否定佛陀的教理。

佛教有几个核心信仰，如众生平等，虽然还有一些极端分子主张四姓制度，但联邦和地方政府早已把扶助赤贫户列为最大的政绩标准。佛教主张爱护众生、不吃动物，而印度这方面虽然已深受西方冲击，但仍有大部分国民是素食者。反观中国和日本，许多自称佛教徒的人都以吃肉为乐。佛教宣扬的因果，印度人当然已深入骨髓；如今竭塘而渔的中国人还信不信果报，大家自然心知肚明。

看人不该看名称和仪式，而是看他的行为。有人自称佛教徒，但不以吃肉为耻……

究竟谁抛弃了佛教？不是看哪里有佛寺，而是看谁更遵循佛陀的教理。

苦闷的艺术

闷乃人生之大事。

这个地球的生物里头可能只有人会觉得闷。云行雨施，草木自长，品物流形，禽畜刚健。一切都在乾坤大道中各得其所、悠然自得，只有饱食后的人会感到无限的空虚与无聊。

闷是人和万物之间的分野点。如果你从来不觉得闷，可以说你就自在或麻木得如草木禽畜。如果你一直被苦闷所困，说明你还不懂得生命的秘密。

闷是文明的起点。当人觉得闷，人就开始用自己的头脑和双手在地球上创造丰富多彩的文明世界。鹪鹩巢于深林，不过一枝；偃鼠饮河，不过满腹。人，可就复杂多了。人的欲望可以是无限的。实际上，人马上就要把整个地球和大气层都吃掉了。

闷是天堂地狱、三界六道之间立体的十字路口。闷的时候，不同的人会做不同的事。有人闷了就生孩子，有人看电视读书，有人玩电游下围棋打麻将，有人旅游拍照……当然，也有很多人会纵欲吸毒，蠢事做尽。总的来说，闷了人们都要消遣——英文所谓的kill time（杀死时间）是也。Kill time就像剥竹笋，剥啊剥，最后原来空空如也。

《圣经》里说亚当、夏娃吃下禁果后就失去了本无善恶的鸿蒙乐园。小孩都活在自己满足喜悦的世界里，天下本无事，但自从懂得了闷，一切就开始改变。于是我们每天都经过这个十字路口，不停地做出抉择。有人在苦闷中建立不朽功勋，有人在苦闷中怨天尤人，有人在苦闷中沉沦于物欲毒瘾的苦海，也有人在苦闷中追寻朗朗大道。六祖慧能说“烦恼即菩提”，其实苦闷更是菩提之种。

苦闷和金钱有很多相似的地方。几乎所有人都会有金钱的烦恼，而所有人都多多少少有苦闷的时间。不懂得操控金钱的人都会成为金钱的奴隶，不懂运用苦闷的人也终将成为苦闷的牺牲品。

最近看了一部叫《门徒》的电影，男主角最后的独白是：“我最后才知道人们吸毒是因为空虚。那到底是空虚恐怖，还是毒品恐怖？”这确实是让人心寒警惕的一句话。

希望我们能明白空虚苦闷是生命给予最大的机会与祝福。当它来临时，无论是皇帝还是乞丐，我们都该如履薄冰，选择适当的路，向自己真正的目标迈进。

奇妙的世界

韶光逐影快意逝，华发添霜暮鼓寒。

雨后巷尾隐隐传来阵阵钟鼓梵唱，本来钩心斗角拥挤不堪的旧区忽然变得空灵广阔。小心翼翼踩在湿润的阶石上，唯恐一失足就跌进多年前云梯访道的山中岁月。

多番不平，几许落泪，纷纷人来，扰扰人往，留下的，其实只有心底微细却不灭的旋律，在寒风中起舞，就像雪峰下筑起的营火，竟意外地温暖了多年来绵绵不尽的寒夜。

有时觉得，走过千山万水，上穷碧落下尽黄泉，悲欢离合，仿佛从来没有片刻离开过这种旋律。

我常怀疑我们的意识就是寄存在这种充盈于宇宙间的旋律之中。如果这个娑婆世界是哲学上的现象（phenomenal）世界，那么，这种旋律就是实相世界了。也就是老子所说的无形之大象，若希之大音，也就是庄子所说的发乎自身的天籁。这种旋律从来不会离我们而去，但我们只有在接近生命本质之际才会听到，只会在美妙的丝竹之乐中忆起，只会在热恋之中隐约接近，只会在极度静谧之中奏起。

这确实是生命中最美妙的秘密。青春会一去不返，情人会水性杨花，儿女会离你而去，只有生命的旋律一直在守候。在你庆祝成功之巅峰，在你孤独无助之谷底，在你一无所有的沙漠，它一直为你吹奏美妙的音乐。

这就是众妙之门，这就是生命的信仰。

有些人害怕死亡，有些人害怕世界末日，有些人害怕一无所有，有些人害怕自己的上帝已经死去……所有的恐惧都来自不曾聆听这个美妙的自我的秘密。

我回到家，坐在面向东望洋灯塔的那个阳台上，细听巷尾那梵乐的出处，忽然传来一个久违了却又极为熟悉的声线。那就是花了三个月装疯，痛骂“狐狸精”勇敢重夺丈夫之爱的那位神秘女士（详见拙作《疯堂围里话疯子》）。那佛教音乐正是她放的，而她正在大声斥责她的女儿，为她解释人生的大道理，声调一如当年旁征博引鞭尽古今狐狸精之尸的她，而她女儿也像当年的“狐狸精”一样被训得声泪俱下，泣不成声。

我总是觉得，这是一个奇妙的世界。

感恩是一种力量

子夜失眠的朋友总爱找刚下班的我聊天。

人到午夜，思想自然就在智慧和感情的星空中挟光飞行。

朋友说生活过于平凡，前路似乎就是毫无意义的重复。“这就是命运。”我笑说。这位自负的物理学硕士不无惊讶地看着我，仿佛不解“命运”这词如何会出自我口，说：“你认为我们都被命运主宰，我们无力改变？”“是的。就连我们有没有机会和智慧去考虑这个问题或是去改变命运本身都是命运安排的。”

朋友呆了半天，笑说：“好一个‘机会和智慧’！但你真认为我们只能接受命运的安排吗？”“为什么不接受呢？其实无论我们怎样看命运，我们都只能接受它。我们的思维方式有一个奇怪的问题，那就是所有人都把命运认为是不好的，是应该反抗的，命运莫名其妙地成了我们的敌人。”“难道不是敌人？”“从来不是。如果我们把自己的影子当成敌人，那命运就是敌人了。而且这个敌人会随着你的敌意而相应增强，因为反映是影子的本质。”

“那你全然接受命运了？”朋友两眼露出一种虚无主义者特有的狡黠的笑意来。

“奥妙之处就在这里，全然接受命运是改变命运的唯一方法。当你接受命运并对一切都心存感激时，你就开始平静地从一切吸收成长的力量和勇气。在这种力量和勇气面前，连太阳都为之颤抖，何况区区命运？”

“嗯，感恩，好美的词。但你说话越来越宗教了。”

“其实感恩并不一定就是宗教。只是感恩的奥妙之处不约而同被许多宗教发现并运用罢了。中国人的先祖在收成后会把部分粮食撒回大地，以示对大地这位母亲的感激。这就是真正的祭祀。在这个把自我欲望外的一切都看成敌人的年代，人们当然不再懂得感恩……”

朋友忽然两眼放光，说：“如果从现代物理学看世界，这确实是一个奇妙无穷的世界，宇宙生生灭灭，光子量子通过一种神奇的意志精准无误地组成漫无边际的缤纷世界，而我们居然有幸处在这个伟大的创造之中……也许这才是你说的该感恩的真正的源头。”

是的，感恩是一种力量。

自我的枷锁

“他人即地狱。”

萨特这句名言说出了事实的一方面：他人之所以是地狱，是因为我们总希望通过他人来证实自我的存在价值，而同时自我又力图摆脱他人的支配和控制。但他人对自己的影响力实际上是来自自我的期盼，自我越大，别人的影响也就越大。所以，真相是：自我即地狱。

没有自我几乎就不可能在这个世界上存活，就如没有潜水用具就不可能在海底停留一样；但如果自我过于强大，数量众多且狰狞恐怖的“他人”将成为自我的无间地狱。

通俗点说就是，如果太把自己当一回事，自我认同将成为我们最大的枷锁，而这个枷锁会随着年月的累积与刻磨而变得更为精致凝重。终有一天，我们会认为这个精美的枷锁就是我们自己，会认为没有这副枷锁，我们一刻都不能呼吸。

地狱的可怕是在于，开始时都看起来像天堂，都有着致命的沉重的吸引力。

事实上，我们的社会就是一个分配与争夺这些称为认同感的枷锁的工场与战场。我们从小就会被告知我们是某某人，并在学校学习成为某某人物所需要的技能。我们并会在这种认可的枷锁中僵化，在这种自我束缚中忘记了理智、自由与欢笑。这就是耶稣所说的“让死者埋葬死者”——我们早已在认同中失去真我。这也是为何孩子总比成人聪明和快乐。

当自我形象稍被抵触就如芒在背，无论默默忍受还是勃然大怒，都是痛苦难堪。而可笑的是，被刺的只是我们的枷锁。这就是何故东方贤哲一直如此强调“无我”。因为只有那个小我不存在或不被重视了，你要做的事才会无往而不利。这对政治家和领导者至关重要。成大事者绝不可以因小我被挑衅而忘记大我，更不可以因个体喜恶与私人恩怨而擅自废立。

当年项羽以刘邦父亲性命要挟刘邦，刘邦说：“必欲烹而翁，则幸分我一杯羹。”刘邦被讥无情，但作为政治家，这却是因大忘小之义。相比之下，刘备为报私仇而尽覆蜀军于林火之中，与其祖之高下立判矣。可以说，胜败早在自我认同中已决定了。

而作为小人物的我们，对这副自我认同的枷锁的认知与应用也决定着我们的命运。

春天狂想曲

一个人坐在阳台上，如筛细雨挟着春寒轻卷入怀，深吸空气中暮春三月的醉人生气，你会想到涨潮前深海暗流的骚动，你会感到海浪意欲拍打礁石前的冲动与快意……东望洋塔灯不断转动，仿佛在诱导隐藏在八方黑暗中的波涛。

于是忽然觉得迷人的灯光在你体内以迅雷不及掩耳之速度打通了无数管道，你甚至可以听到流淌其中的潺潺水声。潮润的空气透过你的衣服，进入你每一个毛孔，仿佛在对你进行电击与针灸治疗，又仿佛在你体内进行地毯式的搜索，搜索那个在这宇宙网络中失联已久的灵魂。

你在狂喜中呼出一口浊气，于是你终于发现，一如你所料，空气中一直滋养着无数的曼陀罗花，但只有有着美丽的呼吸的人们才得以一睹芳容。

当然，你忆起了多年前暮访古寺、雨中迷途的往事，那是一个盛产茶花（别称曼陀罗花）的地方，你和旅伴躲进一个山村里避雨，村前有一条很深很大的瀑布，村里的老太婆告诉你，在过去，每逢雨过天晴，许多村民都可以在村前的花地上空看到空中的曼陀罗花，但现在能看到的人越来越少了——当然，她是还能看到的幸运者。那天傍晚就放晴了，但你和同伴都没有看到那神秘的曼陀罗花。倒是出村时发现那条“疑是银河落九天”的大瀑布消失了，只见到水流激石留下的斑斑苔痕。

所以，你一直记挂着那条忽然消失的瀑布，而忘记了那位老太婆边掰胡豆边说的话："你们是有文化的，你们该告诉别人，空气中其实也有曼陀罗花……"

当你清晰地想起那句意味深长的话和她那双干皱却麻利的手时，手机的闹铃响起——该上班了！

走在小巷的阶石上，空气干燥得如刚烤过的面包，唯一能见证刚才曾下过雨的只有一片片映着迷茫路灯的小水滩。高楼层层叠叠，楼间雾气像萤火虫般吸收并反射着城市的灯光。

海潮、流水、古寺、瀑布、老人等更像是一场梦，而当你举头四望，天空中还是没有发现曼陀罗花。

榴莲与我

一个郁热的黄昏，钻进一条潮旧的小巷，买了一个熟透的榴莲，大剌剌地坐在市中心，一手抓起半融冰淇淋似的榴莲肉啃了起来，一手托着下巴，唯恐炽热的往事烫伤已被汗水沾冷的胸襟。

啃剩一半时，看看手上黏着的榴莲肉，才想自己是一个人在吃榴莲。

老觉得榴莲是该许多人一起吃的。

小时候，父亲常偷偷地把一个半生不熟的榴莲搬回家，爱用旧报纸把它裹得严严的，跟他的装修工具一起藏在阳台一角。等你坐在客厅看电视都开始闻到榴莲香味时，他会告诉你，明天吃是最好的。到了那天，他几乎想举行一个拜谢大地的仪式，从那兜工具里挑出个十字或一字螺丝刀，往榴莲尖一捅，四边一划，两手一掰，四瓢黄肉就陈列在一家人的面前。除了爱吃外，在家人好友面前表演那手凌厉的破壳功夫，也算是他的一个爱好。许多年过去后，你发觉他的速度开始大不如前了，后来买回来的有时已经是整盒开好了的榴莲肉，你已经很久没有在客厅闻到阳台的榴莲飘香了，而是从冰箱里掏出来的名副其实的榴莲冰淇淋了。

这就是岁月。

有一个朋友，他自称最会挑榴莲。有一次一伙朋友去郊外爬山，下山后大家都已汗流浃背，他提议挑一个最棒的榴莲给大伙吃，于是我们就陪他跑遍了附近几条街的商店，向我们解说选榴莲“望、闻、问、切”的各项诀窍，挑了一个在公园草坪上吃了起来。不知是否太饿了，那确是我吃过的最美味的一个榴莲。我每次吃榴莲时都会想起他那粗圆的十指。

这就是友谊。

在我把那盒榴莲吃完后，看到旁边有个小女孩瞅着我的脸在笑，我忙用手抹去残云，向她报以一笑。

这就是我的晚餐。

生死无常

最近，身边一点都不宁静。

一位朋友因工作过度，脑溢血，长卧未起。四十三岁。

一位朋友的妻子脑溢血，昏迷，据说是遗传的，朋友还在到处找更好的医院和专家。二十九岁。

一位朋友车祸后昏迷了一个多星期，醒来一天后死去。三十五岁。

一位影友因为感情轇轕多次自杀，进了两次医院，昨天给我打电话，向我道别，说永远都不会再见了，这次是真的了，打电话来是感谢我给她介绍了很好的镜头云云。三十一岁。

也许这些已不是个案，生命比我们想象中要脆弱得多。一些本是轻微的物理或心理冲击都足以摧毁一个人的生命与意志。我们平日可以无休止地关心谈论明星八卦、球赛结果、政治人物、经济数据、摄影器材或艺术潮流，仿佛时间是无限的，仿佛我们可以像奥林匹斯山上的众神一样永恒地胡闹下去。

很不幸，或者说是很幸运，我们都是要死去的，而且不用等到宇宙收缩、黑洞试测失败或救世主回来审判等伟大隆重的世界末日，我们的末日随时都可以来临，没有民主，没有自由，但绝对公正，人人平等。当你所认识和你所爱的人一个个离你而去，你才会真正体会到什么是梦幻泡影。

这是一种强迫我们醒悟的“机制”。在这种毫无商量余地的可怕威胁面前，悲哀与愤怒都微不足道、无济于事。但它教会人什么是慈悲、爱和宽恕。

影星李连杰和家人在经历过一次真正的生死搏斗后决定全身心投入慈善事业，在别人的电影首映礼上，他为了募款，竟公开跪了下来。他那仿佛是在大道面前无能为力的健硕身躯，因慈悲而全身颤抖的动作一直印在我的脑海里，比所有电影里神武无敌的武术动作更为优美动人。

我有一位好友，他的生活信念很奇特，他一直认为自己很可能会在明天就死掉。他一直告诫我，一定要认真做好目前的事，关心身边的所有人，因为我们很可能明天就没有机会做这些事和关心这些人了。懒散的我当然很难追随他的信念，但每当有些人离开，我就总是想到他说的话。

感激生命给予的一切，爱护身边所有的生命，很可能明天就没有机会了。

浅说中道

有位影友带来一批片子，要我给他一些评论。我看着那些在 Photoshop 里被处理得惨不忍睹的画面，只能赠他两个字：中正。

许多人不知道“中正”出自《周易》。所谓“中”就是内卦二爻与外卦五爻；所谓“正”就是阳爻居阳位、阴爻居阴位。如阴爻处二位，阳爻处五位，则是既中又正，称之为“中正”。而中正在《易经》中就是近乎完美的象征。《周易折中》说：“正不如中为善，正未必中，中则无不正也。”可见“中”字在中国人心中有多少分量。有些学者甚至认为儒家的中庸思想也源于这个“大中至正”的思维。

听起来也许觉得很迂腐，但中道确实就是至理。

在摄影里有所谓的“中灰”，所有的测光都要基于这个十八度灰作为参考值。而数码摄影则涉及一个更让人头疼的“白平衡”问题，而这时候还是要找中灰，没有中灰的指定值，电脑只能乱猜色温，所有色彩都是错的。而在数码影像处理中，也有“谁能找出 Mid-tone（中灰）选区谁就是高手”的说法。

而中道对于传媒则更为重要。保持中立就如影像的中灰那么至关重要。没有了中灰，一切的曝光值都是不准确的，一切的色值都是错位的；没有了中立，传媒里的言论将成笑话，因为所有是非黑白都是扭曲的。传媒可以对各种事情有自己的立场和观点，但这些立场和观点应该表现在自己的评论当中，而报道新闻时则应尽量表现真情。就如拍一张照片，无论是摄影前期还是数码暗房，都应该尽量找到中灰点，忠实还原那场景的情形，尽量不让有太多过曝或欠曝的情况，更要尽量避免偏色。如果传媒失却了中立，就像不停地拍着偏色严重的照片一样，也许人们不能说什么，但却让人惨不忍睹。

中道，可以说是一种定位的艺术，如果没有这种“大中至正”的努力，我们很可能是把房子建在浮沙上。

不关西东，凡医必中

《周易》中说“正不如中为善，正未必中，中则无不正也”。这种阴阳调和的思想也直接指导着中国的医学哲理。

很多人以为中医就是“中国医学”，英译“Chinese Medicine”。从表象来看，这是符合现实的，因为中医确实源自中国。但若探源究理，中医应是调和阴阳的“中道医学”，英译应为“Medicine of Middle Way”。如果你对拉丁语的词根有所了解，你看到这个翻译一定会破颜而笑的，因为“medicine”一词本来就是拉丁语的medicina，而med-和Middle都是“中”的意思。也就是说，所谓的“西医”（Medicine），在名称上也表示着“中道的医学”，这跟“中国医学”的精神原本是一致的，只是随着东西方在科技和文化上的差异深化，最后就呈现出如今貌似南辕北辙的两种系统。但只要回到“中道”这个基本精神，这两种好像水火不容的医学仍是可以相互参学融合的。当然，东西方早已有许多医学精英致力于此。现代营养学的一些分支认为人体该酸碱中和，酸性食物必须配合碱性食物，还说人体若保持在中性偏碱的状态，多为酸性的病菌和病毒将不能在偏碱的环境内存活，必然被中和掉。这也可视为中医阴阳调和的一种具体衍化描述。

前阵子，韩国要把“中医”改名“韩医”以便申请世遗，内地那些愤青们闹着要“去中医”。如果我们明白医学并无西东，只有中道，这些当然可视为闹剧。

说到阴阳调和，必须明白的是真正的良药在人体内。如今正畅销的一本书上，那位日本作者认为人体能分泌一种“神秘酵素”，那种“神秘酵素”几乎能治百病。据我看来，所谓的神秘其实不过是人体处于平和的状态会根据个别情况分泌出不同物质，保持有机的平衡——这就是中和。

而如何让人体经常达到这种可以分泌神丹妙药的状态呢？除了简单健康的生活外，西方正流行做 Meditation（静坐、静思）。大家一定又发现 Med- 这个老朋友了，这就是中道。

恋物滋味

一部感人的电影，丰满迷人的女主角的一个长焦特写，戏院里观众屏息静观，朋友忽然惊呼：“好圆啊！”观众不禁都往呼声这边看过来，吃醋的妻子在他大腿上使劲一捏，“好痛啊！”他一声尖叫，观众哄堂大笑。

“都是你毒害的！搞得我好没面子。”他向我叙述后腼腆地说，“其实，我当时是觉得那镜头焦外产生的那种光斑很圆很漂亮，很像你平时拍出来的那种。我自打迷恋镜头以来，糗事就多得一箩筐。你说这算不算病态？”

对于这个问题，我实在不知该如何回答，只能一脸奸笑说：“时间会治愈一切的。”

艺术和恋物，有时是很难界定的。艺术难免要跟物质结合，物质提炼到一定程度也就成了艺术，当你迷上一件东西时，也就很难说清那究竟是物质还是艺术了。

一位同事在公司里只要有空就从抽屉里掏出一堆石头，像我儿子排超人军团般把各种翡翠寿山石什么的一字列开，用一种婴儿护肤油涂在手上，一边细细摩擦一边念经般赞叹它的石质和工艺，经念熟了佛擦亮了就过来我这边“弘法”，先让我也小心摸一摸那美妙的玉质仙肌，再给我一一介绍其中的典故，说这是古典工艺的，那是掺进了现代意象的，有时还请我点评一番。我看着他那张饱经沧桑的脸，心里暗想，他那些陶醉的皱纹要是能刻画出来也真是够艺术的。

对于物质和工具，我一向认为淡泊面对才能最大限度地拥有自由，所以一直难以理解人们的恋物情愫。

有一位影友疯狂地爱上一部单反相机，据他说是每天晚上睡觉前都得拿出来端详一番，按上几百下，只有听完那温柔曼妙的快门声才能安然入眠。我则吹嘘，那部同一型号的相机打买回来都没怎么细看过，但我喜欢透过它看世界。

我一直都以这种超然的态度自豪，直到有一次……

那是我第一次摸德国的旁轴机，看着黄斑叠影慢慢重合，按下快门时隐约听到快门布帘在机内走过，仿佛冬天的山林里听到一颗松果落在松针铺成的软毯上，有一种自信与宁静从心底升起……

自此，我就知道恋物的滋味了。

停下来看看

如果你在闹市人流中忽然驻足四顾，你会发现来往的人和车就像落在河流上的叶子，被一种无形的意志和欲望推动着，仿佛只为了循环往复这个虚无的动机。

为了维持世界这个“虚而不屈、动而愈出”的发动机，为了体内焚烧的欲望，我们像煤块一样不断投向烈火，在痛苦与快感中化为灰烬。

给我印象最深刻的广告片：从一位孕妇在医院分娩开始，一个肉团从孕妇胯下像炮弹一样轰然迸出，冲破玻璃窗向蓝天呼啸而上，那肉团在云端迅速成为婴儿，再由婴儿变成小童，在炮弹高速行程中，小童还来不及松一口气就长成了少年，从少年到青年，青年到中年，弹程开始循抛物线向下飞去，中年到老年，老年到病危，最后直接跌进坟场，以在空中俯视那葬礼的画面结束。也许那短片的冲击力实在太大了，最终被禁，但我认为那是一个不折不扣的智慧之作。它向我们揭示一个真相：生命如露亦如电，我们来去匆匆，在被命运驱使下，正在麻木不仁地浪费着生命。

我们总有一种清醒的幻觉，但其实这种清醒往往只足以维持循环往复、麻木不仁的生活，在那种生活里，我们更像是被某些指令操控着的机器。留意一下自己头脑里波涛般的思绪，看看哪些是属于自己的，哪些是别人硬加给我们的，哪些是来自生殖功能的，哪些是从书本里拿来还没来得及消化的谬论，哪些是来自智慧的光芒。

在永无休止的工作、睡眠、玩乐、交际的时刻里停下来，放下心里的担忧、苦闷，甚至放下那稍纵即逝的快乐，看看自己是否清醒，想想自己的一生是为了什么。

停下来，看看天上的蓝天与白云，看看云天传达的虚无与美，看看自己在路轨般的生活中得到什么又失去了什么……

犬儒戴奥真尼斯（Diogenes，第欧根尼）每到晚上就打着火把寻找“真正的人”——他一直都找不到的就是那些真正清醒的人。孔子说:“人莫不饮食，鲜能知味也。”人们即便是吃东西的时候也在无意识之中。

哪怕就那一刻，如果能保持一刻的清醒，天地当张开更大的时空，让你的心灵展开更大的翅膀，飞向更高的智乐的光芒。

凡事在于导引

午后从大三巴上大炮台，路旁有一条健身用的石卵路，我把凉鞋脱掉提在手上，以“Z”字形走在上面。石卵直抵脚板，刺激骨骼间的穴道，顿觉真气游走全身，十指为之杈张，忙把凉鞋放下，指端灼热冒气，真有点像武侠小说里说的六脉神剑，“剑气”纵横四射。

在汗流浃背百脉通泰之际，不免引项噫气。我突然想起以前蹑着脚跟在后面的一位朋友，他说：“这哪里是按摩？简直是自虐啊！”其实想一下，自虐和按摩也许都是同一个原理。英国诗人布莱克（William Blake）说：“所谓的快乐就是能量的流动。”——由此得知他对体内能量移动是深有体验的。但能量的流动是有很多种的，有向上的，也有向下的，而大部分人体验到的能量流动都只是自然界的方向——往下流向生殖器。

除了这种自然界的方向外，人们还会接触到各种方法，如喝酒、吸毒。人体在受到各种化学剂麻醉时，喋喋不休的大脑会暂停一刻，体内的气也在这时获得了片刻的自由，比肉体本身还来得“真实”而美妙的气开始蠢蠢欲动，于是人们就会飘飘欲仙，觉得无比的快乐，甚至产生各种幻象。但这种虚假的天堂过后直接就是地狱了。

当然，还有一种方法是通过各种锻炼，让身心处于高度和谐的状态，在大脑达到一定平和的频率后，隐藏在身体各处的能量会像冬眠醒来的蛇一样跟随一种神秘指令游走全身……

我穿上凉鞋走上大炮台，万里碧空之上赫然看到一团成“S”形的白云，颇有真气激荡之妙，不禁效渊明之“登东皋以舒啸”。

啸声甫落，迎面走来一位年长的影友，手执爱机，身后紧随一个小男孩，男孩手上也是一部小DC。我跟影友打了招呼，说:“你这小孙子也玩相机啦！真是虎爷无犬孙啊！”那位男孩在影友脚边自豪地举起相机，说:“我不是玩啦！我是真的在拍照！”

我和影友都呆了一下，相视大笑。我心里一个涟漪荡起：一切都需要导引啊！

快乐就是能量的流动，而它的流动实际上是仰赖我们自己的导引。

世上本无事，但流动的方向决定了结局的好坏。

一花中见到天堂

子夜经过葡领馆，柚黄的路灯下见出墙枝上悠悠飘下一朵鸡蛋花，红白渐变的五片花瓣平平覆落在路边黑石砌图上。

我上前轻轻捡起，怀着一种近乎神圣的敬意细细吹去沾着的细尘，把花往鼻子一凑，深吸了一口似乎一辈子吸不够的气，花香直透全身，温润而层次丰富的香味就像一把柔顺的毛刷子刮洗着每个毛孔上的沉闷。在不绝如缕的馨香中，头脑忽然一脚踏空，意识从坚实如牢狱的逻辑中释放出来，时间与空间仿佛戛然烟灭，过去的自己和现在的自己仿佛同时走在各自的路上，心中充满了向外扩张的情人般的幸福……

回到家中，我把花放在手上、椅子上、桌子上百般把玩，一边细看它的色泽分布，一边感受人与物那种无限接近又无限分隔的疏离感。于是我架起快要结蛛网的三脚架，打算用自己最好的器材把它记录下来，但镜头刚扣上去，觉得拍摄似乎过于物化了，就又把三脚架扔回该它结网的地方去了。

我躺在沙发上，看着那朵代表幸福的花，同时一股虚幻与真实的错落感袭上心头。

每当这种时候，我都会想起一位久无音讯的朋友。跟他走在一起，你就开始进入一个古老的神话年代。他会告诉你他从小就见过龙在村子里盘桓，他会跟你说他在终南山上隐居十年的经历，讲关于他如何碰到山神，如何误闯真正的龙潭，如何被林管人员赶出终南山。当他说到他在一个山洞里发现一条锁龙的钢链，还听到里面有龙吟，你一定会目瞪口呆地质问，这些怎么可能是真的呢？

他会告诉你：人类意识里出现过的东西都是真的，它们曾经存在或者将要存在，或者说在一个你还没有碰得到的时间和空间里。他会说，意识不可能单独存在的，它必定得与某种真实相关联。因为真实太过广阔无边，大部分人只能选择看到某一部分，就像收音机调整频率接收我们的“真实”。

多年后，我开始品味他的话中含意：某种思考模式让我们处于某一种状态，并一直沿着这条轨道行走。有些人认为生命就是一个地狱——无止境的苦闷与折磨，哪怕他是丰衣足食的；而我们同时也可以在任何一朵花中到达天堂，即便在艰难苦困之中。对于两者，各自的地狱与天堂都是真实的。

这是一种选择。

记忆与轮回

因为各种软件和硬件的问题，亲戚朋友和自己的电脑都问题百出，于是，好不容易攒起来的几天假期变成了装机的马拉松。

我装机的基本思路是把系统盘里如收藏地址、网上银行认证等重要资料另存起来，换掉有问题的主板和CPU等组件，让允许换硬件的系统（如Linux）在新硬件上运行起来，不能更换硬件的系统（如Windows XP）则重新安装。经过一番备份、装拆、插换、更改设定等彻夜折腾，看到Windows和Ubuntu等操作系统一个个成功启动，我跟朋友开玩笑说：我们又一次轮回了！

话说上周在《记忆与因果》扯到潜意识内的记忆其实就是犹太人说的原罪、印度人所说的业，说到人们的普遍意识基本上只留驻在主内存（RAM）的层次，却很少有人留意到那个庞大硬盘内的资料才真正决定着我们的情绪、能力乃至命运。

其实我们只要向前一步，就可以从潜意识假设或推理出轮回的模式：某种意识带着既有资料寻找一个硬件和软件“因缘和合”的系统。重装后的系统会因为硬件的速度和质量有不同程度的改变，但硬盘里的记录是不会丢失或改变的，软件好用的照旧好用，爱宕机的照旧宕机，有病毒的照旧有病毒……

当然，作为有机生命的我们和这种电子运作还是有一定区别的，我们不可能一下子把系统重装起来就运用自如，我们得从小通过漫长的学习，正如苏格拉底喝鸩酒前对学生说的：“如果我们在出生时失去了出生前所获得的知识，如果我们随后通过感官恢复了先前所知，我们称为学习的过程，其实不就是回忆吗？”苏格拉底认为，其实我们的学习只是通过各种感官刺激恢复藏在潜意识深处的记忆，这也很类似重设系统的一种描述。

这大概就是佛家所说“万般带不走，唯有业随身”的基本原理：我们在这个世界上拥有亲友、物质和各种享受，但百年归去后，留下来的却只是“记忆”。而这种记忆绝对不是诗人作家笔下的那种诗情画意的描述，而是比现有任何电子设备都来得立体精确的全方位记录。那不是长篇小说，而是一本巨大无比的账本。我们一般人能做的就是尽量让它记录些关于真善美的账目。

人要物质一点

很多人认为现代人很物质，我则认为现代人太抽象。

人们喜欢网络游戏、网络婚姻，为虚拟的世界里虚拟的身份不惜重金不说，还往上面耗注全部时间和精力。内地经常传出少年沉迷网游而自杀的新闻，台湾也常有因彻夜网游精神恍惚而致车祸的悲剧。

人们喜欢看足球、篮球，但奇怪的是那些观众里大部分人极少参与这些运动，甚至许多人从不运动。

人们有一半生活是海喝鲸吞、寻欢作乐，另一半则在医院里面如土色、大排长龙。

人们只有在老弱病苦时才不得不真正面对自己最重要的物质财产——身体。《围城》里的“大哲学家”褚慎明认为人的思想最好是完全独立的，他认为肉体太麻烦了。其实我们多多少少也会有这种割裂式的思维。

随着电子技术的高速发展和自然环境的急剧恶化，人类似乎正在向《黑客帝国》（*The Matrix*）式的生存模式靠拢——看看我们的电子世界，那里风光旖旎多彩、美人冰肌玉肤，再嗅嗅空气中的工业污染，也许大部分人都甘愿生活在电脑母体（Matrix）虚拟的完美世界之内。在那个世界里我们将是一个个生物电池，基本养分由机械供给，意识则在那个整洁的世界内生老病死，所有的感受则是由母体的电子脉冲供给……

佛家认为这世界本是梦幻泡影，庄周也以梦蝶释玄机，而我们则更是托梦数码……

你不禁抱怨：这也太折腾太抽象了！

是的，现代人就是太抽象了。

问题在于我们都像人格分裂一般对待肉体。一方面剥削肉体纵欲行乐；一方面又全面否定肉体，主张追求虚无的精神和陈腐的艺术。于是我们开始忘记身心和谐健康中的喜乐，忘记肉体只是精神的延伸，正如许多人已忘记了不依赖药物自然入睡的感觉一样。

印度某些教派认为人身就是最神圣的圣殿，认为人只有穿过肉体这扇殿门才能接近圣灵。这似乎与道家的精气神理论如出一辙。

学会关注肉体，享受健康，别当意念、习惯或欲望的奴隶，将是对自己和别人的最大祝福。

隐与忍

人不知而不愠，不亦君子乎？

孔子此语其实境界很高，那是心灵高度和谐喜悦的表现。

大学同学L从小博览群书，酷爱西方哲学和心理学，大学本科时就经常给同学、亲戚、朋友做心理治疗。他告诉我，不当心理医生真的不会想象得到人的心理有多复杂和多脆弱。许多人看起来很正常甚至很强壮，但心理上却有着许多不堪一击的死穴。他常笑说："如果你想当骗子（包括政客和商人），你一定要研究心理学。"

他有个病人日夜焦躁不安，不安时每想自虐，看过医生吃过各种药，除了身体变虚弱无力外不见有别的效果。L曾三度对他进行催眠。在第二次催眠的深度交谈时，病人支支吾吾地承认，高中时他住在姑妈家里，他当时老怀疑姑丈姑妈克扣他爸给的生活费给表弟买运动鞋，但他又一直不敢问他爸，当然更不敢问姑妈，有一段时间一起怀疑就恨得牙痒难眠，只是后来高考太忙就把这事忘了。但那根刺一直藏在心里莫明其妙隐隐作痛。在明白病源后，L尝试使用各种开导和治疗方法，但收效甚微，连在第三次催眠中尝试使用心理暗示也告失效，他查遍了能找到的类似个案的方法，居然也都只是让病人得到暂时宣泄，但过一两天又故态复萌了。

L后来问我："你猜我是怎样治好那病人的吗？"我笑说："谁又猜得着你这神经刀呢？"

“这次是我自己都想不到会奏效的。你记得毕业前我睡不着时，你在操场给我讲的白隐禅师的故事吗？我把那故事转述给病人，那病就不药而除了。”

故事是这样的：以前有位德行清静的白隐禅师，常受到大众的顶礼赞叹。有一次，一位少女被男友弄大了肚子，男友一走了之。少女被父母逼得紧，竟说是白隐经手。此言当然震动全城。少女的父母便把刚出生的婴孩抱到禅师的住处遗下。白隐从此抱着这小家伙逐家逐户去化缘，抵受所有人的辱骂，化些粥水给这个被遗弃的小施主，而每次受到辱骂，白隐只回一句：“是吗？”后来，那少女良心发现，向禅师及父母认错，取回自己的骨肉抚养。于是，白隐得到了更大的赞叹，但他只回一句：“是吗？”

圣贤行止，确实比一切治疗都来得殊胜。

岁末感时

人生之易过，每于大处触目细处惊心。

平安夜被朋友拉去电影院，看完问起上次和他看电影是什么时候。

“五年前的平安夜。”自从看了那部贻笑国际的大制作，我就没再进过电影院。而这次看的也是大制作，但两人一致的结论是：“没有太多恶心的对白。算是有进步了。”“这两句话似乎也可以用来形容咱们祖国这几年的情况。”我们相视大笑。

还和朋友到琴友华阳家买了许多普洱茶。茶叶的价格同样让人对岁月感到敬畏与惶恐。同样的茶饼，五年前只要如今十分之一的钱，两年前是三分之一——据说春节后就又要调了。

真是“一寸光阴一寸金”啊！

在那个广州老城区，每次经过总晾满被子的小巷时都隐隐闻到五谷轮回的气息，当气味越来越浓时，我就知道快到了。楼梯墙上的泥漆还保留着今年春天潮气翻滚的风姿，就像菜干保存着绿叶最后的波动与挣扎。

华阳家里所有屋子的地上、床底和台桌之间，堆的除了书就是茶叶，壁上挂满古琴，客厅中心留有一张茶几和能坐三个人的空位。坐在那里可以看到种满细竹的阳台，阳台的窗桌上放着一张琴和一个陶制的香炉。

去年，就在这个古怪的地方，我真正地爱上了古琴。那是在烧水泡茶的空档，华阳随手按捺了几下，我那时正百无聊赖看着天花板，心弦却被他那沉健清逸的琴音所触动了。

这次，他摆好桌子，面向我们正襟危坐弹奏起来。弹的是难度最高的《襄陵操》，描写的是大禹治水的气魄，乐意古雅，曲韵广阔。他的技法极为纯熟老练，却再没有感人肺腑的灵动。

琴音甫落，我笑说："你的竹子越长越好了，但何故有点心绪不宁呢？"

头发斑白的华阳出了一会儿神，说："可能是我明天就要在一个很大的场面演奏这个曲子，心里难免还有挂碍。有很多人以为中华文化就是读点书知道一些知识。其实中华文化的精华是在全身心和大自然进行对话，还要和天地自然融会贯通，要在有限的生命中体验和长养无限的浩然之气，真的是谈何容易啊！"

我隔着阳台上的竹子看对面杂乱的楼房，就像隔着岁月看生命中一切的烦恼和争论。

修心为本

最近喜得一册《王阳明法书集》，爱不释手之余也让我想到了许多久未经心之事理。

记得自己真正爱上书法是在朋友的一本书法史上翻到王守仁（阳明）的《龙江留别诗卷》，当时就被那版骏锐无比的行书所深深吸引，想起他那文武双辉、冠绝古今的传奇一生，不禁为之目眩神驰。先生尊容自不能亲睹，但果真是“见字如见人”，随笔游目之间顿觉江河奔腾之畅，颇有气固神清之妙。

同样是文武双全的天才画家徐渭指阳明先生是“以人掩书”，认为他的人格要是能降低一级半级，“使其人少亚于书，则书已传矣”。徐渭此语当然是有自况之意的，但却道出了阳明先生的书法在其光耀千古的人格魅力之下，也就变成枝叶之技了。

书法家归庄则说：“阳明先生一代儒宗，亦工于书法如此，岂非艺即道耶？余学道不成而谬以能书名，既耻为一艺之士，其敢不勉！”

我想很少有书法家在看到王守仁的字时不觉汗颜的。

现代人喜欢技有专攻，社会分工明确，很可能有人一辈子就在造螺丝，有人一辈子就在跳舞，有人一辈子就在画画……这种分工对社会效率确实是大有好处的，而有部分人在一定的领域上出人头地当然“固一世之雄也”。但大部分人都不会想到在这一切的枝叶之下还有一个根源，一个无尽藏的总开关，那就是阳明先生所说的“心”了。他说:“圣人之心如明镜。只是一个明，则随感而应，无物不照……只怕镜不明，不怕物来不能照。讲求事变，亦是照时事。然学者却须先有个明的工夫。学者惟患此心之未能明，不患事变之不能尽。”他指的是，如果修心功夫到家，做到心明如镜，一切技艺智谋自然水到渠成了。

许多人看到先生“心如明镜”和“心外无物，心外无事，心外无理”等语，自然会想到神秘玄妙的禅宗，却不知真正的智者都不过是修心而已，真理和智慧跟教派名号并无丝毫关系。

如果你怀疑这位阳明先生不过又是一个空谈误国的玄学家，当你看到他那张战无不胜的履历表时，舌头一定会吐得发痛的。

如果你碰巧是个“一艺之士”，当也该清楚，在真正心明如镜前，离自己所能达到的高度与广度还很远很远呢！

步行之乐

忽然有一天，发现自己能忆起的事几乎都与步行有关。

走着听蛙声，走着想哲理，走着看风景，走着谈恋爱，走着练静心，走着思故人，走着哭，走着笑……

人到中年，许多人、许多事和许多地方都已一一淡忘，但那种漫步在山岚草风之间的清旷明静、穿梭在人潮之中的咫尺红尘、交趾于时空虚幻的曼妙迷离却总是萦绕心头。

步行让人如此难以忘怀，也许是因为心扉会在缓慢的步调中不经意打开，造化的恩典自然会流往开放平和的心胸。

医学之父希波格拉底说过：步行是人类最好的“药品”。康德坚持每天下午三点散步，除了写就了众多伟大的哲学著作外，还在哥尼斯堡大学走出了一条著名的“哲学家之道”。邓小平在“文革”最艰苦的岁月仍然绕着院子的两棵槐树走上几十圈。越南有一位著名的一行禅师，他的法号正是来自他所提倡的特别法门：步行念佛。他认为禅定最好的方便法门就是在轻松自然的步行中进入“念佛三昧”。

澳门的狭小让这里的人产生了许多奇怪的习惯和想法。有一次带一位年轻的朋友去一个不到十分钟步程的馆子吃饭，走到五分钟已气喘面红，笑说：“你说的很近，是北京标准还是澳门标准啊？！早知如此我就开车好了。”

有一位同事和我在电梯里搭讪，他问我住在哪里，开电单车还是汽车。我说是用走的，住得不远，二十五到三十分钟就到了。他吐吐舌头说:“三十分钟还不远？”

其实这三十分钟对于我来说是很重要的，往往坐在办公室里想半天都理不清的事情就在这段时间里想通的。理论上讲，人只有心明如镜时才能看清情况并做出反应，但人们真正静静坐下来时却顿觉杂念沓来，不得要领。而人在步行时，左右脚前后交替摆动，似乎更容易与起伏连绵的思绪合拍，形成一种和谐平静的状态，而灵感就在这种简单的动作中涌现出来。而我们用汽车省下来的三十分钟，很可能在电视机前、在百无聊赖中甚或在医院排队候诊中轻易掠过。

生活其实并没有我们想象中复杂，很多时候思想一转，健康、喜悦与智慧其实离我们很近。

如婴儿之未孩

真正的科学充满诗意，真正的诗歌精准如科学；灵性者必关心肉体，唯物者却最爱谈精神。

和同事讨论关于健康生活，同事认为早睡早起、保持开朗是真正的健康之道。

我笑说，开朗愉快其实是健康的一种表现，更多的是果，而不是因。虽然强颜欢笑有时也会有一定的疗效，但也不过是杯水车薪罢了。

这里头涉及一个现代人根深蒂固的迷信：精神万能论。说起来还真可笑，越是物质的人越相信这种力量。比如有些佛教和尚认为酒肉穿肠过，佛祖心中留。这有点像有些所谓的基督徒坏事做尽却心定神闲，因为他们认为只要临死一刻向主忏悔就万事大吉，相信天堂之门依然会向他们打开。无论以什么名义，这种迷信像刊登明星淫图的报刊一样，必定最具吸引力最有市场也最是唾手可得的，因为这是一种对责任的逃避，一种肆无忌惮的、赤裸裸的谎言，但却是一种所谓“自由”的陷阱。

在我看来，健康和快乐都是极端物质和简单的事情。健康是快乐的基础，而健康的获取也非常物质：你吃什么就受什么影响。人们毫不思索地吸烟、喝酒，且都不经大脑毫无限制地进食肉类，并相信那些动物的尸体会给他们带来足够的营养，义无反顾地成为动物的坟墓。自认为科学理智的人们从不想想尼古丁、酒精和动物死时的恐惧、怨恨和绝望到底哪里去了。

人们在各种毒物前毫不畏惧，其勇气何来？除了不爱用理智的愚习和那些比砒霜还毒的虚假信仰外，最大的来源当然是欲望。一种对快乐的渴望，正是那黑洞般的渴求让飞蛾扑向烈火，让人们一次次往身上注射毒品；同样的欲望让人们不顾一切暴饮暴食、纵欲伤身……其实所有人都只为了快乐两个字。但却犯了一个致命的错误，那就是健康的身体才是一切快乐的泉源。人们看到的还仅是刀锋上的蜂蜜，而忽视人身里隐藏着的无限祝福。对此，英国诗人威廉·布莱克说得最清楚："所谓的快乐就是能量的流动。"

婴儿是快乐的，那是因为他们的重要气脉都是通畅的，那就是老子要说"我独泊兮，其未兆，如婴儿之未孩"。耶稣说："除非你变成孩子，不然你无法回到天国。"

只有吃得像婴儿一样简单，思想如他们一样单纯，我们才会知道真正的快乐与健康。

减法法则

摄影里有一个广为人知的“减法构图”，也就是在混乱中提炼秩序，在繁杂里裁出简洁。国画讲究得意忘形，得鱼忘筌。同样，精练准确是文学的基础。

艺术上的减法，我们都很容易认同并遵循，但倘若把生活当成一种艺术，“减法”很可能就变得困难重重了。成为真正的艺术家很难，要成为自己生命的艺术家更是难上加难了。

困难来自哪里？那就是众多好意的劝告。在这个世界上你想去做任何好事，你都会听到内在和外在的一千零一个不该做的理由。如果一件事完全没有人取笑、劝谕或阻挡，那你还真该三思：正确吗？值得吗？可行吗？老子曰：“不笑，不足为道也。”

画面简单会让主体更为突出。同样，生活简单会让人生的意义更为突出。反过来说，当自己的目标水落而石出时，生活也必然变得简单。

我们对世界的认识该分为三个阶段。第一阶段，带着哭声赤条条来，一无所有，一无所知；第二阶段，出于无知与空无，我们不停地积累知识和财产，尝试充实自己的生命；第三阶段，我们开始停下来对自己的所有和对积累这个惯性做出反省、简化与重新安排。有些人会永远停留在第二阶段，就如有些人至死都未能心智成熟一样。

处于第二阶段的人会不停地收集信息，不停地交际娱乐，不停地工作，不停地丰富自己的生活，盼望这一切的增加能让自己得到幸福。

而到了第三阶段的人则会开始明白减法的重要性。开始明白其实可以少开车多步行；开始明白可以推掉很多无谓的应酬，多陪家人散散步；可以减少伤身劳神的夜生活，留些精神静心聆听内在的韵律；可以减少无用的消费，把剩下来的金钱留给更需要的人们；可以少吃成分复杂的食物，有机天然的五谷菜蔬更显清新怡人……

如果每人都可以减少日常无谓的消耗，身心健康不说，连地球这位无私奉献的母亲也会马上松一口气。

不同的情况确实会产生完全不同的哲学。比如物质贫乏时，普罗大众都是热量不足，所以过去的营养师一般都认为鸡蛋和牛奶等物是必需的；而如今时移世易，当代营养学专家已认为不吃它们更健康了。

减法其实就是给身心和地球减负，它们当然会以最好的回报于你。

真正的享乐主义

同事说身体欠佳，笔者难改饶舌顽习，教了个站桩的方法。同事一试，几分钟下来大汗淋漓，不禁感叹：“怎么如此简单的动作，身体的反应却如此的巨大！”我笑说：“你认为这是普通的动作吗？”

动作其实是普通的——不过是某拳法的基本功而已。我惊讶的是人们对自己身体的冷漠与忽视。我们从小起早摸黑、穷心极智地学习各种赖以糊口的技能与手段，但对于自己宝贵的身体，除了在欲望的驱使下会对它进行无情的剥削外，一向是视而不见的。有位大学同学性嗜酒，喝得胃都痛了，别人劝他，他回答说：“我的头脑是上级，身体是下级，下级必须服从上级，痛了吗？我偏要它喝，它还是得乖乖地喝。”结局当然是上级下级同赴黄泉了。这例子虽然有点极端，但我们多少有着同样的人格分裂。

我们最大的悲哀是，只在有病时才注意到身体的存在，只有接近死亡时才想探究灵魂。公园里练拳和站桩的，不是老人就是病人。亡羊补牢当然是为时未晚，但已是事倍而功半了。

《圣经·创世纪》说到上帝造人是往泥土上吹一口气，我相信那是千真万确的。正是那一口气让人体内充满了无限的祝福，充满了几乎与造化同等的智慧宝藏，更是充满了无限喜乐的可能。而在上帝赋予的喜乐之门里，我们唯一认识并关注的只有最下面最低等的生殖器官。为了那个最低等的能量中心的一时欢悦，多少人精力耗尽，多少人名誉扫地，多少人家破国亡。而此处以上的喜乐之门对大多数人来说到死时都是关闭的，我们就像盲人一样身拥巨富而懵然不知，一直在自己的久被荒废的超级豪宅门外过着乞丐一样的生活。

就在这个我们习以为常的平凡的身体内，隐藏着我们梦想得到的，甚至做梦都未曾想到过的一切喜乐和永恒。

印度教湿婆派（Shivaism）认为，这个宇宙是湿婆（Shiva）一场宏大无比的游戏，人们本来都是来自湿婆，但为了增加游戏的曲折，人们都选择了忘记湿婆，以便得到重新忆起并认识湿婆的快乐；而在整个过程中，最快乐的并不是回到永恒的湿婆境界，更不是完全无知之时，而是在这个人身里重新接近湿婆时的喜乐。

这才是真正的享乐主义。

功能的阉割

一个人在某方面太专业了就爱钻牛角尖，容易变得偏执，甚至本末倒置，像错练《九阴真经》的欧阳锋一样。

近日偶然见到一张宣传海报，半天看不出它的主题是什么，好不容易找到了一些字，才知道原来是宣传某展览的。接着再花了相若的时间才找到该展览的时间和地点。就视觉效果来说，它确是蛮有味道的，但实在失去了它作为广告宣传的作用。就此，我特地请教了一位设计师朋友。

“你觉不觉得这张海报很难懂？”我半带羞涩地问。“确实是有点。”设计师一笑，说，“外国有很多人玩这种花样。这种海报的对象不是给一般人，你大概也不属于它的对象了。它是给熟悉这个展览的人看的。”“你指这张海报是给早就知道的人看的？”“是的。”设计师平静地说。

一位同事在旁打趣说：“这叫功能的阉割。就像人们喜欢刻意去除性行为最重要的生殖功能一样，一切都是为了爽一下而已。”

的确，人就为了爽一下什么都做得出来的，如今连毁掉赖以生存的地球都在所不惜了。

人类和动物最大的差距也许就是在功能的转换和阉割能力上了。人类可以把一切官能转变成艺术：吃有吃的艺术，看有看的艺术，听有听的艺术，嗅有嗅的艺术，摸有摸的艺术，基本上什么都是可以用来爽上一把的。

改变往往是毫不自觉的。有一位朋友，出于对摄影的热爱，他四处奔走翻遍一切能找到的资料寻找适合自己的相机，且不惜重金买了许多摄影器材。刚开始还一个个认真测试，后来多得索性买了就搁在架子上。如今，他已专门有一间偌大的相机房，里头有多少东西大概他也记不清了，但我见到的是同一家牌子 90㎜ 镜头就有五个——据他说这五款镜头成像风格迥异，而他正在到处寻找传说中的第六款 90㎜。多年来他拍到的只是些报纸和花草的测试片子。问他何不好好拍照？他说还没确定真正适合自己的器材，说在此之前他是无法静下心来拍照的。研究器材不知不觉成了他的兴趣，而那些每部都让人垂涎三尺的相机也就被他阉去了主要功能。

有时功能的转换可以是一种乐趣，可以一笑置之，但某些重要的功能与本质则实在不宜掉以轻心，如理智与慈悲。

劫灰聚散

笔者日前为一个环保团体翻译了原载于《洛杉矶时报》的一段新闻，大概说的是：全球气温急升，北极圈内原本隔绝地下能源的永冻层迅速融化，不毛之地忽然成了炙手可热的巨大宝藏，俄罗斯、挪威、加拿大和丹麦等国磨刀霍霍向石油，争个不亦乐乎，美国佬为此还在着手修改《海洋公约》。

这次领土之争诡异的不是那些让人喷饭的海域标准，而是永冻层之下大量的有机物一旦通过湖海泄进大气层，将成为有毒的气体——甲烷，由于体积过于庞大，地球的生物将会面临灭顶之灾，而石油大亨们还迫不及待地争着打开这个灭世之匣。

人愚蠢起来还真是没个谱儿的。

最让我感慨不已的是那位作者的这段文字：“千万年来，腐化造成的大量燃料被锁在冰层之下，一直都是与世隔绝的。可笑的是，人类正是因燃烧这些燃料释放出大量二氧化碳造成气温升高的，而气温升高造成冰块融解又让人们发现更多的燃料以供燃烧。”一种莫名的宿命感油然而生，忽然想起了古代“劫灰”之说。

晋朝干宝的《搜神记》有个小故事：“汉武帝凿昆明池，极深，悉是灰墨，无复土。举朝不解，以问东方朔。朔曰：‘臣愚，不足以知之。可试问西域人。’帝以朔不知，难以移问。至后汉明帝时，西域道人（法兰）来洛阳。时有忆朔言者，乃试以武帝时灰墨问之。道人云：‘经云：“天地大劫将尽，则劫烧。”此劫烧之余也。’乃知朔言有旨。”

看来古代的印度人早就知道世界的劫成就了煤，所以煤在佛经里有着一个伤感的名称叫“劫灰”。根据现代科学的解释，煤、石油和天然气都是因气候急变和地壳变动而积累起来的有机物，若用古代的语言表达，确实没有比“劫灰”更精确了。事实上，西伯利亚永冻层之下的泥煤沼泽以前就是一大片生命繁盛的草原，而过去的生命残渣如今已是千万吨计的沼气。

这些由毁灭而生成的能源成了海妖（Siren）向人类吟起的美妙动听的致命歌声，难以抗拒的诱惑把人类一步步引向毁灭。也许，当我们的身体成为石油时，则又开始诱惑新一批的生命。如果轮回说是真实的，正是那些久埋于地下的我们过去的身体呼唤着我们……

放下

放弃珍爱的东西也可以是一种乐事。

最近打算出清不常用的镜头，于是把一向觊觎防潮柜内的物事的朋友们请来家里喝茶。菜鸟们打开那柜子一般都张口惊叹两声，在我的介绍后一般都各取所需，买下自己想要的焦段。但最后来的是跟我最相熟的发烧友，对我口头列出来的抛售货单充耳不闻，打开柜门时一脸诡笑，右手像识途老马般把一支全金属镜身的大光圈德制电影镜抽了出来。

我说那是铁了心不卖的，我知道这家伙满世界地找这镜头已经找了两年了。

“你好像很久没用它了吧！都要发霉了。”他自个儿在那里拧那个方向跟一般镜头相反的对焦环，瞳孔兀自张大了。“确实很久没用了……”我开始觉得自己对它的执恋已到了让自己生厌的程度。当朋友再三保证我想用时可以随时借回，我忽然感觉到一股来自虚空的诱惑——一种对洒脱、自由的向往，一种反抗自我习性的冲动。当我终于答应卖给他时，我自己都有点不相信自己的耳朵，一种心如刀割的快感涌上了心头。

那老油条把电影镜装上一部数码机身，随便拍了几张刚好也在场的朋友，被拍的朋友看了那些油润如画的照片，几乎把舌头都吐了出来，说：“你怎么不早点告诉我有这玩意儿啊！”我苦笑一声，说本来就没打算卖它的，心想这几张片子还没发挥其威力的十分之一呢！自己用它拍过的片子忽然像电影般一张张在心里投放出来，那清润如洗的色彩、平滑无碴的过渡和铿锵浑圆的绝世光斑一一浮现眼前，看着笑逐颜开的老油条，后悔得直吞口水，遂对他说："卖是可以卖给你，但是你得答应我两个条件：第一，我想用时你得随时借给我；第二，你不许卖给别人，你只能再卖给我。"他当然是满口答应了，但我心里却很清楚自己是不会借回来，他也不会想卖的，这两个条款不过是让自己的头脑好过一点而已。

挥手送老油条出门时，我对自己说：我过去没有它，现在也没有它，不是挺好的？

家人知道后大吃一惊，说："你疯了？"

其实偶然疯一下感觉挺好的。

智慧之神

说起素食和轮回，中国人大都会想起佛教，见识多些的也会想起印度教、锡克教和耆那教等，但那基本上都是东方体系的信仰，很少人想到，被西方人尊为数学之父和音乐之父的哲学家毕达哥拉斯其实是主张轮回说的，更是严格的素食主义者。

毕达哥拉斯，最为人所知的直角三角形“勾股定理”、音乐理论和“黄金分割律”直接推动着人类文明的发展，无数哲学家、数学家、科学家、音乐家和画家都在他开辟的道路上得以继续前进。但可能很少人想过，这些伟大的理论或发现其实只是被多事之人泄露出来的一小部分旁枝末节，而他高声疾呼的、盼以扶民济世的核心哲学理念却早已在历史的波涛中响沉声没了。毕氏会根据学生不同的资质教授不同的学问，只有才德兼备的学生才允许登堂入室聆听他的心灵科学的教理。而这位被弟子们视为半神半人的智者的核心理论是什么呢？答案是：宇宙天体的音乐。他认为宇宙间充盈着一种美妙无比的和谐音乐，只要你有着纯洁的灵魂，你就会听到这种永恒不灭的声音，你会获得无上的智慧和精神上的自由，遨游于星际之间。这种理论对很多人来说真是玄异怪诞、不着边际，但熟悉宗教的人听来却是无比的熟悉。老子说：“大音希声，大象无形。”庄子推崇聆听“天籁”。佛陀在《法华经》上介绍“观音法门”时说：“梵音、海潮音，胜彼世间音，是故须常念。”天主教《新约》首段：“在起初已有圣言（声音），圣言与天主同在，圣言就是天主。圣言在起初就与天主同在。万有是借着祂而造成的；凡受造的，没有一样不是由祂而造成的。”锡克教的经典直接就叫《真言颂》……

这一切的“雷同”，似乎可以证明人是可以借由某种方式与天地沟通的。中国人所说的“天人合一”也许有一种更为科学的表述，那就是：通过这种“大音”接入整个宇宙的意识“互联网”。

人们从毕氏的数理末学中获益良多，却对这位被称为“智能之神”的圣哲主张的生活方式和核心科学置若罔闻，真可谓是买椟还珠啊！

也许我们都很脆弱

子夜，寂静中楼下忽传来一对男女的吵骂声，声音碰到前街后巷对面的房子又荡回来，接着听到杂物相撞破裂，继而是男人的怒哮与女人的哀泣，整栋石屎楼仿佛成了扎在风筝上的纸一般在两人的声浪中颤抖，随着他们每一次声调的提高，我的心脏仿佛也随之被凌空扯高。

还在客厅里看书的我走到睡房看儿子，生怕他被吓醒。坐在熟睡的儿子旁边，我才大概听明白了楼下吵的是什么。原来女的经常情绪失控动手打男的，男的为此经常做噩梦，他今晚再也忍受不了她了，非要轰她出去，不想再跟她过了。而女的说自己一向均非故意，哀求男的原谅，还声嘶力竭地表示自己是多么多么爱他。闹了一会儿，整条巷子似乎都被吵醒了，各种起床穿衣、打电话报警和低声埋怨的杂声一下子不绝于耳，街对面更有一个汉子大骂起来："给我闭嘴！你们爱出丑就出，但别扰人春梦啊！"

我是一边觉得楼下深夜扰人讨厌，一边却被他们那种牲畜受宰般的咆哮和悲鸣所牵动，觉得他们也正在被无明的情绪所宰割，实深可怜。

过了一会儿，巷子里来了个警察，向楼上的人问了那单位的具体位置就跑了上去，吵架终于就此慢慢平静了下来。儿子打了两个翻身后重新进入梦乡，我松了一口气，第一次对警察生起了无比的敬意。

就在此时，忽然想起日前在医院里吞枪自杀的交警。执法人员在让市民得以继续安稳睡觉的同时，他们的内心其实也许跟吵架的男女一样脆弱无助。

法律面前，是否人人平等，这是很值得怀疑的；但在情绪面前，人人平等却是千真万确的。人的情绪大概都是一样的，所以面临苦痛深渊的危险也是大概相等的。不同的只是我们心灵修养的高低罢了。

在物质高度发达的社会，人们的心灵往往反而更为贫乏，在情绪面前也就更为软弱无力了，因为我们会一直以为外界万有就是我们所能接触到的一切。

在这方面，庄子有着极为深刻的认识。他劝谕我们提高自己的意识层次，让心灵像大鹏一样遨游于万里高空之上，否则我们将如乌鸦一般日夜守护着那只死老鼠神经兮兮担惊受怕。

如果心灵没有真正准备好，我们随时都可能被击溃的。

无我与真我

喜欢《合伙人》里的一段对白，跳芭蕾舞的女人跟男主角说：“我最喜欢的感觉是早上醒来，忘了自己是谁，可以感到无限的自由，我那时就可以跳出无与伦比的舞姿，仿佛可以摆脱地球的引力，旋转于宇宙之间……嗯，那感觉，就像跟你在一起的时光一样。”

这大概是我看过的电影里最棒的爱情表白了。短短的一段话，除了把爱情那种难以描绘的美妙感觉表达得淋漓尽致外，还透露了一种常见却常被忽略的重要现象——无我。

无我，一直都像所有本质问题一样让人难以理解，而在这个崇尚“自我”的年代更是叫人心存恐惧。但现实世界的体验却不断地告诉我们，人只有在无我的状态才能达到喜乐，发挥出内在的能量。所以，我们到处能看到喝酒、吸毒、抽烟的人，其实他们都是在借用化学物品寻求那种忘却自我的状态，哪怕就那么一瞬间，他们才能放松。王羲之醉书《兰亭》、李白“斗酒诗百篇”……人似乎只有在摆脱自我束缚之后才能让内在的快乐和潜能得以释放。

这里就存在一个很有意思的命题了，那就是我们所说的自我束缚中的“我”和“内在潜能”究竟有什么关系？佛教把形成束缚的“我”称为“我执”，它是头脑这个哈哈镜中照出来的一个“假我”，此我生老病死，并导致贪、瞋、痴三毒缠身。而究竟是谁站在哈哈镜之外呢？那就是“真我”了。其实人生世上，接近这个真我，我们会经历喜悦、快乐、健康和智慧；远离这个本我，我们会经历忧愁、郁闷、病苦和愚痴。只是我们大多情况下都是在这两个方向之间左冲右突，像盲头苍蝇一般已失去了基本方向的概念。

那如何能让自己接近真我呢？最基本的是过着顺应自然的生活，放下那些对无明积习的认同。如果你走在正确的路上，身体和心灵都会告诉你。

真挚的爱情会让人暂忘头脑里的“假我”，并会通过生命能量的洋溢与流动而短暂瞥见“真我”。如果你不必假借任何外物而接近真我，你将拥有宇宙中最伟大最美妙的“爱情”。

沉默主义

有些事不能说，有些事不该说，有些事不想说，有些事不屑说，更多时候则是说了等于白说，所以沉默总是大多数。

沉默的大多数当然大都默默无闻，但俗语有云：行行出状元。沉默的极致就是一默如雷，名震千古。比如我国的伟大诗人屈原。

说一个人伟大，一般都指他被人欺负了，屈原先生也不例外。他当时头脑里怀着极之狭窄的地方保护主义思想，主张合纵抗秦，尝试阻挡嬴家的统一大业，传播了极不和谐的言论，被楚国中央两度流放。他在写下几首古往今来最伟大最优美的自恋诗章后，跟希腊神话里的自恋者（Narcissus）一样投河去了。他把最宝贵的身体“沉”到汨罗江，自然也就永远“默”然——舍身成仁，成了沉默主义的万古典范。

中国民间曾读过这位“举世皆浊我独清，众人皆醉我独醒”的诗人的优美诗章的恐怕不多，读过而又懂得欣赏的更是少之又少。但中国人何故两千多年来对这位香草爱好者念念不忘，年年为他包粽子、划龙舟呢？为了他的华美辞藻？为了他的爱国情操？历代好诗人岂止他一位，比他更爱国更悲烈的英雄也大有人在，但成为举国上下纪念的历史人物里，恐怕他就是老大了，连黄帝、孔圣也望尘莫及。在我看来，中国人对这位怀才不遇、上诉无路的诗人的境况实在是感同身受，深知沉默之无奈与苦闷，纪念屈原的同时，下意识里也许不无对自己心里那份欲说还休、同没汨罗的窝囊气的一种祭祀：三闾大夫尚且如此，我等夫复何求？

耶稣为基督徒被钉上十字架，屈原为沉默主义者跳进汨罗江。

沉默是金，沉默像润滑剂，可以让历史跑得更快更流畅；沉默可以让人起死回生；沉默可以成就一些人的大业；沉默可以让许多不可能变成可能。沉默主义者是最值得尊敬的一群人，没有他们，许多历史都要重写。他们的伟大就在于他们以沉默为历史让路。

当然，伟大的人，一般都是被人欺负的。

蝶梦之叹

同事在办公室里慷慨激昂地大骂《海角七号》是“一部热情洋溢的烂片”后，给我塞来一张碟子——《幽国车站》，说这种才叫电影。

这是一部演员和导演都很有名，但却鲜为人知的好片子。故事是这样的：著名作家“开关”（Onoff）因在荒林中狼狈奔走被警方扣押，原来附近有一宗枪杀案，而问他口供的刚好是熟读其著作的一位警官。“开关”对几个小时前的事描述前后矛盾，错乱百出，警官怀疑杀人的正是这位坐在他前面的偶像。漫漫雨夜，陋屋漏水，作家苦思冥想，妙语连珠；警官死缠烂打，抽丝剥茧。在作家趁乱逃走又被抓回后，在警官把证据一件件放在桌子上后，作家被迫对自己的一生做出剖白：原来他的成名作是抄袭一个流浪汉的文字而成，他自觉自己亲手写的文字根本达不到那流浪汉的水平……在警官的威逼下，他最后不得不承认他杀了人的事实，而那个人正是他不想再面对的叫作“开关”的自己。原来作家早已自杀身亡，而那自称是达文西的警官和整个警局则是负责让那些不愿相信自己已死的亡灵醒悟过来的一个中转站。

这故事让人想起《第六感》，许多人相信《第六感》的灵感是来自《幽国车站》的。

我却想起了《聊斋志异》里最感人肺腑的《叶生》：叶生文章辞赋，冠绝当世，但时遇不济，却受一恩公赏识抚识，可恨文章憎命，科考依然铩羽。叶生悲恨之下重病寝疾，恩公虽慰问不绝，却难见起色。恩公因事先行上路，后叶生为报恩遇赶来，倾一生所学传予恩公之子，最后使之功成利就。其后，叶生衣锦还乡，看到的却是他自己的棺木和守寡多年的妻子，他才想起自己死去多年，遂扑地而灭。

据《西藏度亡经》所言，确实有些亡灵是不知道或者不愿相信自己已死。文艺作品虽属虚构，却很可能反映出一些较深层次的感悟。

《幽国车站》里最让我感触不已的一幕是作家在警局睡了一觉，醒来前像生前跟女朋友呢喃般说着:“美琪，我刚发了一个噩梦，被抓到一个古怪警局，那个怪警长熟读我的著作……”死了睡觉也把实境当成梦境。岂不是跟庄周梦蝶有异曲同工之妙?

你真能确定这是真实的世界吗?

冥想时间

习惯早到的我，站在某酒店门前，看着一辆辆发财车停下又离去，过了约定时间的十五分钟，朋友来个电话，说同学们一般都会迟到的。

十二月，入夜的海风挤进街道，刷过快车，拨弯沿路一排挂着半黄细叶的树杈，刮面而来，竟有一种让脚尖自动收缩的北国式的凛冽。暖调的霓虹灯没有带来丝毫暖意，两手自己相互搓了两下，忽然开始怀疑自己一直坚持的守时是否过于迂腐。

就我接触过的澳门人来说，时间观念似乎都比较松散。也许正是这种悠闲的心态，让澳门人均寿命高于其他地区。

其实，人类真正能把时间精确地分割到分秒，并把这种分割工具带在身上到处走，也不过是近几个世纪的事。准时（punctual）一词到了18世纪才用于形容那种按时办事的习惯。从那时开始，人类才开始着了魔般被时钟指挥着做事。无数人的准时合作，就像无数个齿轮相互协作，让地球成为一个庞大无比的生产机器，经过几个世纪造就了这个辉煌无比却又千疮百孔的工业世界。由时钟推动的欲望，最终把世界带到了全球暖化这个存亡系于一线的境地。

隔着五米高的玻璃门，看见酒店里那位穿着超短裙的招徕女郎笑着和刚进门的客人打完招呼就和负责开门的侍应生继续扯聊，大堂内所有男士的目光都集中在她身上的某些过人的部位，眼球都快要弹出来了。侍应生每次把门推开，你几乎都能感觉到寒风如闯门而入，直刺丝袜之下供人参观的幅员广大的大腿。

朋友来电话说快到了，叫我可以到楼上餐厅等了。我想想那股夹着重金属和化学剂的海鲜味道，决定还是在街上站站好了。当我再次陷入沉思之中时，忽然发觉自己引项等待别人的赴约是多么荒诞——一个人站在天地之间不是一件无比美妙的事吗？何必巴巴地等待一个可能永远不会到来的时刻。这一刻和下一刻又有什么区别呢？

看着对面街上那个珠宝海报上笑得太久而显得苦涩的模特，晚风似乎能穿过胸膛，唤起一种带着幽香的醉意，顿觉此刻就是生命能提供的最美妙的一刻，忽然明白印度人为何感谢迟到的人，正是因为他们，我们平添了许多冥想的时光——那不正是最值得回味的吗？

美是广阔的

有一次，一位不大懂茶的朋友在我家喝茶，见到我的公道壶上扣个葫芦瓜网隔，说："你的茶具也太随便了些，改天我送你一套好的。"我一笑，说："将就着用吧！"

两个月后，一位资深茶友见我把同一套茶具端出来，问："你这个公道壶在哪里买的？够厚重！跟你这套古朴的紫砂茶盅呼应得很有味道，配上这个深褐色的鸡翅木茶盘就更是浑然天成了。"我也一笑，说："其实那公道壶是几年前居无定所时用来随便泡茶解渴的，后来盖子和一套的杯子都被不小心打碎了，壶顶刚能扣个网隔，将就着用而已。说到在哪里买，我却真想不起来了。"他说："那我到广州芳村找找看。"

面对同一个茶壶，三个人有着三种截然不同的态度。面对一切时，人们又何尝不是如此？你也许选择喜欢、不喜欢或者无所谓。茶壶当然可以轻易换完一个又一个。要是换不了的呢？比如自己的样子？比如自己的生命？

很多时候，上帝并没有给予我们太多的选择机会。但上帝的慷慨体现在我们思维方式的空间。这空间的大小，显示出我们成长的程度，同时也决定着我们获得幸福与喜悦的可能性。据说，成长到极致的人，只剩下一句：天下本无事。

"长啸一声天地大，狂歌九极凤凰游"，当是真正"天下本无事"者的内在境界。我等博地凡夫，自是难以企及的。但我却相信，只要保持专注、开放和鲜活，我们将发现生命中更多的选择，发现更多值得庆祝的时刻，发现更多黯淡中的光辉。

不喜欢那公道壶的朋友一定习惯了好东西必须是精致专配的，从她理解的技术层面是对的，它确实是“太随便”了。但在另一个层面，“随便”本身也有一种自然潇洒之美。

很多人喜欢标榜自己的美食品味，却很少有人享受肠清胃净的轻灵和宁静。美食果腹固然是享受，减少食物的干扰却也是对身体的一种恩惠和祝福。

能在花开时发现天堂的美艳与荣耀，当然是福气；但要是在花谢时感受到涅槃的超越与喜悦，则是真正的成熟。

美，广阔无比。

万代之过客

小时候极喜欢《春夜宴桃李园序》："夫天地者，万物之逆旅也；光阴者，百代之过客也。而浮生若梦，为欢几何……"但真正切身体会人在时间中的渺小，是在开封。

记得午后昏昏欲睡间，我在大巴上听到导游小姐介绍："……在今天距黄河仅七公里的开封市地下，一层一层地掩埋了春秋战国以来至少七座古城：开封、大梁、汴梁、汴州、东京、东都、开封府……这座古城在洪水泛滥中多次被淹。洪水过后，泥沙淤积，人们便在原址上叠床架屋，重建家园。一系列古城'叠汉堡'般挟在我们的脚下……"徜徉在专为游客建造的"清明上河园"的街道上时，看着身穿戏服的河南人在身边穿梭，我总忘记不了那七层古城：每层古城上都埋没着无数人的悲欢离合，也埋没着无数人的梦想和幻灭。

站在应该是《清明上河图》上最热闹的那条高桥上，看着桥栏上那些"×××到此一游"的字样，想起耆那教的一个古老神话：

一位伟大的国王凭着自己的勇敢和韬略征服了整个世界，成了真正的世界之王。据说这种世界之王最多二千年才出现一次，而只有这种人才能于死后进入天堂时，在被称为"终极之山"的苏马鲁山上刻上自己的名字。当国王死后见到苏马鲁，守卫给他一个凿子，好让他把自己光辉的名字刻在那座以纯金堆成的高山上。国工表示希望能带妻子和大臣们一起来见证这伟大的时刻。守卫说:“带人来看没问题，但你最好还是先进山看看。”国王进山一看，发现这座跟喜马拉雅一样连绵巍峨的山上满满刻着名字，他意识到自己虽然贵为世界之王，但在永恒的时间里，几千年和须臾并无差别，在他之前已出现了许许多多的世界之王，在最雄伟的山上，居然毫无下凿之处。当他回到山脚，明白守卫劝他别让妻子来看是对的，他说:“根本没有空位嘛！”守卫回答:“你要想刻，只要把几个名字擦掉就可以了。大家一直都这样干的。上面的名字很多都是这样刻上去的。”国王说:“不必了，这有何意义呢？我的名字也迟早会被擦掉。我的一生在追求这个无聊的荣誉中浪费掉了！”守卫笑说:“你不是第一个放弃刻字的，实际上，聪明人都不会再往上面刻。”

我们都只是过客。

三种食粮

据说内地《阿凡达》3D版电影票早已预订一空，黄牛票甚已炒到一千元一张。电影工业终于找到家庭影院暂难取代的媒体，世人为之疯狂也是情理之中。这预示着一个三维影视时代的来临。

朋友们极力怂恿我去领略一下三维电影的无比享受。一则忙，再则想起那种三维眼镜就有点头晕，遂笑说："这个世界本身就是三维的，又有多少人懂得静下来欣赏一下娑婆世界的美妙光影？"

且不说朋友被这怪话噎成什么样子，倒是把自己雷到了。人本就喜欢幻象多于真实。听说有台湾的心脏病患者看《阿凡达》头晕致死。为了幻觉的享受，死不足惜。真乃大无畏精神。

根据中东神秘主义的传统说法，人需要的食粮有三种：一、经口进食的普通物质；二、阳光和空气；三、印象。

第一种最容易理解，是生物世界为之争斗不休的物事，也是今天海地因震后缺少而变成炼狱的东西。国际事务专家戴尔（Gwynne Dyer）认为，全球平均温度上升一度，粮食产量将减少一成；若上升两度，印度粮食将减产四分之一，中国也会减产百分之三十八。他认为，粮荒会导致难民大量逃出边境，各国权局将动荡不安；国与国之间会为争夺河流水资源而发动战争……水和食粮固然非常重要，但一般人缺少这些物质还可以活上几天甚至几十天。

第二种是更细微的能量。实际上，它是地球上所有有机物的能量源头。古今中外都有不少“食气者”，而有些印度瑜伽师是只“吃”阳光的。据解释，大气里充满了各种可以长养身体的细微物质，当大脑电波进入一定的和谐状态，人体就会打开一种类似植物光学作用的原始功能。这种能量当然是至关重要了，但人体缺少它，还可以活几分钟。

第三种——印象就比较鲜为人知了，通俗点可以称为真正的“精神食粮”。印象，可以是光、声音、触觉、思绪、场景、影像等等，从很物质到很抽象的都可以形成“印象”。据传统说法，只要有一瞬间缺少这些“印象”，人就会马上死亡。

这或许就能解释人打从出生始就无时无刻地追逐声、色、思维，哪怕睡着了也要造出梦境来满足“印象”的需求。或许也能解释，人们对三维影像为何如此痴迷了。

当然，所有食粮都有正面和负面之别，希望大家选择更正面健康的。

无常

人生无常。变幻才是永恒。一切都会改变，一切正在改变。

这些道理，大家当然都有听过。但变更真正发生时，还是让人惊讶不已。

比如，我们买座房子，管它叫“不动产”。这种称呼的前提是大地不动。但是，科学告诉我们，我们能接触到的最稳定的事物——山河大地只是浮于岩浆上的板块。事实告诉我们，板块被轻轻一挤，整个城市可以移动三四米——如果办公室小一点，说不定你就坐了老板原来的位置了，老板可能已坐到马路中心上面了！

这就是《八大人觉经》所言：“觉悟世间无常，国土危脆。”国土尚且“危脆”，其他就更是“逝波残照，露华电影，不足为喻”了。一切我们所认识的常规，其实很可能只是某个空间里在某段时间适用的。我们知道的常，只是巨大的无常中的一个切面。这好比现代数学中所说的，宇宙中不存在直线，只是弧线太长了，你随便切一个线段出来就是相对的“直线”了。

古希腊哲学家赫拉克利特（Heraclitus）说：“你不可能两次踏入同一条河。”点出了世事无常的本质。但从更客观的层面来看，应该这样说：“不可能有同一个你两次踏入同一条河。”因为除了河流在变，人也不停地变。第一次踏足河流的你和第二次的你已完全不同。《杂阿含》曰：“色无常，受想行识无常，一切诸行无常。”外部世界无常的同时，我们的“受想行识”更为无常。看着儿子安然入睡的你和骂儿子不听话的你，已是两个完全不同的你。不可能有同一位父亲抱着同一个儿子。

也许，有人认为无常观是悲观的，或者认为这是一种恐吓。实际上，恰恰相反，人只有真正认识并接受无常观，乐观才变得可能。

梭罗在《瓦尔登湖》中说:“整个变化是值得沉思的一种奇迹，但它是那种每一瞬间都在发生的奇迹。”变幻本身也是一种奇迹，只要我们警醒地从外在和自身的无常中体会，最终也许能从纷扰中触及和谐，从虚幻中瞥见真如。

究竟是谁一直看着变幻和辨析无常？那就是禅宗所说的真我。一切的变幻都需要一个不变的参照点，正如地球能够转动是因为有一条稳定的轴线。通过运动的轨迹，我们总能找到圆心；通过无常，或许我们也能找到那个不变的核心。

学习独处

人喜欢热闹，是因为寂寞。

看看奥运和世博的宾墟场面，我们就知道国人有多爱热闹了。中国式的热情甚至让奥委会主席萨马兰奇在临终时留言：希望中国成为奥运的永久主办国。

爱热闹的心理是社会构成的重要黏着剂。但当群体引力过于强大，个体的独立能力便受到极大的压抑和否定。这种对外界的过分依赖成为人们自我成长的一种巨大障碍。

简单来说，人们越来越害怕孤独。虽然，我们是一个人来到世界，也将会一个人离去；而且在此期间，独处是生命中难以逃避的重要部分，我们仍然不断设法抗拒孤独，避免独处。

独处，有社会和心理两个层面，所以避免独处，不同人不同时间会有很不同的逃避方式。恋爱、工作、聚会、人际交往等社会活动是最自然也是最广泛采取的方式。但很多时候，人只能一个人度过，所以，电视、电影、书本、电子游戏、互联网就是避免独处的工具。在更深的层面来看，睡眠中的梦、无意识的胡思乱想和白日梦，也是避免独处的本能心理安全机制。

很少人会清醒、直接地面对自己。但是，只要回顾一下历史，真正的伟人都是那些用大量时间独处的人，如我们熟悉的毕达哥拉斯、佛陀、老子、孔子、耶稣、穆罕默德、达·芬奇、米开朗基罗、笛卡儿、牛顿、王守仁、甘地……实在多不胜数！随便翻开一本伟人的传记，你必会发现主角必定在某一阶段里获得独处的机会和经验。你会发现那些有过人之处的人，其独处沉思的时间也一定较一般人多。甚至可以说，一个人的成就，往往是跟其独处的时间和深度成正比的。

此点在创造性的事业上尤为明显。常听到一些朋友经常为自己的艺术事业多年不见长进而懊恼。其实我很想告诉他们，创造力只生长在独处形成的广阔天地之间。

罗素说："那些在童年受到孤独的人要比受到宠爱的人日后更会成功；一个不具备精神独处能力的人，不可能成为伟人。"

也许你会认为，古来圣贤皆寂寞，不是每个人都想成为伟人，普通人何必熬那孤寂之苦？但现实是，独处是人生的必修课。逃避不如面对。

学习独处跟谈恋爱一样，是一个充满荆棘却美妙无穷的神奇之旅。终有一天你会发现，独处是一生中最具意义的时光。

行动疗法

米兰·昆德拉是一位很有意思的作家。他的了不起，在我看来，远不止在文学方面的建树，而是在于对人的洞见。他对人的观察和描述，深刻而神秘，仿佛已接近事物的本质，有时更像一位神秘学家。

他在《不朽》中写道："世上的动作要比人少得多。人多动作少！""一个动作不能被视为一个人的表现，不能被视为他的创造，也不能被视为那人的工具。相反，恰恰是动作把我们当作它们的工具使用，当作它们的载体或化身。"

是的，人们总有一个错觉，觉得自己主宰着自己的思想和行动。实际上，人们的思维和动作都是被潜意识里一套套模式所操控。

关于此点，第四道哲学家葛吉夫解释得非常清楚。他说："每一人种、每一民族、每一纪元、每一国家、每一阶层、每一行业，都有自己为数有限的姿势和动作。这些姿势和动作，就如人身上最为长久不变的东西一样，控制着他的思考形式和情感模式。但是一个人从未穷尽所有他可能有的姿势和动作。依据他的个别性，他只利用了某些可能的姿势和动作，因此一个人的姿势和动作极为有限。"

人们更像是受一套套固有模式控制的奴隶。人们在这些惯性的束缚下喘不过气来，总希望某种形式的释放。这就可以解释人们为何喜欢迷幻药、酗酒和暴力电影、电子游戏，因为这些都能在某种形式上让人暂时脱离束缚，并释放出一些心理或生理的动作。人们对“疯狂”的追求，实质是源自内心对action（动作、行动）的极度渴求。

神秘学家们认为，如果一个人不改变自己内在库存的姿势和动作，就无法改变他的思考及情感模式。所以，我们看到许多古老民族和古老宗教对舞蹈、仪轨、瑜伽体位、坐姿等的极度重视。这一切动作，无论对表现者还是观看者都有着极深的生理和心理意义。一个人在对自己的动作、行动上有意识的改进上参与得越深，他在心灵进化上就攀得越高。

葛吉夫向现代人提倡一种古老的“停顿”练习方式，就是在导师的命令下突然停止一个日常动作，以提升个人的警觉能力。其实，我们自己同样可以进行一些简单的“停顿”练习。停止一些本来就不好的习惯，如吸烟、吃肉、贪睡等，不但在生理和心理上带来利益，光是摆脱固有习惯的努力，就能带来警觉和力量。

从action中改进自我，是一种久被现代人所遗忘的自然疗法。

松果体和饮食

说到松果体（Pineal Gland），许多女士也许会想起褪黑激素（Melatonin）——但只是美丽的误会，这种荷尔蒙其实没有直接的美白功能。

笛卡儿曾耗费巨大的心血对松果体进行研究，并将之称为“灵魂的宝座”。他认为：“此腺体是灵魂最最重要的座位，是我们所有想法形成的地方。因为，大脑除此以外的所有部分都是成双的。即使我们用双眼看，用双耳听，但头脑想法却只有一个。这说明必定有一个部位是负责在灵魂细想前就统合所有这些成双的印象的。我们的脑袋里，除了这部位，实在找不到其他适合的中央位置……”在他看来，松果体才是真正的“中央处理器”。

也许，你以为古人不了解松果体。那么你就大错特错了！不了解的只有不了解的人而已。

梵蒂冈有一个“松果广场”，广场上最大的装置不是十字架，也不是圣人像，而是一个硕大的松果。有人在那广场上感叹：“在梵蒂冈，艺术带来的冲击，远远超过宗教。”以为那是一种艺术装饰。其实那才是所有宗教真正的核心。

印度教三大神祇之一，破坏之神湿婆（Shiva）的招牌式超酷发型就是一个松果形状。古希腊神话中的酒神戴奥尼索斯（Dionysos）总是手持一枚令牌，而杖顶就是一个大松果（松果体分泌的内吗啡才是真正的神酒）。对我们再熟悉不过的释迦牟尼佛的造像，其肉髻也是松果状。许多宗教建筑都使用圆穹尖顶设计，很可能均源自这个小小的松果。

这一切都是巧合吗？恐怕不是。当然，把这些看作《达文西密码》(《达·芬奇密码》) 式的推断，也是不错的娱乐故事。

近年来，一些学者更在松果体内发现类似视网膜的感光细胞，证明松果体也有“视觉”功能，印证一些宗教里在额头上画有“第三眼”的深意。想说的是，这个神奇的松果体就是“真我”的居所，是介乎物质身体与更高意识的总交汇点。有些人认为它是人体储存“生命密码”、传达指令的中枢。甚至有些人认为它能产生扭曲时空的磁场。

无论如何，这是一个至关重要的器官，它的情况将影响整体的身心健康。最新研究显示，对它影响最大的睡眠和食物。睡眠不足会让它分泌失调，造成严重的压抑和精神分裂。而肉食、碳酸饮料、精制粮食（如白米、白面）等会加速其钙化。适量的节食和长期的素食，对保持松果体的活力有关键性的作用。

闲话拜火

拜火教，又称祆教、琐罗亚斯德教（Zoroastrianism）。尼采的名著《查拉图斯特拉如是说》（*Also Sprach Zarathustra*）里的查拉图斯特拉，其实就是拜火教教主的另一译名。

现在，知道拜火教的人不多，信奉的人更少。因为它实在太古老了，出现于公元前七世纪的伊朗，比现代盛行的各大宗教都要早得多。但它在宗教和哲学上的影响实在非常深远，深远得人们已很难感觉到它的存在。

西方哲学之父毕达哥拉斯曾游学波斯，深得拜火教的真传，其严格的素食主义也源于此。在拜火教的影响下建立的摩尼教（意译明教，二者关系类似犹太教与基督教），曾在中国广泛传播——为金庸的《倚天屠龙记》提供了绝佳的异域题材。另外，它的二元哲学也影响了不少的宗教流派。

说到拜火教，其实我最感兴趣的是“拜火”传统。琐罗亚斯德认为全知全能的阿胡拉·玛兹达（Ahura Mazda，意为“智慧之主”）创造了物质世界，也创造了火（无限的光明），因此琐罗亚斯德教把拜火作为他们的神圣职责。佛教里有一部众人皆知的经典《佛说阿弥陀经》，中国的净土宗主张长念“南无阿弥陀佛”。其实“阿弥陀”（Amitabha）指的就是无量光（“彼佛光明无量，照十方国，无所障碍，是故号为阿弥陀”）。释迦牟尼悟道后招收的第一批弟子就有拜火教徒。基督教《圣经》里，洗者若翰（施洗者圣约翰）在预言默西亚降临时说：“我用水为你们受洗，可是将要来一位比我更伟大的，他要以圣神和火为你们受洗。我连给他解鞋带都不配。”

这里说的火，当然不是我们家里烧菜的火，是指内在的智慧之火，也就是内在的光芒。这种光芒，基本是所有宗教、文化所崇拜和向往的。拜火教的主要经典《阿维斯陀》早已失传，存下来仅为拼凑出来的文字。拜火教的信徒和组织在世界范围内也已寥若晨星，但琐罗亚斯德在宗教上的改革理念已渗透于各大宗教之中，他对光明的追求与向往依旧在人类中薪火相传。

波斯人曾把拜火教传到中国，广州、香港和澳门都有他们的墓地，其中以澳门的“白头墓地”历史最悠久。这个白头墓地就在仁伯爵综合医院下方，有兴趣的可以去寻幽凭吊一番。

双生火焰

波兰电影大师基斯洛夫斯基（Krezysztof Kieslowski）的《蓝》《白》《红》三部曲多年来早已占据着我最喜欢的电影名单之顶端。但直至最近，我才有机会一睹他较早的成名作《两生花》（*La Double Vie de Véronique*）的风采。

基斯洛夫斯基爱在电影中以看似平常的生活场景表达某种难于言表却又道之不尽的神秘感。而这一点在《两生花》中则发展到极致。两个拥有同一个名字（维诺妮卡，Véronique）的女孩同时出生在千里之遥的两个地方，拥有同样的发色、同样的面孔、同样的音乐爱好，都失去了母亲，跟父亲感情深厚，同样也有心脏问题。她们使用同样的唇膏，也爱通过一个玻璃球来颠倒看世界。她们甚至能感知到对方的存在，她们唯一的相逢发生在当时正动荡的波兰广场……

波兰的维诺妮卡在她首次大型演唱中死去，法国的维诺妮卡忽然感到无比的伤痛和孤独，后来从摄于波兰广场的旧照中才发现，原来真有一位跟自己一模一样的女孩曾经同时生活在这个世界上。“1966 年 11 月 23 日，这是她们生命中最重要的时刻。那一天凌晨三点，她们两人同时出生，在不同的城市，不同的国家，可是她们却有着同样深色的头发、棕绿色的眼睛。两人都在两岁时学会走路。随后，一个她去碰炉子，烧到自己；几天后，另一个她去碰炉子，可就在最后一刻，她缩回了手，可是她没法知道可能被烧到——这就是‘双生……’”

情人木偶艺人在影片快结束时，用他编撰的故事揭开了维诺妮卡的生命秘密。

这让我想起，新时代文化中“双生火焰”（Twin Flame）的概念。“双生火焰”的理论认为，在时间的开始时，每个灵魂为了丰富自己在宇宙中的探索，像细胞分裂一般，灵魂把自己分开成各自完整独立的两个灵魂，并分散在宇宙不同的角落，开始各不相同但又互相呼应的探索意识的历程。这两个分开的火焰是完全独立的，只有在他们都非常接近最高意识时，在不必再轮回之际，他们才会以各种形式在同一个星球上相遇，并携手走完最后一段的证悟之旅。

不知道那部电影的剧本是否受过“双生火焰”的启发，但它讲述各种奇妙的心电感应，关于生命和死亡的神秘意象，仿佛像雨露渗入草木一般，诗意地融入了观众的心里。我又想，如果把所有生命都当成自己的“双生火焰”，那岂非更妙？

负面情绪

以前提到，一些古老传统把人的头脑分为本能中心、运动中心、情感中心和理智中心。在我看来，这是很有意思的划分方式。这有点像中医里五脏六腑与一系列经络系统的非物理解剖的划分。而且，与中医理论很相似的是，这四个能量中心里，消耗能量最多的就是情感中心。实际上，大部分人的情感中心一直都在干扰其他中心的运作，干扰到本能中心的内分泌，干扰到运动中心的自动反应，也干扰到理智中心的理性判断。

那么，什么在干扰情感中心呢？那就是怨恨、自怜、愤怒、悲伤、哀愁、嫉妒和恐惧等负面情绪。这些情绪其实是一些慢性毒素。美国华盛顿心理实验室曾做过一个著名的心理变化对生理健康导致影响的化学试验：收集处于不同情绪中的人所呼出来的空气，并将之集聚成水。经化学分析，负面情绪形成的空气都含致命的剧毒，其中嫉妒的水让一只老鼠喝下，几分钟就毒发身亡。而怀着怨恨一小时之久的毒液，足可毒死八十个人。

而这些慢性毒最可怕的不是它的毒性本身，而是其易上瘾的特征。我们自小所处的环境就教会我们如何以表达、催化、放纵和加剧这些负面情绪，并以此为主要“娱乐”。这就是为什么许多人沉迷于电视、电影、漫画、电子游戏，甚至文学、绘画和音乐当中，诸多美丽的理由背后，往往隐藏着某些负面情绪的发泄和共鸣。

应对负面情绪带来的问题，需要两方面的同时努力：第一，减少负面情绪的输入；第二，当负面情绪升起时如何将之消散。当然，每一方面都有其物质和心理层面。正如华盛顿心理实验室所做的化学试验证实的那样，情绪不是虚无缥缈的，是有其物质载体的。故除了注意避免负面讯息的接触外，最重要的是防止负面情绪的物质载体的摄取。人们摄取最多的负面物质，其实就是肉食。动物在恶劣环境中成长和在屠场中受刑时的寂寞、悲戚、无助、恐惧、绝望和哀怨全数注入血肉之内，而人们则兴致勃勃地买回去享用，附送若干抗生素、荷尔蒙、砷（砒霜）。减少肉食，是减少负面情绪输入的关键一步。

而当体内已有负面情绪，最重要的则是唤起觉醒的力量，在它冒起前就意识到它，并通过逆向思维将之打散，这就是把负面转化成正面的过程。物质层上，则是需要适当的运动，将那些已物化的情绪融解。

据说，最好的排解运动是：笑。

梦幻泡影——我看《盗梦空间》

《盗梦空间》（*Inception*）确实是一部了不起的商业电影，让观众大呼过瘾之余，还把“庄周梦蝶”式的反思形象深刻地印在他们心里，是继《黑客帝国》（*The Matrix*）后的又一神作。

除了梦幻与真实之间叫人莞尔的一些小细节和那场因梦主处于真空状态而天翻地覆的新奇打斗场面外，最让我震撼的，是盗梦小组的小巴从桥上往河里掉下去的一幕。就在第一层梦里下坠的这一瞬间，第二层、第三层和第四层上的世界已分别上演了无数的恩怨情仇。就这一瞬间，电影用了几十分钟来记叙。就在这一瞬间，男主角解开了最大的心理包袱。也就在这一瞬间，大老板齐滕比男主角早死了一瞬间里的一瞬间中，堕入了意识边缘的混沌世界。就在那“一瞬间里的一瞬间中”并在那里待了五十年，等待一位“年轻”时的朋友来救他。

看着那一层层梦境在爆炸声中连环相扣地崩裂破碎，主角们一个个从一重重梦幻中醒过来，我脑里闪过的正是《金刚经》那段著名的四句偈：“一切有为法，如梦幻泡影，如露亦如电，应作如是观。”我不禁摸一下沙发，环顾四周，暗自想道：“其实只要自己从另一层意识上睁开眼睛，这里看到的一切自然也会随之破灭。我现在所经历的几十年，到了醒于彼岸时，兴许也就是黄粱一梦，说不定那里煮的黄粱饭还未曾端上来呢！”

在电影里，要一个人醒过来有两个方法：一是被唤醒（kick）；二是在梦中死去。这个说法其实是非常有意思的，跟禅宗和道家所说的“心生则神死，心死则神活”如出一辙。当你专注于梦幻之中（心生），那位“梦主”就会失去知觉（神死）；当你在梦幻中死去（心死），那位“梦主”就会重新醒过来（神活）。

有这层领悟的当然绝不会只有禅宗，只是说法不同。一神教称之为“臣服上主”（心死），“天堂之门就会为你开启”（神活），等等。

所有宗教都要求信徒从梦幻（maya，魔鬼）的束缚中解放出来，才会得到灵性的提升。所以，在你进入另一个层面之前，虚假的那个你必须先死掉。当然，在真实的灵修上，绝不可能像电影角色般往头颅开一枪就能了事，而要经过长期的意志训练，才能与头脑分离出来（心死）。

但在这种意志训练中，要让自己的心死去的勇气，倒有点像电影中往下跳的决心。当然，灵性上的飞跃，与无法面对生命而选择自杀，绝非同一层面的事。

但是，每当你为生命感到彻底的绝望时，也许就是让你的心死掉，让神活过来的绝佳时机。

一寸光阴何止一寸金

虽然现代物理学告诉我们，时间是宇宙里最大的幻觉，但我们最宝贵的还是时间。

今天想起年初所做的种种计划，胸口里好像还能感觉到策划将来时那种奇特的心跳，仿佛只是上星期晒太阳时发生的，但已是三百六十天以前的事了。有时候，闭上眼睛就真的感觉不到时间的流动。只是，睁开眼睛，世界照样叫人哭笑不得；那些想做和该做的事情依然寸步难行。所幸，每个人里面总有某种东西可以超越一切，绝尘前行。

内地的电影导演姜文说："电影要是由我剪接的话，可能就把四十分钟剪成四分钟，或者四秒钟，那不更好吗？所以我基本是以文言文的方式剪接电影的。"

我想，人生跟电影何尝不都是在有限的时间内上演各自剪接出来的故事。时间的运用、遇事的抉择和意识的走向，就是剪接人生的方式。有人把好好的故事演得悲哀绝望、粗劣不堪，也剪接得拖泥带水、冗长沉闷；有人把平凡的故事演得趣味横生、细腻动人，甚至会显得感天动地、荡气回肠……每个人在很大程度都是自己的导演和剪接，用有限的资源拍人生的电影，其广度和深度都要自己把握。

很可惜的是，正如电影业产生的大都是浪费资源、粗制滥造的烂片，许多人的一生都惨不忍睹。

时间的安排固然重要，而运用时间的力度却也是关键所在，正如一个有力的镜头所表达的远较十几分钟陈腔滥调来得要多。这涉及个人的意识层次，正如一台电脑的运算速率决定了某种工作所需的时间。一台超级电脑一分钟完成的运算，普通电脑可能要跑上一年。那么，对超级电脑来说，一分钟跟普通电脑的一年是一样的。

有人说，人最缺少的不是时间，是专注力。因为足够的专注力能把一台普通电脑升级成超级电脑。如果翻看那些所谓的“天才”的传记，我们会发现，他们在最巅峰的几年所完成的事情，很可能是一般人几辈子都做不来的。

我认为，这才是孔子所说“朝闻道，夕可死矣”的真正含意。因为那个“道”让你的意识提升到，让你一天的时间能当一辈子活。

所以也有人说：把每一天当成最后一天活，这样才会终生无憾。

冲击中的反省

葛吉夫有一句名言：清醒，意味着领悟自己一文不值，也就是领悟自己全然的机械和无能为力。

懂得反省是清醒的一个重要标志。不然，我们都只是受习惯所操控的机器人而已。我们也许能吃饭、上班、谈话、思考、上网，甚至还能画画、写论文，但如果不能对自己的行为进行深刻的反省，我们还不过是一个梦游症患者而已。

葛吉夫又说：要如何唤醒沉睡的人呢？一个有效的冲击是必要的。但仅仅一个冲击是不够的，他需要长期持续的冲击。

许多朋友在问："地球究竟怎么了？气候天灾层出不穷，动物大批神秘死亡，强烈地震不断，火山纷纷变得活跃，政治动荡迅速蔓延，怪病蠢蠢欲动……"

连半醒半梦的人也会隐隐约约感觉到人和自然之间息息相关的变化和波动。

日本东北"3·11"大地震一个月以来，附近地区余震竟达九百多次，五级以上的也有四百多次。核辐射危机更是不断升级。那里的居民一个多月来生活在地震和核辐射的双重阴影中。附近国家也一点都不好过，核辐射似乎是一个永远都解决不了的问题。在我看来，这是大自然给予人们的"长期持续的冲击"。而且这些强烈的冲击确实让人开始领悟到，在强大的自然力量中，我们什么都不是。

可惜的是，在此进行更深刻反思的人其实不多，大都只是感叹几句后，又重新陷入无意识的旋涡之中。

“天谴论”在今天很容易招来非议，但无论从各层面来看，人类对自己的行为进行各层次的反省，都会有百利而无一害。在全世界的所谓主流媒体的言论中，人们只在政治和科技方面进行讨论，却鲜有人在环境道德和意识层次上深究。

人们在这些强烈的冲击中从心底感到恐惧和不安。但人类需要的是反省而非不安。

其实，我不打算在此推销任何一种理论或结论。因为我深信，所有答案，其实已经埋藏在每个人的心里。我们要做的，就是在每一次的“冲击”中，努力保持清醒，往内自问：我们的行为究竟有什么不对吗？我们的生活有什么侵害了别人或者大自然？有什么是可以改善和避免的呢？

孔子曰：吾日三省吾身。这不也是我们该做的吗？

为什么自省有用？因为答案一直都在那里。

役物与享乐

荀子说："君子役物，小人役于物。"庄子说："物物而不物于物。"

很多时候，我们为了什么而使用某种工具，却很容易被工具所吸引和迷惑。

看到身边很多人刚开始因为喜欢摄影买了相机，然后不断更换、升级摄影器材，许多甚至把摄影当成了玩器材，有的完全沉醉在器材的差异研究之上，有的甚至为此倾家荡产，却没拍出几张好作品，留下的大都是试镜照片。我也看过一位艺术家仅以一部普通家用数码相机，随手拍下了众多摄人心魄的生态作品，在世界各地巡回展出，其洒脱而精严的构图和宁静而灵动的气氛感动了各国观众。

人为了娱乐玩网络游戏，却被游戏所玩；人为了刺激而吸毒，最终被毒品吸干；人生为了快乐，反被欲望所控。

所以，荀子又说："故欲养其欲而纵其情，欲养其性而危其形，欲养其乐而攻其心，欲养其名而乱其行……夫是之谓以己为物役矣。"追名逐利、纵情享乐而反被外物所役。"故向万物之美而盛忧，兼万物之利而盛害。"（《荀子・正名》）

小时候读《西游记》，觉得唐僧真是窝囊迂腐透顶，没有本领，没有眼光，唯一的本领就是念紧箍咒。最近才明白过来，其实唐僧才是惊天地、泣鬼神的英雄，是里头当之无愧的老大；也想通了为何众妖都想吃唐僧肉。

在我看来，唐僧代表着那种“虽千万人，吾独往矣”的决心和毅力，也代表着为了崇高目标而漠视一切诱惑的坚定意志。也只有这样的人才能真正统领神通广大的心猿（孙悟空）、意马（小白龙）、欲望（猪八戒）和愚痴（沙僧）。取经路上，任何一个小妖精都能把唐僧按倒吃掉，而满天神佛都被他的精诚所动，总会在最后关头出手相助，化险为夷。有了唐僧这样的决心、毅力和意志，世间就没有成就不了的功绩。这也就是所有妖精都恨不得可以吃到唐僧肉，因为他们都渴望得到这种宇宙里最为珍贵的品质。

在身边或我们自己身上总会发现“役于物”的例子。譬如，有朋友一直知道喝酒和吸烟在严重损害着自己的健康，但因为社交和习惯，并不能将之戒绝。到了入院化疗，才发现之前勉强自己“役于物”而获得的朋友、功名，根本毫无意义。

很多人以为我建议别人“清心寡欲”，且反对享乐主义。其实相反，我提倡的才是真正的享乐主义。我只是希望大家看清楚自己在做什么，而做这个有什么后果。

当你为物所役，试问你又何乐之有？

的士奇遇记

早上，我撑着伞站在路口等的士。

在澳门，拦出租车难，早上上班前更难，碰到下雨就更是难上加难了。

远远看到一辆亮灯的出租车，我挥一下手，车在红灯前停了下来。在原地等它开过来时，一个人冲出马路要“截和”。一般来说，这种情况下，司机都会开门纳客的，因为这样能早点计费。但是，那车没反应，一直等绿灯亮了，往我这边驶过来。

我钻进车里，说了目的地，建议一条路线，并补充说，另一条路应该会很堵。司机很平和缓慢地说：“你真的认定那里很塞车？我看不一定哦！年轻人，做事放轻松些。不想迟到，就得早起一些。”

这时，我已透过铺满水痕的车窗看着松山的绿树出神，在构思今天要写的稿，并没有回答什么的打算。

碰到红灯时，他回过头来笑着问：“怎么样？我的话不中听？”

“没有啊！你说得很对！请继续！”我回过神来说。

他说：“做事就该不急不缓。你明白吗？”他拿起一块毛巾在方向盘上来回擦着，好像在呵护一颗珍珠，问：“你明白吗？你来解释一下。”

我想起佛陀关于琴弦松紧的比喻，笑说：“我想听你说。”

他继续:“就说开车吧！开太快容易撞，太慢了会阻碍别人。踩油门那一脚下去，要不徐不急，恰到好处。那个度要把握得很好，听从心的直觉去把握它！做什么事都一样，不要一股脑拚着命去做，也不要停下来完全不做。不慌不忙，顺势而为，当别人需要时，你已经做好，那就非常棒了。人生本来是很简单的，不要搞得太复杂。我们生来就是要来学习这一切的……”

就在听得入神时，他指指前面的路面说:“你看，你认为会塞的路没多少车嘛！”原来他并没有走我建议的路线。“不要太在意自己内心的担忧，不一定的！”

接下来，他又反复讲解他的处世哲学，声音依旧很平缓，每一个音都咬得很到位，也不会有多余的废字，你甚至会认为他是在电影镜头面前很诚恳地独白。我留意到，他的车开得很稳定流畅，不偏不倚，一如他的语音。

我忽然意识到，这是一位有道之人在跟我分享他的经验，想起一位印度智者说的四句真言:“无论你遇到谁，那都是对的人。无论发生什么事，那都是唯一会发生的事。不管事情开始于哪个时刻，那都是对的时刻。已经结束的，已经结束了。”

下车时，司机说:“好好想一下我刚才说的。”

除了感谢，我还能说什么？总觉得，只有全然感激一切遇到的人和事，我们才能获得宁静并深沐宇宙意识的恩典之中。

体内的“变形金刚”

春节清寒，几天都窝在家，跟儿子和侄子们一起重看了电影《变形金刚 2》，觉得里面有一个剧情很有意思：一只狂派变形狗往一个军事秘密基地的透气管不停地吐钢珠，那些钢珠一直滚进基地密室，最后满地的钢珠出人意表地化零为整，结合成另一个变形金刚，成功把能量碎片偷到手……

我不由自主地想到人体也是由无数的“变形细胞”所组成的！细胞会分裂、异裂，失控了还会癌变。细胞是同时受化学物质和情绪影响的有机体，同时它又可以反过来做出化学反应并影响情绪。它对许多人来说也许是沉默的机器零件，但却比头脑所想象的变化多端和灵敏得多。它会把自己接收到的化学物质和情绪记录下来，它本身就是整个生命的缩影。我们也可以把细胞和碳元素参照，碳元素可以散漫地构成石墨，也可以结晶成坚硬的金刚石。

西方古代有所谓的“炼金术”，指的就是如何通过各种锻炼，从身体中提炼出精神的黄金，把铅变成金，正如道教的“炼金丹”，只是一个隐喻。炼金就是把本来如石墨状的生命形态蜕变成金刚石般的璀璨。

有科学实验证明，血液在妒忌、不安和恐惧等负面情绪中会变酸甚至变毒，其实变质的绝不仅仅是血液，而是全身的细胞。炼金的第一步就是通过正面力量的培养，把身体这个“化学工厂”里的毒素消除，让所有细胞都在正面能量场之中焕发生机。

重建能量场的要点是保持情绪上的稳定。我们熟悉的历史人物诸葛亮有一句名言“非宁静无以致远”，指的就是这最重要的第一步。因为肉体生命其实是以感觉计算的。当一个人心里焦躁，全身细胞都会因紧张而不断消耗元气，一分钟就像过一整天，他的肉体生命就真的减少了一天；当一个人很宁静稳定，细胞会像太阳能吸收器一样吸收各种宇宙能量，一个小时就像十分钟，他的肉体生命不但只耗费十分钟，还很可能通过能量的吸收而延长了一个小时的生命。所以浮躁者短命，从容不迫者长寿。

反过来说，如果要保持情绪上的稳定，物质和心理层面的食粮的摄入都要非常谨慎，因为食物里的振动能量都会进入细胞之中。

不要把自己设定为一成不变的“普通人”，要尝试把自己看为可以在精神层面不断升级的“变形金刚”。

道是什么？

朋友的儿子到欧洲学术交流，有意大利学生问他：“什么是道？”他无言以对，朋友来问我的看法，当时大概讲了几句，现在形诸文字，以博读者一笑。

道的原始意思很简单，就是一条路。从一点到另一点，产生了联系，那就是道。所以，只要有互动关系，就会有“道”的产生，如君臣之道、父子之道、夫妻之道、兄弟之道等。因为沟通需要语言，所以道又有“说”的意思。

当我们加上一条时间轴线，所有事情都有一个发展的过程，成为一条路，一种门径和方法，也称为道，如处世之道、养生之道。日本人在这种用法上更达到了极致，喜欢把中国人叫作“技”“法”“艺”的事物通通尊称为“道”，如剑道、茶道、书道、花道等。他们把禅宗的专注精神带到了生活的方方面面。

当然，欧洲人问的“道”，是《道德经》里那个“道可道，非常道”的大道。

想象一条“创造射线”：无极生太极，太极生两仪，两仪生三才，三才生四象，四象生五行……最后化和万物。也可以想象宇宙大爆炸，产生各大星系、太阳系、地球，最后成为现在看到的样子。无论如何，这是一条有一个原点的射线，这整个过程就是一条路，而整个系统就依照创造过程所自然产生的规律运行，所以是“道法自然”。而中国的道家主张的，就是通过体合自然的生活，让意识从这条创造射线的末端重新回到原点。要走一条回家的路，所以是“修道”。

问题是，这条路是什么样子的呢？

现代物理学告诉我们，物质分解到最后，只剩下一种振动。不同频率的振动会产生不同形式的光和音。而历代圣贤告诉我们，人的意识净化到一定程度就能体验到这些美妙无比的创造能源，踏上一条由圣光和音流组成的回家之路。新约《约翰福音》第一章劈头就写道:“太初有道（Word，又译‘圣言’；古版圣经则直接用了‘音流’一词），道与神同在，道就是神。这道太初与神同在。万物是借着他造的。凡被造的，没有一样不是借着他造的。生命在他里头，这生命就是人的光。”（让我惊讶的是中文译者知道那声音就是“道”）老子曰:“大音希声，大道无形。”庄子长篇大论介绍聆听“天籁”的妙处。毕达哥拉斯认为万物都在“宇宙音乐”（Music of the Spheres）之中……

西方哲学中表示支配世界万物的规律性或原理的“逻各斯”（logos），在古希腊文里就是话语之义。可见东、西方的“大道”，其实是没有差别的。

习惯造就自我

西方有一句名言："注意你的想法，因为它将成为言语；注意你的言语，因为它将成为行为；注意你的行为，因为它将成为习惯；注意你的习惯，因为它将成为个性；注意你的个性，因为它将成为你的命运。"

行为之所以能变成习惯，是因为行为本身会加强你的想法，当想法和行为深深契合，循环不断的行为轨道就会形成。轨道一旦形成，你的个性会自然凝固。

所谓"江山易改，本性难移"。个性确实很难改变，因为其背后有着非常深广的渊源。

幸运的是，这整个过程并非完全不能逆转的。改变一个人的个性就如跟高速运行的火车抗力，这几乎是注定要失败的。但我们可以从轨道上着手，列车路线是可以切换的。改道一旦成功，新的个性会自然形成，新的命运也会随之展开。

有时候，一些看似平常的习惯，就像一个小齿轮一样，足以改变整个机器的运行方式。

最近，一阵子没见面的朋友告诉我，他在听取建议后改变饮食结构，且坚持每天做某种拉伸动作，身体和精神都产生非常明显的变化。"人的身体实在太奇妙了！只是稍微变动一下生活习惯，整个人就完全不一样呢！"还把手背推到我眼前说："你看！我的皮肤变得像小孩一样，都快跟我儿子一样了！"他那低沉的声音也变得洪亮起来，他靠近一点说话就让人觉得声音在空气中嗡嗡作响。

“我现在看待事情的方式也跟以前完全不一样。过去，遇到一件事，我会很自然做出一个反应，无论这反应有什么后果，我就像机器人一样自动应答。现在看起来，这是很可笑的，但确实是这样的。就以我的下属为例，他向我汇报一件事，他的态度把我惹火了。要是过去，我得强忍着怒火，先教训他一顿，再好好整理那个问题。很类似的一件事，我发现自己改变了，在听他讲述事情时，我根本已经能把整件事各方面庞杂无比的来龙去脉理得服服帖帖了，那人话语中每一个词语和声调背后的情绪和意思也听得一清二楚。我不但没再生气，还开始解开他的疑虑，把事情一层层剥开给他看，引导他自己去寻找更省力的解决办法。”“你知道我不像你是文科的，无论中文还是英语，一直都很含糊。而自从改变生活习惯后，我对文字的触觉似乎也敏感了十倍。经常为一个字词想半天，开始喜欢追究字典解释以外的真正涵义。有时甚至能体会到某个词语的创造者的心理状态，经常为某一个词拍案叫绝！”

“一个人为什么能因为饮食习惯而在短期内有那么大改变？”他问，“你以为这个身体是什么？本质上，它就是一个生物化工厂，不同的摄取物当然能全然改变它。”

其实，现在的我们，就是习性造成的我们。改变一下习惯，你会获得另一个版本的自己！

因果轮回话《云图》

“存在就是被感知。所以只有通过别人的眼睛才有可能认识你自己。我们的生命是不朽的，我们所说的话、所做的事……将会影响我们的每一次生命。”这应该是《云图》整部电影的主旨。

为了自由、尊严、救赎和爱，在不同的时空中不同的人互相牵纠一起，以相似的模式披着相似的脸容相互报复地犯着相似的错误，众多不断轮回的意念激荡着众多不断成长的灵魂，共同构成了无比恢宏壮丽的生命《云图六重奏》。

六个处于完全不同时代看似独立的故事，从黑奴解放到未来世界的复制人，通过一本航海日记、一首乐曲、一些信函、一部电影、一个精神偶像、一个胎记巧妙地串联起来，向世人讲述一个古老而永恒的真理：因果和轮回。

很多中国人的影评说这电影是表示东方佛教的因果和轮回教义被西方世界所接受。这只能说明人们对宗教的认识还停留在极肤浅的层面。因果和轮回绝非佛教的专利，古埃及宗教讲因果和轮回，古波斯拜火教（Zoroastrianism）讲因果和轮回，古印度《梨俱吠陀》和《奥义书》讲因果和轮回，古希腊的毕达哥拉斯、苏格拉底、柏拉图讲因果和轮回，古犹太的艾森尼教派讲因果和轮回，早期基督教的雅各布派和以便尼派也讲因果和轮回，当今的新时代灵性运动也在讲因果和轮回。

所以，要说通晓东西方哲学的导演沃卓斯基在阐述佛教教义确实有点可笑。这电影用无与伦比的镜头技巧，突破语言的限制，把观众推向一个超越时空的全新高度，审视意识演化的实相。当然，真正的艺术就像生命本身一般丰沛强大，绝非某种教义所能规限。看到不同时代的不同主角讲着同一句“我绝不会向暴力犯罪屈服！”看到不同时代的英雄在相似的险境躲避子弹，看到星美 -451 在隔着玻璃墙看着爱人牺牲时说：“我们的生命不是我们自己的，从子宫到坟墓，我们和其他生命紧紧相连。无论前世还是今生，每一桩恶行，每一项善举，都会决定我们未来的重生。”我仿佛能看到自己生生世世的快乐和挣扎，也几乎能听到在不同时空中的“自己”真实的心跳。看到星美 -451 知道她们复制人平时喝的其实是跟她一样有着完美基因的复制人的肉汁时说：“我们一直都在吃自己！”想到一首佛教徒的诗：“肉字里边两个人，里边罩着外边人，众生还吃众生肉，仔细思量人吃人。”真是既想吐又想哭！

“我们的生命和选择，就像量子轨迹，每时每刻被我们认识着。生命的每一次交集，每一次邂逅……都可能设定一个新的航向。”我相信，每一个人跟这部电影的邂逅，都可能设定一个新的航向。

《易经》和民主理念

前阵子见到一个颇让我吃惊的标志，上面赫然印着一个乾卦在上、坤卦在下的图案。那个本地公司大概是想通过《易经》卦象表达其丰富的中国文化内涵。在许多中国人的印象中，天尊地卑，天（乾）是在上的，地（坤）是在下的，应该最正常不过了。

但是，乾气上行，坤气下降，形成上下不交，在《易经》里，那是天地否卦。否卦也就是人们最喜欢的地天泰卦的覆卦。泰卦是天地相交，指上下通畅、和谐安泰，而否卦是天地不交，表示上下相背、混乱黑暗。有人会说，有成语曰：否极泰来，似乎也不错。但问题是，在《周易》中真正的顺序是“泰极否来”，从泰到否是一步之遥，从否到泰得走到天荒地老。

把否卦当成标志，有两个可能：一是无知放错了；二是因为很猛，故意激励自己在逆境中奋发向上。无论是哪一个原因，其实人家商业机构，无论怎么天翻地覆都是自家的事，喜欢就好。

我想说的，其实是统治阶层（乾卦）跟普通民众（坤卦）的关系。统治者拥有绝大部分资源的支配权和分配权，手握国家重器，其生活却往往跟大众没有任何交集。紫禁城内有一座“交泰殿”，清帝把行使皇权的玉玺都放在里面，似乎是提醒自己的权力应该像泰卦里的天一样卑以牧民。这当然是美好的喻义，但时至今天，现实还是如此残酷：统治者根本不了解也不想了解民众的生活和想法，不让他们饿死已是皇恩浩荡。原因很简单，因为权力来自暴力，美其言曰：皇权天授。后果很自然就是黎民成为奴隶一样的顺民。

这种情况在西方世界其实是一样的，但西方人后来设计了一种让权力向民众低头的方式，那就是民主选举。这种设计跟所有设计一样，不可能完美，也会带来各种各样的问题，但有一样是可以肯定的，那就是这种设计让官员敬畏民意，权力被放进笼子里了。而这种敬畏，才可能带来真正的和谐社会，才真正符合了《易经》中泰卦的政治理念：统治者本就应该仰望民众！因为权力是民众给予的。从这一点来看，西方世界比中国更接近易理。

所谓“一阴一阳之谓道”，东、西方文明本来就像一阴一阳相互交缠，必须在各方面相互补充交融。但有一些每天身穿西装革履的奇葩中国人，却老是说什么“中国不能照搬西方那一套”，真是奇哉怪也！

中国文化的源头《易经》早已开宗明义说了：“群龙无首，吉！”这不是很明显的民主思想吗？真正的主，应该是民。

不惑随谈

三十而立，四十不惑……这其实是孔圣人的生猛典范。一般人，到三十岁不过还是大尺寸的黄叶小儿，四十才开始懂得疑惑。没有疑惑，是不会有长进的。但疑惑，总爱把人引向绝望和虚无。

日子一天天过去，不同的年份、月份在身边飞闪而过，就像宇航船外的繁星。有时，不知道是人在撕日历，还是老天在把人当日历撕。2016 年 1 月的某一天，忽然觉得当天的日期是如此的陌生，突兀得就像得知熟悉的镜子其实是一面单向透镜，而透镜背后有一双熟悉的眼睛注视着你。直到那时，我才真切意识到每一个日子、每一个时刻，实质上都应该是绝对陌生的，而且是永恒的陌生。当我们刚开始习惯某个年月时，它就开始离我们而去，等在前面的又是一个独一无二的陌生的年月。

我们用一些熟悉的不断重复的数字、天干、地支、星星的名字来标示时间，以此克服心底对未知与当下的陌生和恐惧，再加上因果轮回学说，让一切都显得如此规律和完美，仿佛一切都像解析几何一样可以计算、推演和预测。星球运动的重复性和各种事物的自相似性，确实让许多事情的发展规律显得相当清晰。喜欢操控一切的人类，却因为这种理性认识而使得自己的思维超级模式化，慢慢丧失了充分体会完整性的乐趣。

为什么会对这个日期感到如此错愕？再细想一下，可能是因为那年份在提醒我已近不惑之年！

记得前阵子到一所中学讲文学，那是我参加内地联考的地方，那次考试的情景如在眼前。印象深刻，除了自己故意犯了几个作文策略的大忌，如开篇用长句，结尾用反问句等，还因为我在文中提到，要是四十岁的我碰到在考作文的我会说些什么呢？那天我以无名大叔的身份在学子们面前唠叨半天，想来更像是在向当年的自己说话。如果真有机会能跟“他”单独说话，我想自己更可能是无话可说。因为真实有用的话听起来都那么的老生常谈，听了也不能明白其中的深义，明白了也不一定能切实地做，做了也不一定能坚持，坚持了也不一定能成功。所以，还是最好让“他”以自己喜欢的方式横冲直撞吧！

好吧！如果真的要说一句有用的话，也许该告诉“他”：一定要买那只企鹅的股票。虽然，那时还没有人知道企鹅是什么，买了又能拿多久呢？

都是无常的工具

人生在缠绕之中变化，世界在生灭之中轮转。大如银河宇宙，小如蝼蚁凡夫，万物各有其时，福祸更是无常。我们在无常之中，自然也为无常所用。

地球人近日首次探测到爱因斯坦一百年前在广义相对论中提出的引力波，那是在距离地球十三亿光年外的两个黑洞间产生的。

大家都知道黑洞能吞噬一切物质，像中国神话中的貔貅一样吞万物而不泻，是一切物质的归宿。人终有一死，但死亡这个黑洞，连光线都无法穿过，又有多少人真的能看透。

最近，离这里不过几百公里的梅州发生一件惊动许多人的再小不过的小事。那就是两只鹅先后被宰来吃了。如此小事，之所以惊人，是因为两只鹅在临别时依依惜别的照片在情人节那天刷爆了朋友圈，有人杜撰各种童话结局，但传媒找到了鹅主，把现实说了出来。

原来这两只鹅从小一起长大，相依为命，感情深厚，面对家里的黄狗还要火并互救。在大年初二，母鹅被送给了亲戚招待客人。广传的照片就是公鹅拚命解救失败后伸长脖子与母鹅吻别的情况。结局是母鹅被亲戚吃了，公鹅也在初七被宰。主人在接受电视访问时说：“在放血时，它的眼里还有眼泪。”亲戚在镜头前笑着说：“真奇怪，动物也这么有人性。”

有好事者，找来动物灵媒，转述了在“天堂”相聚后的两只鹅的回应："很意外自己受到那么多关注！我们现在很好。希望你们有一天不再为了口欲而屠杀。"

大家（包括我）大概都会怀疑灵媒的话，就如人们以前都怀疑引力波，连爱因斯坦也认为难以检测得到。要是找个佛陀或老和尚，也许会说，这两只鹅原来是鹅主的父母，他们曾经为了家族利益把一对情侣拆散，把女儿嫁给了有钱人，致使一对情侣先后自杀。

现在，这对父母在当鹅时就被当年的女儿拆散，把母的送给亲戚，公的亲自吃下……

其实，无论是两个星球的死亡，还是两只鹅的被杀，都是一件小事，是无常的一部分。只要够坚强把自己抽离出来，就可以百年如一日地作为无常的好工具，成为有情众生的黑白无常。

人到中年

中年人，其实是另一类物种。

记得以前经常能在镜子中看到儿时的自己，现在看到更多是一个陌生人，而且越来越陌生。

以前总不理解人是怎样变得冷漠和无动于衷的。后来，慢慢意识到淡漠的跫音已经开始由自己一步步踏起了，那声音还每天回响萦绕在生活的甬道之中。

过去对感兴趣的话题都爱抢着评论一番，最近发现自己已失去争辩的意欲。想想大概是开始明白，即使辩赢了全世界又如何？你永远都站在真理那一方又如何？开始明白，其实没有人在乎真相，也没有人在乎好坏。人们只会看到自己想看到的，选择明白自己想明白的。很多时候，当你以为自己辩论胜利时，其实你就输了。表现出比别人聪明的，往往就是最愚蠢的人。

《三国演义》里有一个人物是我怎样都忘不了的，那就是曾为袁绍献过很多良策的谋士田丰。官渡之战之前，田丰建议袁绍偷袭许昌，袁绍不听；田丰认为百姓疲弊，粮食不足，力劝用持久战，反被关起来。后来袁绍兵败，有人对狱中的田丰说："君必被重用。"田丰回答："如果大军胜利，我必不会死，如今大军失败，我必死已矣。"后来果然被杀了。

小时候以为袁绍这人真傻，后来发现这人很真实。

前天，有朋友转来几首他在网上看到的"著名诗人"之间的吹嘘帖子和他们的作品，叫我评论一下。我先是一惊，继而怒说：你在给我下套？于是觉得自己是个标准的中年人了。

上星期到爸妈家吃饭，在电梯上碰到一个蜡黄干瘦的中年男人，觉得眼熟却没想起是谁。吃过饭再坐电梯离开时才忽然想起来，那是经常在电梯上遇到的不知名邻居男孩，从小学到中学，他穿着红色运动服的形象活现过来。但和他刚才憔悴疲倦的样子，形成强烈对比。

我不禁想，他看到我会不会有一样的感慨？或许，人家根本就没认出来。

食物：人和世界的连接

2010年在洛杉矶见到作者Will Tuttle时，我还不知道自己以后会成为他现场介绍的《世界和平饮食》的中文译者。我当时只觉得他身上有一种罕见的浩瀚的宁静。他演讲语速很快，闲谈时话不多，但在语音消退的瞬间，仿佛有一种深沉庞大的信息从他清澈的凝视中涌出来，我才体会到真正的知识是有生命质感的。

《世界和平饮食》并非一本讨论饮食健康之类的书，作者站在哲学和社会学的高度对饮食选择做出讨论，审视它在人类文明进程和个人灵性成长中的重要影响。

书中出现最多的一个词可能是“connection”，直译是“连接”“联系”“联想”等，作者一直强调宇宙生命的一体性，看起来孤立的事物，其实质是相互关联的。这让人想起北宋理学家程颐所言：“仁者以天地万物为一体”。只有仁者，才会意识到天地万物为一体的实相，而也只有意识到天地万物为一体，才会真正明白“仁”的真实含义。在我看来，这“仁”字的甚深含义，也正是本书所传递的核心思想。仁，要落实到生活的方方面面，而饮食就是百姓日用而不知的关键所在。他认为，进食是人类社会最广泛的“宗教”仪式。吃一个苹果时，你是跟阳光、雨雾、山野和农夫产生联结；吃一块牛排时，你是跟抗生素、疾病、恐惧、屠杀和死亡产生联结。食物是人和外界最直接的关联，所以食物的选择就是在生命和死亡、成长和统治、爱和恐惧之间的选择。

在近三年的翻译过程中，我时常想起作者的眼神，开始明白真正的哲人用整个生命书写，每一句话都闪耀着其精气神的光芒。作者学贯西东，旁征博引，其过人的高度和广度能给人带来卓越不凡的视野，帮助读者建立一个更趋合理的世界观。

在完成本书的全部翻译工作时，我刚好已茹素二十年，在食物的选择和随后的体验上，都跟 Will Tuttle 所描述的情况有较大相似。这也可以作为其理论普遍性的一个佐证。

二十年后的今天，我衷心希望有更多人对生命投以更多观照。

环 保

是该改变了

话说笔者《奴才》一文批评了邮政总局人手安排不合理致使中午时段领邮长龙。两周后，我再去领取邮件时发现负责人员已从两个增至三个。而那条龙比过去短多了，且处理速度也明显加快，笔者轻松取件后便可慢条斯理吃午饭去了。

邮政局能听取市民的意见，从善如流，改善服务质量，确实值得鼓掌。

改变，对于大多数人来说是一件极不简单的事。这其中的困难也许不是事情本身造成的，而是来自我们多年来积就的习性和头脑里根深蒂固的概念。

事实上，打懂事以来，我们的生活习性和思维方式就没有怎么改变过，只随着岁月的推移而增加硬度。所以越老的人越拒绝改变，拒绝检讨自己的信念与行为。我们竭力追求的东西，也许只是一个美丽的误会，但因为我们对生命中最重要的问题从来不敢追究，所以只会继续在欲望的驱使下盲目追求，耗尽一切精力。我们会以不作改变而自豪，会认为改变就是承认自己无知，认为这是一种丢脸的让步。

一个拒绝改变的企业离倒闭最近，一个拒绝改变的人离死亡最近，一个拒绝改变的民族离亡国最近，而一个拒绝改变的世界离没顶之灾也不远了。

拒绝改变是人类的劣根性。但很不幸的是，老天爷最喜欢看到的偏偏就是改变和进化。这位老人家实际上已把整个人类推到了一个必须改变的时刻：根据NASA气象学家预测，北冰洋的融冰速度远远超过人们的预期，2012年将出现无冰现象。

2007年诺贝尔奖得主、“联合国气候变迁小组”主席帕乔里表示：“停止吃肉，骑自行车，节俭消费——这是你能帮助遏止全球暖化的方式。……景况相当严重，如果人类不做点什么，气候变迁后果严重。”

除了改变，我们别无选择。

莫以善小而不为，勿以恶小而为之。多走几步路、下班时关掉电脑、自备购物袋、少吃肉……许多改变做起来也许简单得让我们难以置信，利益也很大，只是看我们有没有心去做而已。

邮局改善服务，对它没有损失，但我们会感激不尽；同样，过更环保的生活，我们不会损失什么，但地球会感激不尽，我们的子孙会感激不尽。

作秀又何妨？

在北京某餐厅刚碰到一个素食团体的聚会，作为路人甲的我因脸上多咧了点笑容就被抓进去交流心得去了。

里面英语和普通话都有，很是热闹。其中一位女士的话让我难以释怀，她批评某某明星吃素、推广环保和做慈善工作等都是装模作样，很鄙视地认为一切都是“作秀”。

我当时笑说：“作秀也不错嘛。秀着秀着就来真的了。”心里倒抽一口凉气，不禁想，在这世界上做人可真是难啊！什么事都不做，你会被批评冷漠、出世；要是想做一些什么，你就会被说是另有所求，找不到明确的所求就说是“炒作”。

这种“以小人之心，度君子之腹”的态度在传媒的推波助澜下，事实上已成了人们的常规思维。

北京有一位做建材生意的网友骑单车从四川入藏，有一晚借宿一所乡村小学，发现那校舍真是危楼一座，自此就发心筹款为山区兴建校舍。他通过细腻的笔触在网上讲述建校舍的必要，向广大网友发出筹款的帖子，并以他本行的专业经验，在广阔的山区建起了一个又一个的校舍。每一个项目他都把繁细至钉子的开销公布于网上。至今，他建了五十七座。于是，电视台访问了他。女记者问他：“你做这一切有什么目的？”这话把他听毛了，说：“你帮你男朋友洗袜子会想目的吗？我只是想帮那些孩子而已。”

一位要好的朋友曾告诉我，他过去是个麻木不仁的商人，但一次本是作秀性的赈灾活动改变了他的一生。为了巴结一位生意伙伴，他跟随一个小团体跑到柬埔寨的灾区派发救援物资。就在他第一次把大米交到灾民手里时，他说他第一次看到了湿润的黑瞳中闪烁着的无限温情，也第一次真切感受到自己的价值。他认为那次的作秀彻底改变了他的一生。

爱标榜“真我性情”的愤世青年们总爱批评一切表面的行为。其实表象世界本该如此。英文里“人”字（person）的词根就是希腊人的面具，这不正揭示我们其实都不过是在演戏作秀吗？只是我们可以选择演什么秀什么。

如果我们都愿意抹去那层冷漠，大家都好好假装慈悲、假装支持环保、假装不吃破坏生态的肉业产品、假装关心所有弱势社群，这个世界一定会真的好起来。

真正的“老教”

最近为朋友翻译一本书，书名《健康一百岁》，答应时还真以为是本俗不可耐的教人如何成为“守尸鬼”的畅销书。但细读之下才感相逢恨晚。

作者 John Robbins 在此书中研究的是高加索地区埃布尔加西亚人普遍健康长寿现象背后的因素。埃布尔加西亚人长寿现象在 20 世纪七八十年代曾被广泛炒作和神化，最后部分夸张的岁数被戳破后，又再被传媒嘲作子虚乌有。当一切尘嚣过去后，作者以社会关怀的格局和科学理性的清醒态度对此进行探讨。他关心的不再是那些耸人听闻的超高岁数的真伪，而是究竟那个普遍健康快乐长寿的社会是如何形成和传承的。

作者认为成因是多方面的，至关重要的结论是：一、热衷劳动；二、素食；三、对长者的无比尊重……

首先，那里是高原山区地带，空气稀薄且山峦起伏，人们出入都得翻山越岭；而且人们大都出自内心地热爱劳动，觉得工作是他们的人生价值所在。埃布尔加西亚人绝大部分都是茹素的，只吃五谷、蔬食和发酵奶类制品。最后也是最有趣的是，他们以年长为尊贵。即使一个人家财万贯，如果他还年轻，他的社会地位远远没有清贫而年长的老人崇高。在那里，你要是恭维人家“看起来很年轻”，那里的人可能会觉得很不高兴，因为他们是以年老为美的。你问他们的岁数时，他们很可能都报大数而不会像现代社会一样报小数。那里的家庭都以能收留一位“长生者”（他们对过百岁的人瑞的尊称）为最高荣誉，所以当地政府设立的老人之家大都是门庭冷落。健康的生活方式使他们快乐长寿，而还能工作的老人并不会给社会带来压力，社会自然倍加尊重他们——形成了良性循环。

这种奇风异俗在许多人看来也许只是茶余饭后的趣闻，但该书的作者认为他们的社会模式和生活方式可以给现代社会许多启示。他认为了解这些将可以有助西方人解决诸如老龄化、暴力横行、少年反叛等许多社会问题。

我读后还多了一重微妙的慨叹——觉得“奇异”背后其实包含着一种极为深彻的智能：对自然和所有生命全然的接受与尊重。中国最有智慧的那个人叫“老子”，而埃布尔加西亚人却才是名副其实的“老教徒”。

争取生存空间

从很久很久以来，澳门政府就有许多特殊爱好，其中最广为人知的有：填海、砍树、挖路、建房子。小城就越来越繁华和拥挤，于是，我们的海湾成了人工湖，红树林变成了酒店，山腰成了没人的冷气画廊，球场成了广场……经济（数字）的急促成长变成了生活空间的高速递减。

就在人们为最近连日暴雨感到蹊跷之际，就在全球暖化让阿根廷冰川巨冰崩塌之际，就在南极上万小企鹅被活活冻死之际，传出政府要拆除全澳人口密度最高的黑沙环区的一个公园以兴建东北街市。这真是叫人错愕不已的举措，让人觉得喜欢建楼的政府和市民仿佛是在下围棋，而这个角落已被逼得只剩下两只最后赖以透气生存的“眼”了，而手执公权的决策层还是想把这只“眼”给堵了。而更奇怪的是那公园落成仅两三年，正是“树未成荫花未发”，就打算一切推倒，建个“现代化的”街市。在全世界都喊着要降温减碳的时候，在那个本已拥挤不堪的地方拆公园建一个可有可无的街市，从小范围短时间看来，它会急剧降低附近居民的生活质量，让人怀疑自己是否享有作为人而不是鼹鼠的基本尊严；从大范围长远看来，建设一栋楼房，除了耗费更多建材，以后长期开灯开冷气，对岌岌可危的地球更是雪上加霜。

其实，让人锥心的并不仅是这个公园的命运，而是此事反映出来的人类命运拔河似的抉择模式：一边是所谓的经济、功绩、个人利益，另一边是整体生存的空间。如果求生存的清醒的一方力量不足，一定会被红了眼的一方扯向灭亡。最讽刺的是这场拔河角力根本不可能存在赢家。

其实我们能生存下去的空间和时间正在迅速减少，而这场角力最关键因素是究竟我们之中有多少会站在清醒这一方，在这一方又会出多少力。

那些有权有钱的精英也许都不必住在黑沙环，他们的子女也大可不必蜗居澳门。但当全球暖化继续恶化时，大批大批死去的将不仅仅是那些小企鹅和其他我们可以安心食用的动物，而会是我们和我们的子女。

盛夏危言

昨天过了是今天，三月过了是四月，春天过了就是夏天，而这个夏天将是非比寻常的一个。今夏除了有世界瞩目的北京奥运外，还很可能将是人类首次目睹的无冰北极。

我把这个各大媒体都曾报道的消息告诉身边的朋友，反应大抵是漠不关心，说我是杞人忧天，好像在说遥不可及的怪事一般，多说两句就回个:“大家都死挺爽快。”

人活着确实太累了。既要努力工作，又要小心处理身边所有的人际关系；既要照顾自己，也得照顾别人；既要糊口，也要寻找所谓的精神食粮……日复一日，没有疯掉或病倒其实已算不容易。突然有人告诉你，这世界很快就完蛋了——再不行动的话。你一定会习惯性地觉得这是平日数不清的政治、经济、八卦新闻之一，也是茶余饭后的一个好话题。惯例感叹几声无可奈何后就继续谈谈小城里谁贪了多少钱，谁说错了话，或者继续盘算办公室里的微妙政治，或者为孩子的前途做更为周全的计划。

被戈尔称为“最有力量和智慧的”气候科学家 James Hansen（美国太空总署戈达德太空研究所主任）最近给日本首相福田康夫写信说道:“人类过去对气候恶化的麻木不仁已把我们的子孙带到一个恶劣无比的荒凉星球。头脑清晰和大胆果断的领导将是国际社会在这一两年间改变人类历史进程的关键因素。”

也许，我们还有一千零一个“难以改变”的借口，我们认为自己需要做生意、想要升官，还得应酬，认为自己身体可能吃不消，还有习惯难改，等等。但我们可能没想清楚地球变暖并不是多开空调或往高原迁移的事，那是整个地球生物大浩劫的开始，而且加速度是非常惊人的。埋于永冻层之下的沼气根本不会到立法会征询我们的意见，也不会问我们银行里有多少万存款。

在生死关头面前，其实我们每人都需要头脑清晰、大胆果断。

奶之非奶，肉之非肉

俗话说得好：有奶就是娘。以此推之，以奶牛为娘者实非少数。

但“三鹿门”爆出后，全世界大小奶民们谈乳色变，众多含奶的名牌食品纷纷下架。澳门政府一度积极推动的“牛奶计划”更搞得家长们心惊胆战，悔恨不已。于是内地同胞来港澳买奶，有条件的港澳人则远赴东瀛求乳。

如果人们光为奶感到不安，那是幼稚了。据业内人士表示，因近年鱼粉、豆粕等饲料原料价格持续攀升，内地绝大多数动物饲料生产商纷纷寻找蛋白原料替代物，降低成本。而三聚氰胺废渣就此以“蛋白精”之名进入了各种肉类之中，经过一连串生化过程，再混着各种美味的香料进入了人们的身体里。三聚氰胺，老早已是中国人民的老朋友了，只是人们直到今天才记住了这个光辉无比的名字。

要是换个角度看，也许可以看到好的几方面。第一，大众和传媒在监督食品安全方面“大胆”了。第二，人们看到了来自动物的食物的风险其实是非常高的——好肉几乎是不存在的。第三，也许人会重新想想，为什么人一定要跟小牛抢奶喝呢？那些生命唯一活动就是假怀孕和产奶的病态奶牛真的能成为力量的来源吗？

从植物中汲取我们所需的营养，不是相对更安全、更环保、更健康吗？

吃素，不是多了个理由吗？

素食的祝福

有一次在广州碰到一位刚从西藏回来的朋友，看到他因为平原氧气太多而有点“氧醉”，才知道原来空气中充满了那么多造化的祝福。同样，在吃素十多年后，我也从身边开始尝试尽量吃素的朋友身上才悟到这种早已习以为常的饮食是命运给予自己的莫大祝福。

记得多年前刚和L相识时，他就声明自己是不会吃素的。打认识他后，我晚上就平添了一份兼差——成了他的聆听者和心理辅导员。他经常深夜打电话来，一聊就一两个小时。他说的大都是关于他在公司上遇到的难题。凭借着他的清廉、正直和理性，他短时间内爬到了很高的管理层。但高处不胜寒，他的心理和生理一度接近崩溃的边缘，而他的状况也直接影响到我的睡眠长度。到了后来，我觉得该用重药了，直接说：“你现在的困难只有通过修心才能解决的。”“修心？怎么修法？”L当时有点讶异。我说：“欲修心，先修身。”他笑了：“吃素？好，我尽量试试。”

最近，我们每天中午都在公园里一起吃水果和素便当。他每天都很兴奋地向我报告吃素后身体和心理上的变化：精神多了，思维比以前清晰；清瘦了一些，没有了以前的臃肿；身体变得柔软，仿佛变年轻了；脸色光亮，一洗过去脸上的阴霾；人容易放松，也更喜欢笑。在工作上，他似乎开始找到了自己的一套管理方式，尝试站在更高的层面回到原点思考问题，也开始站在属下的立场上看待问题，而如此一来，属下好像比以前“好用”了，一切问题也比以前容易面对了。言谈之中，我经常对他的敏感和悟性感到异常惊讶。想起释教说众生皆有佛性，良有以也。

前几天，他兴奋地把手伸出来，说：“看到没有？拇指甲的半月痕出来了，它已消失很多年了！”根据中医手诊原理，手指甲根部白色月牙部分叫半月痕，是人体精力是否充沛的刻度表，精力越充沛半月痕越白，面积也越大。我笑说：“不奇怪啊！有一个美国科研机构找了二百多人做实验，他们采用一种绝大部分以素食为主的食疗，六年后，那些人的心脏平均年轻了十五年。”

L经常问：“实在想不明白，为什么大部分人能一辈子忍受如此错误的饮食习惯呢？”我说：“只能怪人体实在太强悍了。你要是往汽油里掺污水，汽车早坏了。”

从熊吃熊说起

谈论大家都不愿面对的事情，真的很累很挫折。比如说全球暖化的问题。

这个十月是一百四十多年来最热的一个十月。到了十一月，满街还是穿着热裤、T 恤的美女，中午的阳光还常让人误以为如今是盛夏时节……

据科学家研究，由于北极气温升高，海冰不容易形成，让北极熊无法赖以觅食，加拿大的哈德森湾一群北极熊已经四五个月未进食，体重每天减少将近一公斤。非常罕见的北极熊自相残杀、撕食同类血肉的惨剧正因为人类的愚昧、贪婪和麻木不仁而不断上演。

这段新闻也许只放在报纸上极不显眼的小角落里，但要是人类继续如今毫无节制剥削地球资源的生活，蚕食同类的惨剧恐怕不再仅仅发生在动物界了。

联合国气候变迁科学研究小组提出要拯救地球，人类必须要“不吃肉、骑单车、少消费”。他们把不吃肉排在首位是有原因的：畜牧业不但消耗大量粮食，还产生大量沼气和排泄物。如果我们吃肉，其实就等于不断推使商人破坏热带雨林。

其实，人类现在根本吃不起昂贵无比的肉。那为什么人们还一直在吃呢？这其中的奥秘倒很像美国政府把未来的税收抵押予美联储——我们同样把子孙赖以生存的资源抵押出来供自己当下享用。结果是什么呢？其实很简单，就是我们的子孙生存不下去了。

吃肉唯一的好处，也许是等到人吃人时噬得更自然些。

责任不在上帝

水都威尼斯当然是世界级的浪漫之都，但水太多却又怎么也浪漫不起来了。受到豪雨影响，这个意大利水都近日正大淹其水，水位一度高至半层楼，创下二十二年来的新高。威尼斯市长说："这是一场规模超常的洪水……"意大利气象学家说，随着全球气候变暖，威尼斯的水灾越加频繁、严重。如果人类再不及时采取措施的话，有关威尼斯会被海水淹没的说法将变成现实。

全球变暖，气候恶化，其实几乎所有人都听说过了。但气候改变的破坏力却很少有人真正认真想象过究竟有多大。人们早已被黑心食品、矿灾、恐袭、政变、贪腐等新闻轰得麻木不堪。这种时候，观察人们的态度是最有意思的。

前阵子，我在法国尼斯街头碰到两位学中文的法国人，他们追着要跟我练习中文的同时竟还跟我说了许多全球暖化的事。但问到应对方法时，他们的回答颇让我讶异：人做不了什么，只有上帝能决定。他们其实是借全暖化危机来威胁人去相信基督以获救并得永生，而情况能否逆转，完全在上帝而不在人。

我当时想不通，明明是人类搞出来的烂摊子，怎么又把这笔账算到可怜的上帝头上呢？这不是像鸵鸟一样把头埋到土里吗？觉得他们不现实得不可思议。但回头想一下，其实逃避责任是大部分人对待问题的普遍方式。只是有些人用酒、香烟、毒品逃避现实，有些人用艺术、文化、嗜好逃避现实，而他们则更绝，找到上帝来推搪责任。

许多人认为世人都很现实，很精明。其实刚好相反，几乎所有人都在逃避现实。人们喜欢看的都是些古装电视剧、不着边际的肥皂剧、三维动画造就的大制作电影……真正反映现实的作品，问津者很少。

同样，真正关心环境问题的人也少之又少。如果我们真正去了解问题严重到什么地步，我们就不敢让公家电脑平白无故没日没夜地长开了，也不敢轻易浪费一张 A4 纸，更不敢吃一口破坏环境的肉食了。其实注重环保根本谈不上高尚，只是蝼蚁偷生的正常反应。

当然人们一向自视极高，偷生的蝼蚁似乎有辱其志，难得糊涂的酒疯无惧似乎更合胃口。就怕灾难真的到来，继续糊涂的难度是超乎想象的。宁可从未出生在这个世界上，也许才是最普遍的想法。

责任在你我，不在上帝。

你的选择就是天意

古语有云：民意即天意。

此语虽妙，过去终觉玄乎。但至今天，我们才真正体味到这话的深意。

人类百多年来或移山截流，或伐木填海，或飞于九天之上，或钻至九地之下。科技和生产力（剥削力）不断更新，自然环境不断恶化，但思想和习惯几乎一直没有变更过。正如戈尔所说的："旧思维操控新工具，那是注定要出毛病的。"想一下，你用放烟花的习惯来放原子弹，能不出事吗？

现在确实出事了！

美国太空总署报告显示，从2003年以来，全球已有两兆吨陆冰融化。另一份美国研究警告，全球暖化让海洋化学变化远较预期急速，珊瑚和许多海洋生物可能面临灭顶之灾。澳大利亚一份最新科学研究报告指出，因为人口增加及气候变化，亚太地区最近很可能发生夺走百万条人命的"世纪大天灾"……

类似的新闻，人们或多或少都会听到。

"我们能做什么呢？"

因为暖化成因主要是燃油和畜牧业，所以真正的解决方法只有两个：一、节省能源，并开始建立一个崭新的永续能源系统；二、停止使用畜牧业产品。

相信节省能源的意识已进入许多人的意识，但要住在离岛的居民不开车似乎很不现实，而要等新能源建立起来，那种

“世纪大天灾”也许已发生过十次了。所以对于个人而言，选择第二种方法要来得更为便捷而有效。因为生产一公斤牛肉，其排放量相当于三十六点四公斤的二氧化碳，相当于一辆汽车走二百五十公里的排放量，其耗能相当于一个一百瓦灯泡亮二十天。全球运输工具的排放量占温室气体的13.5%，而畜牧业却占18%。

如今资讯发达，许多现实状况和解决方法都是公开的，问题是人们，特别是握有公权力的政府人员和拥有公信力的传媒工作者，有没有给予足够关注并尽量把最重要的讯息传递给大众？而作为拥有独立判断力的知识分子，又有没有尽好本分的同时负起鼓励他人的责任？民间团体有没有发挥应有的正面作用？

这些都需要所有人的思考与回应。因为，作为掌控着众多超级机器的文明人，我们所做的一切，将成决定地球命运的天意。

面对改变，一千零一个拒绝的理由必会浮现。但是，你的选择就是天意。

餐桌原是战场

有些朋友总埋怨看到我这不吃那不吃很不爽，觉得我见到什么食物先看成分表的生活“很不方便”。他们心里一定在想：这样活着还有什么意思呢？我则觉得他们太可爱了：听过无数耸人听闻的黑心食品新闻后，他们居然还没意识到自己活在一个什么样的世界里。

有人说，黑心食品是中国人心不古、道德沦丧后的产物。其实，这种事古今中外皆然，只是因科技和体制不同程度有异而已。

孔子在《论语·乡党》中曾说过：“沽酒、市脯不食。”什么意思呢？他是说，外面买来的酒、肉，多有问题，都不能吃。这说明，在文明如齐、鲁，古朴至东周，黑心食品已很严重。

最近，我在翻译时读到一些让人毛骨悚然的数据：以美国人爱吃的鲑鱼为例，在养殖场里，多达五万条鲑鱼挤在一个水下笼子里，由于生活废料的累积，它们赖以呼吸和饮用的水迅速腐败，药物滥用是它们难以避免的命运——它们只能依靠荷尔蒙、抗生素、疫苗，才能在如此恶劣的环境中生存下去。为了使这些灰黑色的鲑鱼取悦消费者，人们在饲料里添加虾红素。美国环保署直接指出，这些鲑鱼体内多氯联苯、二氧（杂）芑，以及杀虫剂八氯莰烯的含量过高，一个月吃一顿都是危险的。在几乎所有工业农场里，饲料里通常都添加一些药物，这些药物能让它们长得更快、更大，还能让它们在那生不如死的环境里活下去。这些添加物包括抗生素、杀虫剂、催生荷尔蒙、化学添加剂、色素和其他药物。在美国，七成以上的牛、猪和鸡都会服用诸如此类的药物。

说的是管制系统公认较完善的美国，其他发展中国家是怎么搞的，大家心里该有数了。

我常常觉得自己一直还居住在危机四伏的森林之中，只是那些蒺藜陷阱换成了漂亮诱人的美女广告，磨牙吮血的是躲在暗处的政治、经济和商业的既得利益者。这是一场愚昧与智慧、欺骗与反欺骗、癌症与健康的亘古的战场，每天都有无数人在无明之中痛苦不堪地受伤或阵亡。要生存下去，不得不如履薄冰，步步为营。

我们每天在电视、报章上关注加沙的硝烟、印度的恐袭，但却很少注意自己每天在身体里埋下多少定时炸弹。许多时候，也许只为“方便”二字。

答案很简单

暗云寒雨入楼轻，风吹黄叶客心惊。一年，在月历牌上悄无声色地过去了。

但是，在现实世界里，2008年过得异常艰辛，从年头的雪灾，西藏暴动，五月的汶川地震，八月的北京奥运，九月的三鹿奶粉，后来的金融海啸……史无前例的事件一宗接一宗，还真没消停过。

许多人认为历史将会记住2008年的苦难。但叫人担心的是，历史将没空记住2008年，因为许多看上去是偶发的事件，绝非个例，其实还仅仅是前奏。像去年那种异常可怕的雪灾，其实只是全球暖化给予我们的众多预警信号中的一个。

因为传媒惯性问题，也许很多人只知道章子怡在哪里晒太阳，却不大清楚这个星球正在发生些什么事情。

比如，最近有超过十八个岛屿已被两极融化出来的水所淹没，全世界沦为气候难民的已超过二千四百万人。许多人口众多的地区很可能会在十来年内被海水淹没。格陵兰在2008年夏天的融冰量是去年的三倍，即使气候不再暖化，融冰也会继续，因为它已超过临界点，无法维持以前的冰层了。据最新研究显示，因为“北极扩展”的影响，全球暖化的速度比先前估计的要快上几倍。

澳大利亚一份最新科学报告指出，覆盖澳洲大陆逾七分之一的莫瑞达令河流域因为畜牧业用水的分洪及长期的干旱天气，其面积锐减，总流量较二百年前减少四成。美国从西部至东部都开始感受到缺水的危机，加州有九个郡申请食水援助，得州四成土地遭受旱灾。

另一方面，2009年新年伊始，北京有人死于禽流感，专家预期内地禽流感病例将不断出现。卫生部提醒公众尽量减少与家禽，特别是病死家禽的接触。——听起来真荒谬，既然养家禽，人怎么可能不接触它们呢？

以上这些看起来互不相关的灾难，其实有着一个共同的源头，那就是养殖业。其实人类如能像禁鸦片一般禁绝肉食，关闭所有养殖场，暖化排放可以减去一半以上，禽流感和三聚氰胺之类的灾祸也将消失于无形。

众多庞杂无比的问题，正确的解决方法却是简单到荒谬的地步，那就是大家都吃植物性的食物。这也许就是所谓大道至简。当然，很多人是会笑的——老子曰：不笑，不足以为道也。

健康是自己的责任

同事最近经常一脸疲态跟我说晚上睡不着，烦不过就给她弄来某种天然香料一小包，叫她取几小根冲水吞下。几天后，她神采飞扬地说："真神奇！怎么一点点就有那么好的功效？"我笑说："好东西本来就不必多，适当就行。古希腊人爱用它来治失眠，适量不会有副作用，还有温补的作用。你现在更需要好好调理自己的心理和作息呢！"她原来每隔几天就要吃安眠药。她说："奇怪！有那么好的东西，我的医生怎么不开给我呢？"

她的话让我想起自己在医学院里认识的那些可怜的大学生，还有那些自己也在慢性病中挣扎打滚的医生。我说："其实每个人都有自己知识的局限。我们知道什么和了解得有多深其实都是机缘而已。"

我发觉在注重分工的社会里，人们喜欢把一些自己的责任交给别人。比如，很多人把自己的健康责任交给医生，有什么问题就找医生，仿佛医生就该无所不知。其实他们许多也就是在人生最为浮躁的阶段里碰巧地为学分翻了几年教科书。而且，很不幸的是，他们对身体的认识不是通过死尸就是通过疾病。他们的目的是通过药物减少身体的不适。身边很多朋友、同事年方壮年已长期依赖药物治疗，去看医生比去看电影还热心。有时不免好奇问问他们："何不多运动一下？你这些慢性病其实都是可以通过改善饮食和促进新陈代谢治愈的。"得到的回答大都是：“我是知道啦！只是懒啊！做了一下好像身体受不了。”借口何其多，但原因只有一个，就是根本没意识到放弃对自己生活负责的严重性。很多人自己生活不如意就会开始抱怨社会，责难政府。同样，很多人难以保持健康的生活也开始把责任推给家庭、环境或医生。从某种意义上说，医生和政府都是万不得已才会存在的。

以健康长寿而闻名于世的高加索山区的埃布尔加西亚人有一句谚语：“我们每个人都有两位医生，那就是左腿和右腿。”此话除了表明步行对他们的治疗作用，也显示出这个长寿民族对自我健康的负责意识。

保持健康，本就是自己的责任；我们选择生活方式的同时其实就是在选择怎么样的身体和心理景况。希望我们都能坚持健康的生活方式，尽量不使自己的臭皮囊成为家人、社会乃至地球的负担。

用心体会得智慧

书上得来的叫信息，经观察和经验印证的叫知识，身体力行且行之有效的叫智慧。

观察是学习并完善自我的重要途径。很多人满足于信息的吸收，缺少体察生活的心眼，更缺少用知识改变生活的勇气。未经现实参照的信息很容易在麻木和盲从的社会中变成愚昧的迷信——无论这些信息是以科学、艺术、哲学还是宗教的名义。

记得十多年前，我在图书馆里翻到一本印度瑜伽师的书。那位瑜伽师说："如果你认为吃肉和蔬菜是一样的，你可以试试沐浴更衣后，把身心放安静，一个人缓缓地走过蔬菜水果市场，然后再走过卖生肉和水产的地方。在整个过程中，你要像个局外人一般观察自己的身体反应和那个环境里别人的表情状况。你一定要细心观察，因为你觉察到的一切都可能进入你的体内。你没有选择父母的权利，得到什么样的 DNA 当然也由不得你说，但是，你现在能选择把一个屠宰场还是一个菜园带进你的体内……"测试后，我就决定不再吃肉了。

自此，我也养成了一种用身和心去观察的习惯。直到有一天，一个人走在山里，忽然能感觉到树木隔着空气爱抚着自己的呼吸，似乎又能感觉到树木也在为发现有人具知觉而感到惊讶与欢喜。"我见青山多妩媚，料青山见我应如是"式的错愕与幽默让我豁然开朗：原来人的知觉是可以如此宽广且美妙。

有一次，和朋友在雨后的树林里散步。我们隔一步之距并行着，轻轻地说着什么，走了一会儿，开始强烈地感觉到体外各有一个无形的皮球一般的身体，且正在互相摩挲触碰。两人对望一眼，朋友笑说：“这就是传说中的气？”

最近，因人事调动，我的办公桌需要挪个窝。放东西向来随便推塞的我，受一位设计师启发，居然决定洗心革面，要把东西收拾得整洁雅致。对着桌上的小盆栽时，突然明白过来：原来环境也是自己身体的延伸，也当好好照顾。灵机一动，在办公室走一圈，发现每个座位的样子基本都跟它的主人的身体健康状况相符。如东西杂物堆积如山的，其主人的肠胃也已不堪负荷了；书本文件偃蹇角列的，其主人就有个肿瘤要等着要切……相由心生，境由心造。看得我冷汗直冒，赶紧回位子勤加拭拂，莫使惹尘埃。

我们本就是奇迹

有位朋友经过许多强烈的亲身体验，知道吃肉和喝酒对自己身体的伤害后，在自己可以控制的情况下都尽量吃素，并暗自庆幸有此知觉。但他经常懊恼不已地向我诉苦：“昨晚我喝了点酒，今早起来浑身不自在，真是难受啊！但长辈给你敬酒，你能拒绝吗？”一脸无奈。

理念与行为南辕北辙，知与行难以合一，是人生经常面对的无可奈何之事。理智告诉你该右转，欲望推着你左拐；头脑说廉洁，屁股坐贪婪；佛性向上提，习性往下拉……根据墨菲定律：“凡能出错者必定出错。”人总是偏向往右（right）的相反方向走。只有极愚或极智者能少受一些这种煎熬。面对这些基本上完全不对等的抉择，可以说是人生课程里最漫长、最反复也恼人的难题。标准答案很简单，但要答对却无比艰难。

这个周日我在朋友介绍下拜访了一位开素食餐厅的女士，说出自己对经营一所素食餐厅的疑虑。那位女士轻轻一笑，说：“不用担心。只要你用心，坚持下去，一切都会迎刃而解的。我们很容易忽略自己伟大无比的本性。很多人不相信奇迹，其实我们每个人本身的存在就是无尽奥妙的奇迹。整个宇宙用了多少能量花了多少亿万年才成就了我们今天的存在。我们根本就生活在无与伦比的奇迹之中，我们居然还一直认为自己不敢这样、不能那样。实际上，只要我们有决心，一切都是可以成就的。”她的话像五雷轰顶把我们镇住了。她继续说：

“你们现在其实也是坐在一个奇迹造就的餐厅里。我筹办这里时，身边几乎所有人都不看好的，刚开始生意也不怎么好。现在生意是不是很好？”我们对视一笑——刚才是等了很久才有位置的。“所有真正的成功都在于坚持正确的理念。很多人在我这里吃过后就不想去别的地方吃了，因为我只给他们吃最健康最好的东西。利润一定是没有别人的高，但量大了也是不错的。何况客人吃得高兴又健康，何乐而不为呢？你知道我这里卖什么最赚钱吗？是汽水。但我只要看到有人点汽水，我都劝他们喝别的，因为这对他们身体不好，有时我还宁可请他们喝有机豆浆。有些小孩子在这里把喝汽水的习惯都改了。”

这几天，我一直在回味那位女士的话：我们本就是奇迹，我们可以成就一切。

人类自救，刻不容缓

3月23日晚，中国绿色和平组织在古代战场永定门城楼誓师，向全球暖化宣战，巨大的城墙上投映着：拯救气候，刻不容缓。上面是你还能拯救地球的时间：257天23小时59分X秒。25日，美国北达科他州因融雪过快造成洪水，加上漫天风雪，撤民数万，顿成灾区。28日消息，非洲纳米比亚及安哥拉今年年初以来，因持续暴雨造成严重水灾，受灾人数达五十万。29日止，印度尼西亚因暴雨决堤造成的事故已造成近百人死亡百多人失踪。

31日晚，我动笔时，看到中国绿色和平组织“我在乎，我行动”网页上已赫然写着：“拯救我们的世界，你还有250天16小时25分11秒。”

情况比我们想象的要严峻百倍，人类早就该进入真正的作战状态了！这是一场人类历史上最浩大的战争，战书早在十多年前已经下达，但聪明绝顶的“哺乳纲灵长目人科人属智人种”还忙着试射导弹和各种政治斗争。

而就个人而言，这也是对我们生活习惯、思维模式的一场躲无可躲的战争。我们的敌人就是身上的既有陋习。譬如，每天开车上班，我们也许从没想过是否可以试坐巴士，甚至步行半个小时。又如，我们每天理所当然地吃鱼吃肉，却从没想过畜牧业对环境的破坏实际比石油工业还可怕。我们需要自救，但却要把自己和陋习分离出来。这确是不容易的，但我们还有选择吗？

一战期间，丹麦完全被联军给封锁，为了避免造成粮荒，丹麦政府实施全国粮食配给，负责的汉德医生把国内的谷类给人吃，而非像过去一样喂养牲畜。让人意外的是，三百多万人里的死亡率不升反降。到了二战，类似事件和结果在挪威、英国和瑞士等国都出现过。这些历史也许对我们的备战有重要参考意义。

绿色和平组织所说的剩下多少天拯救地球的时间，其实是距哥本哈根联合国气候变化大会的时间。但在我看来，那些无休止的会议、探讨、讲话、呼吁，还有马拉松式的立法过程实质是只可观望而不可冀望。

许多人认为个人做不了什么，但真正可行的是个人开始，我们吃什么、用什么交通工具不用国会表决。

历史学家 A. 汤恩比认为：“一个社会的命运和他们如何解决问题有关。”而整个人类社会已到了决定命运的时刻了。

斋口和斋心

很多人爱嘲笑那些吃素却爱吃素肉的人“斋口不斋心”。而我个人认为这种批评是不厚道的。

自命清高的文化人喜欢强调“心”。其实他们所说的，只是停留在文字和头脑层面的“心”，因为那个层次正是他们妙舌空空挪移概念的神通国度。他们会说“色即是空，空即是色”，一切不用执着。这个“心”在那里是随便他们搓圆捏扁，它是真空的，不会跟物质层面或者灵性层面产生任何关联。通过找到切入点批评别人，让自己显得高明是文化人最大的乐趣。

我们判断一件事情的好坏，当看它的出发点、它的影响和结果，而非看话说得是否典雅动听，更不是要出尘脱俗。

前阵子，邻国议会上某议员大爆其粗，被满口仁义道德者指责在教坏下一代。诚然，爆粗并不是什么好事，但作为议员，毕竟代表一些人发出了声音，也算是恪尽职责，比那些长期缺席、呼呼大睡、“三点不露”、虚食重禄的衮衮诸公实在是有道德有追求得多了。假如，他偏又是仗义执言，其言虽粗，其理却正，更该教反口覆舌、取悦权贵之流汗颜无地。

记得李敖当“立委”之时为阻挡台湾军购案付委，戴上仿电影《V怪客》的防毒面具，取出催泪瓦斯向会场喷射，成功阻挠军购案的进程。李大师遭到蓝绿“立委”同声痛斥，媒体也一片挞伐之声，但他以不伤及一人的小暴力挡下了一场金额庞大的武器交易，其豪情壮举，足教所有和平爱好者脱帽致敬。

我有一位朋友，他纯是出于对动物的“见其生不忍见其死”的怜悯而毅然停止进食肉类的。他喜欢吃素肉，经常说有些素肉都比真肉好吃。对于习惯青菜豆腐的素食者来说，他确实有点可爱。而对于爱批评的人来说，他的“不斋心”实在上不了台面。但于他而言，没有动物因为他被屠杀，却是心安理得。

诸葛亮平蛮后渡泸受风浪所阻，孟获说要以四十九颗人头祭神，孔明先生以馒头代之。如以“斋心”的逻辑论之，则孔明也是“心中有人头”了。

口在各人身上，当然多风凉的话都可以说出来的，但说前和听后，不妨想一想话里的真正意义所在。

爸爸，我不想地球着火

前几天我把中国绿色和平组织“我在乎，我行动”的网址发给在线的所有朋友，希望大伙儿多多支持一下，哪怕是数字上。说话一向简练精警的老同学在MSN上只回了一句：“把所有人都杀光，地球就有救了！”

我愣了一下，觉得他说得真对。

我又跟同事说起，为了地球，我们都该真正地行动了。同事摇摇头说：“我觉得那是不可能的。要人改变习惯，难于上青天啊！”

是的，我也觉得太难了。

过了没多久，刚过六岁生日的儿子从家里给我打来电话，问：“爸爸，地球是不是着火了？”我吓了一跳，说：“谁说着火了？”原来他在一个环保网站上看到暖化造成巨大灾害的模拟动画，画面上整个地球被烈火烧焦了，还有许多小孩和母亲向天悲号。我说：“那是模拟的，还没有发生呢！不用害怕。我现在正忙，回家再跟你解释。”他可不好打发，不停地问：“那是不是有可能被烧掉？为什么会这样呢？”我好不容易劝他先把电话挂了，好继续工作。但不到五分钟，又接到他的电话，他有点呜咽地说：“爸爸，我不想让地球着火。我们明天去派环保传单，好不好？”

一股暖流往上涌，脸颊赤红，我几乎流出泪来，霎时醒觉到，我们成人的麻木怠惰对下一代是多么残酷！我们居然公然纵容自己的恶习和欲望合力亲手绞杀自己的后代！我们对中东人漠不关心，我们对非洲人漠不关心，我们对山西煤矿的童奴漠不关心……好了，漠不关心的习惯已蔓延到自己乃至自己的后代了。

面对儿子，我感到无比羞愧，在那一刻告诉自己：一定要尽己之力为他争取更美好的地球。我知道许多聪明、成熟的人一定会嘲笑我这种幼稚的不自量力的想法。但我认为，像儿子一样幼稚地为生命奋斗，即使难逃一死，总比活着时已死去来得有意思。

绿色和平英国办公室总干事 Johan Sauven 在评论 G20 会议时说："泰坦尼克号正在下沉，二十国领导人却在忙碌于整理甲板上的躺椅。"其实那些所谓领导人只是受民心所领导，推动历史前进的力量永远来自民间，来自我们！

最大的障碍事实上不是什么，而是我们自己怠惰的枷锁，它让我们不敢和不想做该做的事。

在《勇敢的心》中，临死的父亲对少年威廉·华莱士的话一直响于我的耳畔："你的心是自由的，勇敢地追随它吧！"

出生的目的

随着儿子一天天长大，提出来的问题越来越不好打发。有一天，爷儿俩在饭桌上聊得很欢，忽然觉得自己真的开始把六岁的儿子当哥们儿了。正在这时候，他下地把椅子拖往我身边，把头靠在我的肩膀，说："爸爸，问你一个问题：人为什么要出生呢？目的是什么呢？"我侧身看着他的脸，暗暗吃惊：来得好早！

我摸着他的头问："你认为这个牙签盒高吗？"他摇头。"但它比一块饼干是不是高了许多？""是哦，它很高了。"我继续说："你觉得牙签盒高，但比起这张桌子，牙签盒是不是就矮了？""是的，桌子够高的。"我站起来比比，问："那我是不是比这张桌子高很多呢？"他笑说："我都比它高了！""那么我是否最高的呢？""是的，你最高。""非也，非也！天花板就比我高。"我指着阳台外的高楼说："看到没有？那座高楼就比我们的房子高很多。那么，它是否最高的呢？不是啊！比它高的东西多着呢！"

"明白了吗？这个世界一切都是通过比较的。有高有低，有大有小，有好有坏，有爸爸有妈妈，有正有反。"我用手掌比给他看什么是正反、阴阳，接着问，"可知道你是怎么出生的吗？"他笑说："从妈妈的肚子里钻出来的！"我说："对的！但你出生是因为爸爸和妈妈的结合，你通过一阴一阳的结合进入了这个有高兴有懊恼的世界。""那我们之前是怎样的呢？"

他看着我，充满疑问。

“最最最开始时，我们是一种布满宇宙的绝对意识，甚至不知道你和我有什么区别，只是光亮快乐的一团光。为了知道什么是好、坏，我们来到了这个世界。因为在这里我们能经历许多不同的情况，有哭有笑；有时被打，有时被亲……我们可以成长得很快。但这世界也有不好，就是它会迷失原本的光亮和快乐。就像你去学校和公园，觉得很好玩，但那里没饭吃，没有爸爸、妈妈。你累了、饿了就该回家。一样，我们在这个世界一边玩一边学习。但也要练习放下这个世界，停止好、坏的分别心，返回真正的家，那个光和爱的源头。无论以后你有多快乐或多痛苦，你都要记住，我们的家不在这里。”

儿子的目光从外面的高楼转回来，点头时有些茫然。我亲他一下，说：“总有一天，你会明白这些的。”

钞票就是选票

“现在世界上有五亿五千万支军火在流通。也就是说，每十二人就装备一支枪。唯一的问题是……我们如何让另外十一个人也武装起来。”站在满地子弹壳的战争废墟上，作为军火商的男主角尤瑞苦笑着说。

于是，我知道这一定是部好片子。事实上，《战争之王》（*Lord of War*）是一部所有人都该看看的好电影。它平静地揭露了列强如何利用仇恨发财的残酷事实。

尤瑞对世情的洞察让人目瞪口呆。他说：“你知道谁会坐拥这个世界吗？是军火商。因为其他人一直忙于互相残杀。”但在对生命的基本认识上，他又是多么的愚昧和可怜。他可以在人用手枪指着头颅时问对方是否需要消音器；他会在买方用自己的产品射杀无辜部下时抱怨手枪已经使用，必须购买；他把 AK-47 描述得像件艺术品；他认为能把武器卖给其他国家来攻击祖国的人才称得上国际主义者……这就是商人。他有一套自圆其说以自我慰藉的哲理，但这阻止不了爱妻携子远去，也阻止不了手足命丧自己卖得最多的 AK-47 之下。他失去了自己珍爱的一切，只能作为魔鬼的麾下大将与全世界的恐怖分子称兄道弟。

片子最后出现下面一段字幕：“尽管军火走私越演越烈，世界上最大的军火供货商却是联合国安理会五个常任理事国：美、英、俄、法、中。”

于是我想起最近看到的一组数字：美国每年的军费是三千亿美元。全球军费约为一万五千亿美元。雷斯特·布朗（Lester R. Brown）在他的新书《*Plan B 3.0*》里提出，要把地球从全球暖化的危机中拯救出来，建立一个公平且永续的社会，全世界每年的花费仅需二千亿美元。

《肖申克的救赎》里有一句名言："人只有两种选择，不是忙着死就是忙着活。"人类在资源上的运用也只有两种，不是用于死，就是用于生。

最近，小城里吵嚷着的立法会选举，香港流行歌曲满街咆哮，口头支票如台风中的树叶纷纷刮来，为的是我们那张四年一次的选票。我想说的是，在全球暖化的浩劫面前，我们钱包里的钞票才是事关生死的选票——我们每天都用自己的消费给生或者死投票。

支持永续保育的事业或是支持疯狂毁灭的产业，我们有幸，正参与着史无前例的选举，也是一场伟大的生态战争。

奇迹的种子

看过电影《撞车》的人都会记得那位为哄女儿睡觉而给她穿上无形“防弹衣”的锁匠。女儿看到父亲被人用枪指着时，扑身上前保护。就在枪声响起的一刹那，所有人都快崩溃了。但奇迹出现了，女孩居然毫发未损！开枪者是伊朗籍杂货店老板，他误会是锁匠洗劫了他的店，但在目睹这一奇迹后，认为那女孩是拯救他的天使。但“奇迹”的种子，实际上是埋于故事最开始处：那伊朗人因为语言不通跟枪店老板发生争执，最后由他的女儿胡乱买了一盒子弹，而那刚好是空弹。

奇迹无所不在。故事听起来巧合，但现实往往比电影还具戏剧性，存在比幻想还要奇妙。其实，我们的生命由无数的“小事”和“巧合”组成。只是我们把一切看作理所当然后，就称此为“自然”。

就以地球而论，我们也许认为它本该如此，人类可以为了自己的欲望对之予取予求。但实际上，她是经过亿万年的“巧合”后才变成今天这个样子，她比我们想象中脆弱得多。光从温度来看，如果地球气温增加摄氏一至二度，地球上就有三分之一的物种灭绝；如果增加三度，亚马逊雨林将会灭亡，超级风暴无日无之，八成冰块融化，今天的沿海城市均会成为泽国；增加五度，海床甲烷库大量释出，暖化进一步恶化，两极无冰，人类在战乱和天灾中过着动物般的生活；增加六度，甲烷将如原子弹般蹿出地表，地球生物完全灭绝，唯一存活的只有霉菌。而这一切，已并不遥远，许多现象已发生在我们身边。

这些“微小”的变化，其实也就是我们生活中许多“微小”行为的结果。我们吃的、穿的、使用的，一点一滴的生活，经过商业和工业那些杠杆，启动着可怕的毁灭进程。而所有的杠杆里，以肉品工业这根最是“力拔山河气盖世”。据最新的研究报告显示，这项产业对全球暖化的贡献超过六成。如果没有巨额畜牧业补贴，快餐店里的二十元的汉堡包很可能要卖到四百元。也就是说，通过巧妙的政商操作，商人吸引我们以二十元买到四百元的资源。吃一顿牛排就等于喝了四千六百公升水、铲平一平方英尺的热带雨林，二氧化碳排放量等于一辆日产汽车行走二百公里……

在全球暖化的浩劫面前，我是相信奇迹的，但我们必须马上播下奇迹的种子。

甲烷和暖化

无论你知不知道甲烷（methane）是什么，这个化学名词迟早会跟“三聚氰胺”一样让你耳熟能详，且更为闻之色变。

那是因为它是最重要的温室气体，也叫沼气。它的主要来源是有机废物的分解、化石燃料、动物的消化过程和生物物质缺氧加热或燃烧。

我们常听说环保要“节能减碳”，这个“碳”其实是指二氧化碳，因为它是主要的温室气体之一。但是，请注意一点，甲烷的暖化能力是二氧化碳的二十五倍（如果加上时间紧逼的考虑，是七十二倍）。在过去二百年，大气中的甲烷浓度由0.8ppm上升至1.7ppm，超过一倍。工业革命以来，人类一直在积累自杀气体。而在大气中甲烷的产生，最重要的源头在哪里？

答案是：畜牧业。八成甲烷来自动物的养殖业，特别是养牛业。因为，牛的第一个胃用作消化牧草，牧草在牛胃里发酵会产生甲烷，其中有八成会透过打嗝散发到空气中。而得益自全球化，美式汉堡包、牛排仗着大量的激素和农业补贴，物“美”价廉，倾销全球。牛、羊、猪榨干一片接一片土地，于是一片接一片热带雨林为之让路，于是，全世界的大爷们大快朵颐，地球温度一路狂奔。

香港环保活动家Bobsy创立的“拯救人类”行动，有一句口号：“不要把地球吃掉！”也许，我们真该想一想：一个牛肉汉堡制造的甲烷约等同一辆小车走三十五公里，也意味着用掉一万公升水；二百六十个汉堡包意味着足球场大小的一片雨林被夷平。

甲烷的破坏力虽强，但却有一个好处：它在大气只停留八年，比二氧化碳五十至二百年的周期短暂得多。擒贼先擒王，控制暖化最快捷的方法是减少畜牧业甲烷的排放量。在个人生活来说，最有效的环保方法就是拒绝肉食和奶类产品。正如加州大学教授寇克·史密斯博士所言："即刻见效的方法就是少吃肉。"

你可以找出一万个理由拒绝改变，也许十万个理由都是充分的。

但是，由甲烷开始的，也必将由甲烷终结。据多国海洋学家和气候学家的研究报告证实，随着暖化的加剧，北冰洋深处的甲烷已在不断释放，进一步加剧暖化，如决口再加大，那些甲烷在不久的将来就足以毒死地表上的所有生命。

我们所最珍惜的肉体都将成为甲烷。

自然遗产更可贵

楼下有棵洋紫荆，枝叶繁茂时让小巷绿意清莹，驻足树下能感到身边凉意流淌。

当它还不太高时，我喜欢把三四岁大的儿子举到树杈上坐着，既害怕又兴奋的他总抱着树干咯咯地笑个不停。几年后，树杈已高不可及，但儿子每次经过，还是忍不住仰首抱着它转几圈才走开。

但有一天，看到树被裁得光秃秃，像根撑衣竿般插在那里，儿子问我：“爸爸，为什么这棵树会被剪成这样？生病了吗？”声音都有点哽咽了。我说：“可能怕有人不喜欢它长太大，所以园丁叔叔把它剪了。”“谁会不喜欢它呢？”

其实，我也奇怪，谁会不喜欢呢？

澳门，有着砍树不眨眼的传统。我们经常眼睁睁看着一大片湿地、草地、树林被铲掉来建冷气房，看着一棵棵古树、老树被连根拔起，看着青葱健康的年轻大树被剪成光棍。

记得有一次台风把海边一排榕树吹倒在地。我看到许多树根抓得还很紧，凭乡下的植林经验，心里兀自庆幸两天内把它们扶正应该还是有救的。结果，一天没人管，两天没人管，三天，四天……一周后，倒下的树，被全部换成了新树。这叫有钱！

最近，我常想起“拯救人类”运动发起人 Bobsy 说的话：在不久前，在奴隶制还是理所当然、妇女还毫无权益的年代，先辈们曾经为我们这些后代争取修改法律，努力废除了奴隶制，废除了种族歧视和性别歧视。而现在，该让我们为我们的孩子修改法律，为大自然争取跟人类同等的权利了。摧毁树林和污染河流是残害生灵的大罪，但是现行法律并不保护大自然。我们必须改变自己，好让我们的改变反映在法律之上。我们必须给予大自然母亲、生态系统和环境跟人一样的同等权益。因为破坏地球之母就是残害生灵、残害人类、违背天命。

近年，澳门政府对“联合国世界文化遗产”看得像命根似的，做得再过分也不敢危及这块招牌。但是，在人口密集的澳门，在暖化危机迫在眉睫的今天，自然遗产其实更为重要。因为那些本已微薄的自然遗产，如不加珍惜，影响的是我们自己的生存了，生存条件都受到威胁，试问谈文化又有何意义呢？想想被大漠风沙覆盖的高昌古城何尝不是文化名城？

爱护树木、保护自然遗产，已非什么可有可无的雅事，而是保护我们自己的生命。

雪莱对肉食的洞见

“把一头供人食用的牛养肥养大，其所需消耗的高营养蔬菜，数量足可供十倍的人口食用，而且若是实时由大地上采收，还可以杜绝疾病的产生。如今我们所居住的地球上，最丰饶肥沃的地区，事实上都被拿来种植供动物食用的作物，其所搁置和浪费的粮食绝对是难以计数。即便在今日，也只有极度富有的人才负担得起这样肆无忌惮又不自然的食用死肉，但是为了这项特权他们却得付出更大的代价，就是容易罹患的疾病多到不可胜数。”

以上这段话，如果在猪流感肆虐的今天放在报纸头版，该是切中时弊、振聋发聩的震撼评论！但是，也许很多人并不知道，这段文字出自十九世纪初年轻诗人雪莱（Percy Bysshe Shelley）之手笔。除了素食朋友的影响，精通希腊文、拉丁文且爱好科学的雪莱一定深受毕达哥拉斯、苏格拉底、柏拉图、达文西（达·芬奇）和牛顿等素食先哲的启发，加上对生命的热爱和尊重，二十岁的他在众人的嘲笑声中毅然选择了素食。他的洞见竟超越了二百年，仿佛已预见了今天的窘境。

在二百年后的今天，我们看到了什么呢？约每四秒钟就有一个足球场大的热带雨林被砍伐烧毁，九成用作畜牧业。烧林造成的“黑炭”微粒子（black carbon）滞留南极上空，吸收太阳光，加快冰块融解。畜牧业消耗过半全球净水资源。高密度养殖业造成可怕的禽畜疾病，恐惧笼罩着整个人类社会……

这一切为了什么？就是为了口中的那块肉。

台湾东森电视台有一个讲气候变迁的节目，说到“行政院长”吴敦义为了响应素食减碳运动，每周吃素两天，其中一位嘉宾就说:“身为院长，既然知道此举可以减碳，为什么不一周吃七天素呢？”一位朋友听后说那位嘉宾“不厚道”。我说:“不厚道？台湾近年因为排碳严重，海水温度较其他海岛高，成了台风磁石，把气旋都吸过去了，危及无数民众的身家性命。作为众官之首，明知对民众有利的，难道就不该带头实行？难道他就不该对民众厚道点？”

客观来说，吴敦义已是一个了不起的人。但想想二百年前那位年仅二十的英国诗人，拥有先进 IT 设备、自认文明的我们难道就没感到汗颜吗？

我们都有勇敢的心

“Your heart is free. Have the courage to follow it！（你的心是自由的，要有勇气去追随它！）”我喜欢用这句《勇敢的心》里的经典对白鼓励那些在十字路口踌躇跂望的朋友。这话很美。

它的美在于“courage”（勇气）一词。此词源自拉丁文的“cor”，意为心。它揭示了一个真相：所有勇气都来自心，追随心的人就是勇敢的人。说“勇敢的心”，其实本就是矛盾的，心必然是勇敢的。你可能会说，自己的心很懦弱，一点都不勇敢。其实，不是没有勇敢的心，是根本不知自己的心在哪里，或知道了也没有追随它。一个被恐惧覆盖的心，就像一面被尘封的镜一样失去了自身最本质的光芒。

所谓“初生之犊不畏虎”，看看婴儿，我们就能知道：赤子之心是没有畏惧的。但在经过家人、学校和社会的层层压迫，我们的心已被压到玄武纪岩层之下，再覆之以掩盖恐惧的圆熟、狡猾和虚伪。这样，我们就是完美的无知无勇之人，在人群中可以挥洒自如，可以完美地按照别人的期待行动。那种期待就逐渐形成一堵随身携带的墙。

身边有一些朋友，他们已完全了解正确饮食对其身心的重要性，但因为害怕对身边的人造成不便和惊扰，都一直没能真正追随自己自由的心。其中一位朋友还经常在我面前惊叹：“怎么改变一下饮食差别可以那么大！看，我浑身的精力回来了，思想清晰了，眼睛明亮了，手掌红润了，连指甲都发亮了！你不觉得很神奇吗？”但当吃晚饭时，母亲给他的碗塞来猪肉时却又无法拒绝。他觉得这样会让老人家伤心，因为老人家都认为不吃肉会没力气。虽然他很清楚实情恰恰相反，但仍觉难以启齿。我对其孝心感佩之余，却感到无限的悲哀。

我们就这样，为自己想象出来的情景感到害怕。说白了，我们都害怕改变。对许多人来说，改变暗示着死亡。因为改变就得面对未知，超出头脑经验的，就是死亡。那是对死亡的恐惧。

托尔斯泰在《战争与和平》中说：“科斯特罗马的猎人说过：所有人都很害怕狗熊！可是当你看到狗熊，你的恐惧就消失了，你唯一在意的是如何对付它了。”

恐惧只存在想象之中，我们的心总是勇敢的。

希望孩子有一个家

“我有一个希望：十五年后我可以有自己的孩子，他们有一个家。而那个时候我们还会有一个美丽的岛屿。”哥本哈根联合国气候变化大会上，来自斐济的一位女孩，拉维塔泣不成声地说，“我们什么都没做，可是气候变化对我们的影响却最大。我们需要一份对穷人和穷国都公平的协议。”

许多南太平洋的岛国，如斐济、基里巴斯及图瓦卢等实际上已因为全球暖化海水上升不再适合人类居住。据《广州日报》的最新报道：“走在图瓦卢仅有的一条马路上，心里极不踏实。因为往左边看，是波涛汹涌的大海，往右看，还是大海。时不时在马路中间的洼地里还会冒出一汪海水来，让记者总感觉一不小心就会跟马路一起沉下去。丰加法勒环礁长约二十公里，平均宽度却只有二三十米。”当地人说：“天黑后千万别出来跑步，因为一不小心就会跑到海里去。”说白了，一个大浪过来，整个国家就被淹了。

一位流浪在斐济的图瓦卢人说：“我觉得，六十亿地球人都应该向我们道歉。”

就在哥本哈根会议成为全球焦点之际，就在图瓦卢人担心自己的后代将流离失所之时，澳门人在谈论什么呢？答案是：填海。这个世界真是太奇妙了！那边厢，斐济人看着海水漫进家园；这边厢，以文化名城自居的澳门要填海造地。我相信，不用找一位专家告诉我们，填海意味着把这里的海水赶到太平洋的另一边去。于是，我们将会赞叹“本地经济继续高速增长”，看到那些海水上升、流离失所的新闻时就感叹：“越穷越见鬼！”

这是一种无形的侵占行为。当然，一定会有人跳出来说，一切都是依法进行的。好像法律生来就是愚昧的遮羞布一样。

要是这种侵占行为真能为一方人民争来长远利益和繁荣幸福，南太平洋的“穷鬼”也算是死得其所。问题是，这种行为明显是把人民置于巨大的危机中。太平洋不过是一个大一点的碗，水位不断上升，等南太平洋岛国全都淹了，其实离海滨城市被淹又有多远呢？在巨大的暖化浩劫面前，你再有权势，你的子孙都不会有好日子过。加速不幸的发生，难道还不能称之为愚行吗？

所有人都欠气候难民们一声抱歉，急着填海的人尤其如此。

我只希望，十五年后，我的孩子还有一个家。

消费关乎命运

爱因斯坦有句名言:“有两样东西可以是无限的，第一是宇宙，第二是人类的无知。关于前者我还不是很确定。”这话套用在人类面对暖化问题的态度上是再适合不过了。

就在哥本哈根会议召开不久之际，南极一块约为两个香港大小的冰块像幽灵般向澳大利亚漂去。理论上，这是一个极震撼的警告。但是，一切还是无阻金钱利益的铢铢较量。泰坦尼克号开始沉没，人们怕且还有兴致为在甲板上一个看热闹的好位置争个面红耳赤。

发展中国家和发达国家形成了壁垒分明的两大阵营，双方吵得基本无话可说了，非洲国家代表团还愤而退场。

大家都不想为自救签字。其中，最无知的应推美国。据雷斯特·布朗（Lester R.Brown）估计，要把地球从全球暖化的危机中拯救出来并建立一个公平永续的社会，全世界每年的花费约为二千亿美元。而美国每年的军费是三千亿美元！美国不签，实在没人想签。美国总统演说，妙语如玉盘走珠，还拿走了诺贝尔和平奖，但在最关键问题上却三缄其口。

其实，永续社会的建立并不会造成经济危机，反而将是建立生机蓬勃的新型经济的一大契机。很多人认为消费是环保的最大敌人。这种概念让人们感到恐惧。实际上，如果各大产业转向永续模式，消费只需稍加制约，地球就有希望了。大国们害怕的是什么呢？其实是经济转移造成的利益重新分配。

其实许多专家已给出了很明确的解决方案：大规模推广有机植物饮食。美国前副总统、诺贝尔和平奖得主戈尔先生在CNN上告诉世人："我已大量减少肉食。全世界肉食增加是造成此一全球性危机的主因之一，这是毋庸置疑的！不单是二氧化碳，还包括肉生产过程所消耗的大量水资源，当然还有对健康的不良影响。在日常饮食中以蔬果取代肉食是负责任的做法。"

是的，这才是一种负责任的行为！很多人认为，地球得不得救，是那些与会高官们的事，也是他们的责任。但是，他们也不过是揣测上意（包括民意）的可怜虫而已。真正起决定性作用的，其实是经济利益。经济利益跟什么有关？

没错，跟我们的生活消费模式有关。我们每天的消费决定着我们和子孙的命运！

气候难民的滋味

这几天，每次打开水龙头，我都想起新闻图片上那些手拿盛着半碗泥浆的小孩，浑浊的水浆和明净的眼睛同样让人受不了。

生命，主要是由水组成的，缺水意味着缺少一切。

西南部许多过去山明水秀的地方，现在已是泥土焦裂、清泉干涸、油菜萎蔫、林木枯焦、飞鸟绝迹的死亡之地。因为自然植被衰竭，小春作物绝收，大春作物无法种，最基本的续命饮食已难维持，许多人变卖那些已不值钱的家产，扶老携幼，踏上了迁徙求生的茫茫之路。因为身壮强健的大都早已离开大山，于是照片上看到长途跋涉取水的大都是老人和孩子。

因为工作需要，笔者曾经长期奔走于云、贵两省的山区，深知那里衣食住行之艰辛。加上大旱煎熬，其苦况实在难以想象。但更凄惨的应该是，那些我曾经走访的更为偏远的麻风村。村子里住着许多行动和自理都成问题的麻风病人。健康的老人还可以翻山越岭、背井离乡，那些被隔离多年且疏于照料的病人呢？

记得笔者两年前在这个专栏谈到“气候难民”时，不少人认为是杞人忧天，觉得还太过遥远，毕竟是非洲和太平洋小岛国的事情。但是，气候浩劫已影响到西南诸省，我们食水的来源地——珠江的源头已经枯竭。在水源地的老百姓满口泥沙之时，城市及工业供水仍然得到保障。这种保障意味着，净水仍然用于冲厕所，耗水严重的产业（如畜牧业、制纸业、电子业）

依然毫无节制地加速发展。

有人说，中国需要的不仅仅是水，而是公平。指的是农业、农村得不到公平的待遇。这固然是一个根深蒂固的问题。但我认为，全世界最缺少的是警觉和智慧。

警觉不是慌乱，而是理性而果敢地面对；智慧是站在全局的层面看出问题的关键。动物在感觉到危险时会马上做出反应，尽快走避。但人却是更为复杂的物种，大难当前，却希望今朝有酒今朝醉。现在的社会文化是人类警觉力的最佳麻醉药。这一刻，你也许会意识到气候变迁的严重性，但电视一打开，你更关心的将是明星八卦或肥皂剧里的钩心斗角了。从全局的层面看，其实是生活形态和环境政策出了问题。

如果再不马上采取更环保的生活、推进有效的环保政策，我们也将很快知道气候难民的滋味了。

从酒禁说起

《三国志》里有两则关于酒禁的故事。

第一则：刘备因大旱荒年下令禁酒，违反禁酒令的要受重罚。有人求赏心切向刘备举报一名富绅违禁。富绅辩谓自禁酒令颁布以来就没喝酒，也没藏酒。报案者说在富绅家中发现了酿酒的器具，私藏酒具不该有罪吗？刘备大怒，认为家中藏有酒具是何居心？罪加一等，收押候判。大臣简雍在路上看见一对男女谈笑甚欢，即向刘备建议："主公快把此对男女收押治罪，因他俩就要行淫！"刘备不解，问何以知之？简雍答："这两人藏有淫具。"刘备闻言大笑，遂释放那富绅。

第二则：其时年饥兵兴，民生凋敝，曹操在北方实施酒禁。孔融修《论酒禁书》云："高祖非醉斩白蛇，无以畅其灵。景帝非醉幸唐姬，无以开中兴。袁盎非醇醪之力，无以服其命。定国不酣饮一斛，无以决法令。故郦生以高阳酒徒，着功于汉……由是观之，酒何负于政哉！"列举了一大堆历史上因酒成功的例子。曹操复信驳议，也列举了许多相反的例子，夏、商等因酒灭亡，不少政事和当政者败在酒上，故必须禁酒。孔融又写信反驳：如果古人因酗酒亡国就禁酒，那么夏商两朝因女色失天下，何不把婚姻也禁了？并指出禁酒的真实企图，在于节约粮食。

这两则故事常被引用来嘲讽刘备的"天真"和曹操的"性忌"，有时用以赞扬简雍的睿智和孔融的文采。

但在全世界严重缺水的今天，这些故事读来却有另一番滋味。不禁让人感叹，一千多年前，当权者尚知为民众的温饱和国家的稳定控制浪费严重的产业，而现在高度发达的社会又如何呢？人们仍毫无限制、毫无意识地消费着酒和肉。大部分粮食用于生产肉品，却有十二亿人濒临饿死。生产一公斤牛肉需要消耗淡水四万公升，四个汉堡包用的水足够一个人洗半年的澡。一亩地能产马铃薯一万公斤，栽种饲料却只能生产七十五公斤牛肉。这种“自由经济”也太杀人不眨眼了。

根据联合国预测资料，在缺水问题上五大洲将无一幸免，接下来的便是缺粮。资源战争将一触即发。云南抗旱指挥部官员日前说：“别捐矿泉水了，捐点粮食吧！”

如果，你还认为人们还应该“大碗饮酒，大块吃肉”，那就不光是无知，而是无耻了。

理应更“沉迷环保”

大部分事情，说比做一般都要来得简单，但有些事情，光是讲就很不容易。比如环保，说一下就很讨人厌。

所谓朋友，就是有助满足我执和欲望的人。比如，易牙和竖刁因为能在各方面最大限度地满足齐桓公的嗜好，齐桓公当然就将他们当成最铁的哥们儿。而环保关于节制和反思，讨厌是理所当然的事。正如对小白而言，清廉耿直的鲍叔牙绝对是最不受欢迎的人物。

经常看到有人对所谓的环保人士冷嘲热讽，认为他们婆婆妈妈、喋喋不休，“很烦人”。有人会说，把人统统杀光是最环保的（极端的言论总是很爽快，且远离责任）。你也会看到人们在埋怨情况不允许、政府不主导等等，所以做不到也是情有可原。经常有人说，如果吃素跟吃肉一样方便美味，一定会吃素。

这就是在实行变革前的卫鞅对秦孝公说的：“夫民不可与虑始，而可与乐成。论至德者不和于俗，成大功者不谋于众。”人们想到的，一般都是为何自己享受不到更便利良好的环境，很少人会觉得自己有义务去主动创造环境。于是，人们抱怨政府不作为。哪知政府里也是同一思想水平的人，同样也在埋怨环境不允许，埋怨民众“意识不高”，做不了什么事情。于是，民众和政府你眼望我眼，一方等待对方做点什么，另一方则期待得到一点支持方能做事——因为环保真的会得罪很多人。所以大家都只能念念“色不异空”之类的佛偈度日。仿佛冷漠麻木地对待一切（私欲除外）就是最高的智慧和美德。

其实我很少在澳门遇到真正称得上“环保人士”的人，我也不觉得成为“环保人士”有哪一点值得骄傲。在整个地球无比混乱的这一刻，为环保尽一分心力，已是作为一个有半分清醒的正常人的正常反应。但是，这种人，仍会被指“沉迷环保”。我见过许多沉迷酒色、沉迷赌博、沉迷网络、沉迷权力的人，但很少见到有沉迷美德、沉迷环保的人。如果给我碰到一个，我一定会对他说:“请你继续沉迷下去！”

许多人想尽办法为孩子安排最好的小学、中学乃至大学，为的是让下一代在更理想的环境中成长。而宣传环保、实践环保，也只是为自己和下一代改善环境（如果能生存下去的话）。很实际，也很应该，不值得赞扬，也不必害羞，该理直气壮地做下去！

动物与黄金时代

“如果你有宠物，试着去‘聆听’，它们将引领你进入它们的世界——那是自太初以来就被守护着的奇妙世界！”这是朋友寄来的新书——《生命中的彩翼天使》封底上的一句话。

这是一本很好玩的奇书。刚开始，你也许会被那些鲜艳高彩的可爱图片所吸引，但细心翻阅之下，书中那些看似闲话家常的文字，却洋溢着爱心和机智，许多高远超凡的哲思和幽微精致的情感在笔端自然显露，徜徉翱翔时真如排云丹鹤，涓流曲折处又似清荫小涧。

作者以细腻的笔触记述了她跟领养的一些小鸟之间奇妙感人的小故事。关于每一只小鸟，作者均先以自己的身份客观叙述，接下来却让每只小鸟为自己发声，讲述它们自己单纯却细致的内心感受。

在作者的笔下，这些小鸟都有自己的鲜明个性，有的天生开朗，有的恬静温和，有的威武大度，有的张扬不羁，有的娟秀内敛，有的喜欢独处，有的是交际能手……作者不但深谙每一只小鸟的性格，还知道如何用各种方法逗它们开心，还能透过它们了解自然界的更多奥妙。有一些小鸟看起来几乎完全相同，但作者却能分辨得很清楚。实际上，作者完全像母亲一样爱护着这些有羽翼的孩子，并以能了解它们的纯真世界而感到无比荣幸。

这让我想起，柏拉图在描绘农神萨顿（Saturn）治理下的黄金时代时，列举了那个时期的人类的主要优点，其中一条就是人与动物的交流——人向动物求教，向动物学习；人懂得每一种动物的真正品性和与众不同的特点。因此，那时的人具备非常完整的感受力，也更具爱心却精明能干。他们能借助自身的智慧和从动物身上学到的种种技能，把生活安排得幸福美满，这是我们现在的人类难以比拟的。也就是说，能与动物沟通并互相帮助，是黄金时代的主要特征。

许多人（包括笔者）在小时候都会尝试跟各种动物交流、沟通的经验，长大后感情跟脊椎一样越来越僵硬，完全丧失了黄金时代的爱和力量，接触动物的渠道，大都只剩下通过餐桌上的刀与叉了。

作者似乎是通过这些书籍，尝试唤醒我们对动物的关注和爱，在聆听中，重拾内心深处属于黄金时代的辉煌。

素食诗人陆游

说到陆游，人们大都会想到写“死去原知万事空，但悲不见九州同。王师北定中原日，家祭无忘告乃翁”的爱国诗人；也会想到与唐琬有着凄美爱情故事的，写“红酥手，黄縢酒，满城春色宫墙柳”的多情诗人。

也许很多人都不知道，其实陆游还是诗作最多的中国古代诗人——存世作品达九千三百多首！你会问，他为什么那么猛？因为他很长寿，在平均寿命只有四十多岁的宋代，他活到了八十五岁，且一直耳聪目明、文思敏捷。也许你还不清楚古代的年龄概念，但要知道，写“老夫聊发少年狂”的《江城子》时，苏轼只有三十八岁。

那么，陆放翁又为何如此长寿呢？是否先天禀异？实际上是刚刚相反，他自小体弱多病，如“家贫阙粱肉，身病忌蛙鱼”，“山泽有臞儒，残年病满躯”。其长寿的原因是后来远离荤腥，蔬食养生。

在宋代，就像现在仍有许多人所认为的一样，大鱼大肉是优渥生活的表现，喜欢素食是相当另类的，常遭人讥讽。他在《巢菜并序》中说：“冷落无人佐客庖，庾郎三九困讥嘲。此行忽似蟆津路，自候风炉煮小巢。”

事实上，他写了许多关于素食生活的诗，如果称他为素食诗人应该是名实相符的。他在《素饭》一诗中说：“放翁年来不肉食，盘箸未免犹豪奢。松桂软炊玉粒饭，醯酱自调银色茄。

时招林下二三子，气压城中千百家。缓步横摩五经笥，风炉更试茶山茶。”他对声、色、味、嗅、触等感官的摹写，真可谓登峰造极，于乡间生活倘未静心体会，绝难至此。其《菜羹》一诗也堪称神品：“青菘绿韭古嘉蔬，莼丝菰白名三吴。台心短黄奉天厨，熊蹯驼峰美不如。老农手自辟幽圃，土如膏肪水如乳。供家赖此不外取，袯襫宁辞走烟雨。鸡豚下箸不可常，况复妄想太官羊。地炉篝火煮菜香，舌端未享鼻先尝。”他不但享用有机蔬食，更是亲自动手种菜，才有“土如膏肪水如乳”和“地炉篝火煮菜香”等妙觉。

他在养病的过程中得出很多素食的心得，如“唐安薏米白如玉，汉嘉栮脯美胜肉”；“菘芥煮羹甘胜蜜，稻粱炊饭滑如珠。上方香积宁过此，惭愧天公养病夫”；“黄瓜翠苣最相宜，上市登盘四月时，莫拟将军青荠句，两京名价有谁知？”

另外，他也有一首《放生诗》：“血肉淋漓味足珍，一般苦痛怨难伸；设身处地扪心想，谁肯将刀割自身。”足让人深思。

动物的地狱在人间

同事给我寄了一封邮件，并大骂:“这些人是不是疯了！这么残忍的事都做得出来！”

我把电邮打开，看到一张张照片上，一群年轻人在海边屠杀一条条巨大的海豚，海水已被鲜血染红，旁边围满了“观礼”的人们。邮件大概是说:这种事情每年都发生在丹麦的法罗岛，这场大屠杀的参与者大都是年轻人，因为这是一场庆典，是他们的成人礼。许多人参与这场声势浩大的庆祝活动。他们不是马上杀死“卡德龙海豚”，而是用粗大的鱼钩插一次次割划在它们身上，他们应该在每一次钩割中听到它们像初生婴儿一般无助的啼哭。它们的腹部会被切出一大个方块，内脏从中滑出，血红的海水涌进体内……人们沉着冷漠地站在那里观看。

上帝的手在人间，动物的地狱也在人间。

同事大呼:“这帮人，又不是不杀死它们活不了。杀死它们只为了显示自己成年了！海豚那么可爱，像小孩一样。人类太残忍了！”

其实，这封邮件我收过很多次，也搜集过相关资料。首先，那不是海豚，而是一种叫伪虎鲸或领航鲸。据说，法罗岛的男人觉得只有参与猎鲸，才能找到法罗群岛的归属感。这项传统对法罗人而言，是“对生存的挑战和证明”，代代流传至今。这让人想起喜欢食鲸的日本人和喜欢吃鱼翅的中国人，他们也把食鲸视为重要的饮食传统。

最悲哀的是，人们为何喜欢用麻木、残忍、暴戾来显示自己的“成熟”“坚强”？甚至还把这些变成了代代相传的传统“文化”。事实上，这些海洋生物已不再适合食用，它们体内已因污染聚积了大量的有毒物质——汞。

经常可以在传媒上看到拒绝食用濒临绝种生物的呼吁，我很赞成。但是，我更希望看到的是，人们不吃它们是因为人道，而不是仅仅因为它们要绝种，不能再杀了。这种“科学观”倒真的跟德国纳粹的种族观有着很接近的思维模式。

我们的亚圣孟子说：“见其生，不忍见其死。”又说：“人皆有恻隐之心。”这种恻隐之心，其实是人伦基础的基础。人类社会的问题错综复杂，千奇百怪，但是很大部分都是因为这个基础的动摇而引起的。

我给同事回信说，全世界每年屠杀的动物数量约为四百四十亿，是地球总人口的很多倍，所有屠场都不会比猎鲸的情景更人道……

生命无价　水也无价

纸币不断贬值，科技不断发展，我们才开始注意到，实质、原始的东西才是最具价值的。黄金、和田玉、实木等几倍几十倍地涨价，粮食价格也节节飙升。所谓水落而石出，从某个角度来看，许多东西的真正价值只有在动荡的时代才会显露出来。

假期中，出于对丹泽·华盛顿的喜爱看了《艾利之书》（*The Book of Eli*），发现这真是一部很有意思的电影。

片中讲述的是不久的将来，地球在一场毁灭性的战争后满目疮痍，幸存者在物资极度缺乏的情况下过着人吃人的地狱生活。沉默、冷静而武功高强的黑人艾利（丹泽·华盛顿饰）独自横越荒芜的美洲大陆，经历无数世态炎凉和艰难凶险，目的是把世界仅存的一部《圣经》送往西岸出版，最后，你会发现他原来是个盲人……

严格来说，这是一部宗教电影，讲的是追随内在指引的神迹故事，也是一部绝佳的《圣经》广告片。但是，里面最让我印象深刻的是，水在生命里的重要性。一个虚弱老头就因为知道一个干净的水源，就能组建了一个城镇，并成为镇上决定一切的土皇帝。

水，是生命的基础。但许多人根本还没意识到它有多么珍贵。据美国国家大气研究中心（NCAR）的最新科学报告，人类于“未来三十年可能面临大规模旱灾，但是一般大众和气候变迁研究团体都还没意识到这点”。

可悲的是，就在全世界许多地方已处于严重缺水的情况下，全球过半数的淡水资源是专供给畜牧业使用的。如果能考虑到，将来可能人们为了抢夺一个水源而发动几场战争，人们就像《艾利之书》中所讲述的一样，为了一口水自甘屈膝为奴，也许人们根本不会再允许一些人把宝贵的淡水源源不断地输送到畜牧工场。如果人们为了吃一公斤牛肉而需要消耗一点五万公升的净水，而净水几乎是无价的，愿意去吃那一块肉的人可能真的不会太多。

实际上，如果以消耗的地球资源来为那些肉食定价，根本没有多少人吃得起它们。光生产半公斤牛肉的植物粮食就能喂饱八十名第三世界的儿童，所用的淡水也够一个家庭用一个月。

希望我们不必为水资源而发动战争，但我们必须珍惜水资源。生命无价，所以水也是无价的。

谁是罪魁？

世界气象组织官员奥马尔·巴杜尔最近说，拉尼娜现象是最近一段时间澳大利亚洪灾、中国“南冻北旱”和世界许多地区不断加大的气候异常的“罪魁祸首”。

这段新闻出来后，各大媒体纷纷转载，新闻评论员也接着话茬夸夸而谈，有新闻社还大标题写着“全球气候变化无常极端天气谁之过？”基本就是把一切乱象推到一个名为“拉尼娜”的现象身上。

据说，“拉尼娜（小女孩）现象”与“厄尔尼诺（圣婴）现象”相反，两者是洋流引起赤道中、东太平洋海面温度交替变化的两种异常现象，往往轮番作祟。又说，对于人类来说，这几乎是两场挥之不去的噩梦，所以必须总结教训，摸清规律，加强应对，未雨绸缪……

这就好比有人被杀，然后大家都把穿喉而过的子弹认定是“罪魁祸首”，然后开始讲述子弹和手枪的历史，并结论说：“子弹和手枪是对生命最大的威胁。”似乎所有人都对手持枪械的那个人避而不谈。也许是因为潜规则，也许是碍于政治禁忌，也许纯粹出于无知——反正这就是世界传媒的现状。

巴杜尔又指出，亚洲地区的气候异常现象与全球气候变暖有关，自 1970 年以来，全球出现气候变暖趋势。从 1900 年到 2007 年，全球平均气温上升了零点七摄氏度，南北极地区和欧洲温带地区都明显变暖。这确实是一个非常明显而正确的推断。但是，这个暖化是从哪里来的呢？大家能做什么可以遏止它进一步恶化呢？大家似乎已可以只字不提了。

气候变迁的灾民已在大规模增加，缺粮、缺水等危机已威胁到每一个人的生存，人们还误以为自己生活在太平盛世，继续追求着商业迷雾中酒肉不断的“富裕生活”，把有钱人的无聊家事当成肥皂剧，反而对那场将扫除所有财富的气候危机视而不见。

三国时，曹操和刘备尚且知道旱灾之年要颁禁酒之令。第一次世界大战时，挪威和丹麦也因为缺粮而实行素食。反而到了 21 世纪，在粮食短缺且价格不断飙升之际，在十亿人挨饿之时，人们还把大部分粮食喂给牲畜吃，让它们大量产生温室气体和造成死亡海域的排泄物。因为饲料昂贵，政府还高额补贴被证实造成过半暖化效应的动物养殖业。

如果把气候危机比作一支火箭，人们餐桌上的肉食，无疑就是让其不断加速的燃料。

暖化与素食

关于全球暖化，人们一直存在着两个非常重要的争议，也正因为这些争议，让各国政府在环保政策上一直犹疑不决。

第一个争议：暖化是否人为造成的？非人为的理据是，人类活动的范围，对于“广大的”地球空间来说，非常微不足道。这个睁着眼睛说瞎话的论调在能源公司的鼓吹下，获得了许多拒绝改变生活方式的人们的支持。据调查，过半数美国人就这样认为的。然而，从卫星照片中，我们也可以用肉眼看到整个地表绿化面积的减少、河流的污染、冰川的融化、石屎森林的扩张和空气污染的严重；通过科学报告，我们也得知大气中二氧化碳密度的不断加大和海洋死亡区域的不断扩大。这些都是常识能判断的，不需要一个博士头衔来确认。只是因为年前某些科学家夸大数据的百口难辩的丑闻让全世界舆论为之失焦。但是，这两年来，又有更多严谨且权威的数据和科学报告证明了“人为因素”的关键作用。2011 年 2 月 17 日，《自然》期刊以“人为因素”为封面，刊登了两项科学研究报告，通过翔实的历年科学数据，利用电脑进行无数次的模型测试，首度明确证实的确是人类造成了全球暖化，导致近年极端暴雨、暴雪、洪水和旱灾等大幅增长的趋势。维多利亚大学的安德鲁·韦弗表示：“把两份报告放在一起，我们开始看到一个新兴的模式，我们应可预测，大气中的温室气体增加，洪涝灾害与极端降水也将增加。无论如何，我们不能责怪别的，而只能责怪自己。”

第二个争议：什么是全球暖化的罪魁祸首？当前几年有人站出来振臂高呼“素食环保救地球”之时，人们先是错愕，继而更多的是怀疑。当时，许多素食者引用的是联合国《畜牧业的巨大阴影》的数据，说畜牧业的温室气体排放占全球总量的百分之十八，比所有汽车和飞机的总和还要多。后来看守世界研究中心的科研项目在扩大研究范围后，把这个数字更改为51%。而联合国近日发表了一份研究报告指出，如果各地政府能够致力减少黑炭和包括甲烷在内的地面臭氧排放量的话，全球气温上升速度将可减半。皮尤全球气候变化中心表示，因为二氧化碳在大气中的存活时间非常长，光是减少排碳是无法马上减缓暖化的。所以，人类的当务之急是减少致暖能力强但存活时间短的黑炭和甲烷。而黑炭最大的来源是为养殖动物而焚烧雨林所造成的；甲烷则众所周知是畜牧业的最大“贡献”。所以，该报告把控制畜牧业列为重要的有效措施。

所以寇克·史密斯博士直言：即刻见效的方法就是少吃肉。

爱是最高法则

黑泽明在其遗作《梦》中，曾浓墨重笔地描写日本在一个核电厂爆炸后的地狱式景况。让人想不到的是，那个噩梦在二十一年后的今天变成现实。

地震刚发生，电视上的专家说，日本核电站不会爆炸，结果爆炸了。爆炸后，专家们又马上说，其他两个机组不会爆炸的，结果也陆续爆炸了。专家接着说，即使核电站爆炸了，外壳能起到很好的保护作用，结果外壳还是被炸飞了。专家一直说，即使核泄漏也不会污染日本，结果东京核辐射严重超标。于是，东京人慌忙逃亡。

这是政府、传媒和“专家”的典型表演节目。无论是出于好意、愚蠢、无知还是利益考虑，这种样板戏很可能会延续一下。任何人，只要头脑稍微清醒，该可觉察到整个地球生态正面临一个空前的浩劫，只要人类在爱的反面继续走下去，一切都将难以扭转。而掌握着几乎所有资源的政府和大财团，却仍不遗余力地遮掩危机的真相，疯狂印钱，希望所有人一如以往般消费，毫无节制地消耗地球资源，保持“经济增长”。让人们保持梦游状态，为经济发展的一连串数字奔走终日，仿佛就成了那些利益既得者的天职。

众多气候乱象让人们疑惑不解，日本九级大地震和六级核辐射泄漏，更像当头一棒，把人们打傻了。于是，末世的恐惧和放浪情绪又迅速扩散开来。许多人都感到绝望：我们在大自然的强大威力下是多么的微不足道！敬畏天地固然是一个很好的开始。但是，我很想告诉他们：其实我们不见得就真的没有办法。

在 Twitter 上，有一位网友留言："我预计两年后日本大地震会拍成电影。"我回应说："我预计，人们很快就会忘记这次地震。因为更大的灾难会接踵而来，根本不会有空想起它。除非人类改变自己浪费和残忍的生活模式。"许多网友对此大惑不解："改变生活模式能避免地震？"其实，我对别人对一些基本法则的无知也感到非常惊讶，故回说："许多地球人已忘记了宇宙中最高的'爱的法则'，爱能在任何时间空间中产生保护的能量。"

为何说爱是最高的法则？正如我们这个称为小宇宙的身体是因为父母的爱而产生，所有宏观宇宙、微细宇宙，包括这个地球的产生都是因为爱。所以，爱是一切的基本。佛教称之为慈悲，在大乘教法中甚至与般若同等重要。道家所说的返本归元，返回的其实就是那种创造一切的爱力（道）。

只有爱，能克服一切障碍；也只有爱，能保护我们。

对海洋生态的暴行

日本多个县的辐射超标千倍而海产并未禁售，引起许多日本海产消费者的关注。

说到日本的海产，我不禁想起获得奥斯卡最佳纪录长片的《血色海湾》（*The Cove*）。在看似鲸豚天堂的太地町，在保育人士秘密拍摄的镜头下，骇然成了海豚屠场：当地渔民每年把约二千头海豚赶到一处偏僻海湾，从中挑选数十头卖给水族馆及海洋公园后，剩下的通通用鱼叉猎捕做成鱼肉贩卖，一条不剩。整个海湾被豚血所染红……

在日本“3·11”大地震引发的海啸中，就有一名美国的海豚保育人员因为监测当地民众猎捕海豚时而“碰巧”拍摄到海啸来临的震撼场面。所以，就在许多人对日本人面对灾难时表现出的冷静和克制表示佩服的同时，也有人相信这是海洋对日本人的“冷血暴行”的报复。

公然残杀高智能动物的暴行，确实让人发指！但这种对动物的“冷血暴行”，并非日本人所“独美”。美国人猎杀北极熊、丹麦人以杀鲸庆祝成年、中国人养熊取胆……其残忍程度，莫不耸人听闻。

但是，正在我们感到“惊骇”不已的同时，我们的餐桌却又往往支持着世界各地许许多多的大规模暴行。我们又以为，吃什么只是个人选择。殊不知，我们的小小选择，其实在庞大无比的商业操作系统中已决定了众多生态系统的命运——甚至已决定了自己和子孙后代的生死。

以海产为例，许多人认为这是比较低碳而健康的食品。而事实刚好相反，食用海产是最可怕的行为。通过借助先进的全球化捕捞技术，人类实际是在对海洋生物“赶尽杀绝”。科学家估计，海洋中超过九成的大型鱼类，已在这五十年里因为大规模捕捞而灭绝。而以目前的捕鱼速度，在 2050 年前，全球所有鱼类都将被捕捞一空。可怕的不是没有鱼吃，而是某种鱼类的缺少会让海水酸度增加，海洋生态全面崩溃。海洋是地球最大的二氧化碳消化系统，死亡海域要是持续增加，气候变迁将完全失控。我们如果买这些海产，实际上就是在支持这个可怕的捕捞业，也是在加速海洋的崩溃。

人类过去一直认为，人是人，动物是动物。事实是，所有生物在这星球上都有其独特而不可或缺的作用。人和动物的命运，由始至终都是绑在一起的。人，不可能独活。

在我们为遥远的核辐射感到惶恐不安时，在我们排队抢购碘盐时，我们不妨想想，贪生畏死是动物的天性，也想想被杀时的痛苦和绝望。

香烟之害甚于核辐射

我们对身边的事物，总是习以为常，很少去质疑其合理性和安全性；却对陌生和遥远的事物感到无比恐惧。只要是发生在身边的，我们就会容忍甚至安心参与。

就以核辐射为例。传媒天天在讲，日本福岛的核辐射已通过海、陆、空多方面扩散开来。传说可以防辐射的任何东西都广受追捧。就在核辐射的恐惧阴影中，有专家警告：假如你害怕核辐射就请戒烟！

我们本来每天都已处身于岩石、电子产品、大气和宇宙射线等的辐射之中。而现代人身边最可怕的辐射来源竟是香烟。香烟中含有微量的放射性物质钋 210（polonium）。这个钋是地球第一毒物，比最近新闻里说日本土壤中含的钚（plutonium）要毒上千百万倍！一微克钋 210 即可杀死一个人。原来，要让香烟更“香”，就需降低其含氮量，所以烟农会反复大量施高磷肥。磷肥中含有微量的铀 226，铀 226 衰变生成钋 210，土壤中的钋 210 被烟草的根吸收，富集到烟叶中。本来，许多食物都因为化肥的使用而含有钋 210，因它放射的是低能射线，对人体不会造成非常严重的伤害。但是，当香烟被点燃，钋 210 随着烟雾进入肺部，即可与人体细胞直接接触，低能射线也能对细胞造成损伤，从而诱发癌症。

当然，香烟中的致癌物质，还远远不止钋 210，要是把它们抄录出来，足以让烟民和二手烟民们胆战心惊。基本上，当有人在你面前抽烟，你可以将之视为一个移动的福岛核电机组，你就是一位无畏致癌辐射的勇士。如果你自己是一位吸烟人士，你不仅是亲友和大众的投毒者，还是孜孜不倦的投弹手。如果你家里有一位吸烟人士，你就享有近似福岛居民的“幸福”和“光荣”。如果你必须在烟雾弥漫的环境中工作，你有十足的资格从特区政府那里接受一枚英勇“熏”章——据说是为了本地烟枪旅游经济的稳定发展。

根据卫生部近日印发的新版《公共场所卫生管理条例实施细则》，内地定于2011年5月1日起全面禁止在公共交通、餐厅和酒吧等室内公共场所吸烟。此举为全国控烟工作确立了“路线图”和“时间表”，这是我国政府在烟草控制方面一个里程碑式的进步。

内地的执行效果尚要拭目以待，但最少是有法可依了。反观澳门特别行政区，咳，咳，咳……

目光放远一点

在飘忽不定的春寒之中，就在全世界关注日本核辐射的时候，就在我们为“阴滋病”传闻感到惊异万分之际，一个真正更可怕的危机却似乎为人们所淡忘！

那就是气候变迁。

联合国世界气象组织日前指出，大气层中的有害化学物质与冬季温度过低，导致从冬天开始到今年三月底的北极上空臭氧层有四成受到破坏，远超越以往同期有三成臭氧层受到破坏的纪录。资料显示，今年的北极冬季地面温度高于平均温度，但同温层的温度却低于正常北极冬季温度。科学家表示，以目前的情况来看，两极上空的臭氧层受到进一步破坏的机会很大。北极上空臭氧层的情况备受关注，那是因为北极上空是最先感受与反映出全球暖化影响的地方。

而在地球的另一端——南极洲则出现了前所未有的景象。由于全球暖化，南极洲一种开花植物在过去五十年中持续向周围蔓延，一些地方将被绿色的植被覆盖。从新闻照片中，我们看到一片绿油油的草地上站着一群帝企鹅的“科幻”镜头。研究指出，如果全球气温持续升高，白雪皑皑的南极洲将有可能在未来成为一片“绿色大陆”。

大自然的迹象已经非常明显，科学家也已尽力将资讯数据化。只是，人们真的做出反应了吗？

话说《京都议定书》明定工业化国家订定减少碳排放量，

但第一承诺期将于2012年到期，工业化国家大多不愿意延续，日本与俄罗斯都反对，美国则根本从未签署《京都议定书》。

当灾难到来时，人们会惊慌失措，无意识的集体行为将让情况变得更为可怕。从前阵子抢盐的疯狂行为中，我们大抵已切身体会到这一点。如果人们能把这种贪生畏死的本能和能量提早投射到规划将来中，生存下去的机会自然就大大增加。如无远虑，必有近忧！现代金融学里有所谓“跨越时间、跨越空间的价值交换”，也就是你从此时此地对某一样东西开始投资，其效益会于以后显现出来。古人所谓的“十年树木，百年树人”是也。可惜的是，许多坐着专机满地球跑的西装革履的所谓领导人，其行动反映出来的眼光和智慧跟排队抢盐的大妈们没有本质上的区别。他们看到的只是手中的短期利益，根本看不到“利他”和“利己”之间的回环结构。

历史上所有重大的改变，都发自一些人的热情。你会是那些人中的一员吗？

环保是爱的表现

说到环保，我们大概都会想到绿能科技、循环再用、节省资源等事情。我们大都会在技术层面上接受环保概念。似乎大家都在等待一种科技的发明来拯救世界。

人们很容易在欲望的深渊之中把思维数字化，以致曾从一位朋友口中听到过一句:“最环保的事就是把人类全杀光。”我当时为之张口结舌，实在无言以对，也一度陷入困惑之中。

直到有一天，有人告诉我:“其实，环保是一种爱的表现。”颇有醍醐灌顶、茅塞顿开之感。他说，爱护自己的环境和呵护自己的家人、房子是一个道理，都是出于对生命、对亲人的爱。

这让我想起一位物理学家的名言:“宇宙里一切都是幻象，除了爱。”爱其实不是一种思想，不是一种情绪，也不是一种概念，它是创造一切的能量。人也只有遵循这种能量的法则，才可避免虚无主义的荒原式的地狱。

我们确实也只有对生命充满欣赏和崇敬之情，才会真心实意想尽办法保护整个生态环境。

对一些人来说，这个世界只是他满足私欲和行使权势的争夺舞台。而对一些人，这是一个充满祝福的乐园。人们喜欢把前者称为“理性”，把后者称作“感性”。

最近，文化局局长吴卫鸣在一个“土地批给公开旁听会”上“过界”批评发展商没有考虑整体市民利益，指澳门地小人多，任何山体的绿化区对市民都非常重要。按照常理，那地点没有“文化遗产”，本不该由一位文化局长来就环境问题提出质疑，但却让许多习惯了吃哑亏的澳门人大呼爽快。而让我感兴趣的，其实是吴局长接下来的话:“我好爱澳门，对不起，我有点激动了……”这就是重点了！他想保护那片土地，并不是因为他的官职，只是因为他爱这个城市。设立一个“环保局”，并不代表这个局的人真会为环保在关键时刻发声。作为一位普通市民，并不代表不该努力争取保护自己的生存环境。从这件事我们可以看出来，爱才是环保的基础。

一位当代智者提出，在宇宙里有衡量个体有多伟大的标准，那就是爱心质量（LQ）。据说，这个 LQ 是意识进化的重要指标，比 IQ、EQ 重要得多。

希望所有人都能更好地发展内在的 LQ，为自己和后代留点呼吸的空间。

消费倾向决定食品安全

问题食品“惊喜”不断，人们对祖国大陆的食品安全感到绝对“放心”，而台湾的塑化剂风暴则知道什么是同宗同源、血浓于水。无可否认，两岸华人代表着世界最“先进”、最“创新”的食物加工技术。

人们大都会批评商人的大胆无良，批评政府的坐视纵容。但是，要是反省一下，我们会发现，消费者自己也有很大的责任。消费者自己追求色香味全，希望食物便宜、好看、有口感，所以厂家就想尽办法挑逗和满足你。很多人根本没有意识到，食品市场跟政治新闻一样，充斥着谎言和阴谋，美丽外表包装着的通常只有“利益”两字。我们所处的根本不是什么太平盛世，人心的残酷和黑暗并未全部显示在战争之上，却通过金融、工业的手段在相互剥夺和残害。

当你坐在环境优美、服务周到的餐厅里割开牛排时，可有想到这块牛排从饲料生产引起的森林砍伐、农药污染、海洋生态系统的破坏到养饲过程导致的疾病传染、甲烷排放、土地沙漠化，再到冷冻运输的高消耗？当你走进光鲜的超市，拿起那些包装精美的称为“食品”的货物，可有想到那工厂使用的是什么样的水、什么样的添加剂？今天捅出起云剂掺用塑化剂，难保明天不会接连捅出别的添加剂有问题。

作为严格的素食者，笔者很久前就被逼养成一种追究食品成分的习惯，其过程自然积累了一些相关知识。但后来认识一位做食品加工的朋友后才知道食品添加剂这潭水太深了！他告诉我:“每一种添加剂的原材料都是全球选购的，这一批从欧洲来，下一批可能就是从南美来的了。今年它用动物毛发做，明年可能就用大豆做的。这决定跟原材料的期货价很有关系。而且你很难预料那些化学疯子不会哪天发明另一种做法。对某一些添加剂所有原材料了如指掌的人全球可能不会超过十个，而且这些都是利益攸关者，出来说真话的概率接近零。”他认为，人们如果关注食物安全，应该选择生产和制作流程尽量短的产品。每多一个环节，其危险性就随之倍增。

很多朋友对笔者在食品选择上的“挑剔”感到不可思议，认为此人“这个不吃，那个不能吃，很多又不想吃的，还有什么生活乐趣？”我总记得苏格拉底的名言:“你应该为了活而吃，而不是为了吃而活。”而且，众所周知，对于健康的人来说，喝清水都会品尝到其中的甜美；而不健康的人，无论什么美食，都不过是一种额外的嘲弄和折磨而已。

从简单食物中品尝大自然的祝福，远比化工产品的刺激来得美妙。市场，很大程度上是由我们消费者决定的。

孙中山和素食

今年是“辛亥革命”一百周年，海峡两岸官方学者大概一定会就中华民族这一整个世纪的命运广发宏论了。

学者们自然会对孙中山先生提倡的三民主义、五权宪法和他所著的《建国方略》《建国大纲》进行讨论和反思。孙中山再次成为研究和话题的热点。

但是，大家似乎都忽略了一个事实，那就是孙中山先生本质上还是一名悬壶济世的医生，除了民主政制，他最关心的就是国民的健康。作为渊博卓越的思想家，他一直大力提倡素食。“中国常人所饮者为清茶，所食者为淡饭，而加以菜蔬豆腐，此等之食料，为今日卫生家所考得为最有益于养生者也。故中国穷乡僻壤之人，饮食不及酒肉者，常多上寿。”（《孙文学说》第一章）他甚至把自己对豆腐的喜爱写进《建国大纲》：“中国素食者必食豆腐，夫豆腐者，实植物中之肉料也。此物有肉料之功，而无肉料之毒，故中国全国皆素食，已习惯为常，而不待学者之提倡矣。”《孙文学说》中也有说道：“夫素食为延年益寿之妙术，已为今日科学家、卫生家、生理学家、医学家所共认矣，而中国人之素食，尤为适宜。”他认为中国人的体质其实是最适合素食的。他对素食的推崇，其实来自他的医学研究和亲身经历。他曾得胃病，药石无灵，屡医不治，遂戒“坚硬难化之物”，“所食不出牛奶、粥糜、肉汁等物，初颇觉效，继而食之至半年以后，则此等食物亦归无效，而病则日甚”。后用按摩法，找至东京的高野太吉先生。那位先生著有《抵抗养生论》，主张戒除一切肉类食物而食蔬菜鲜果。孙中山本不相信此论，无奈胃病一直不见愈，在看到高野医术之高明后，就决意一试，果得奇效。病愈后，他偶然吃一点肉食、牛奶、鸡蛋等物，病又复发。开始以为是其他原因，但其后屡试不爽，于是“不得不如高野先生之法，戒除一切肉类、牛奶、鸡蛋……”

在孙先生写《建国大纲》时，国民的素食比例应该还是很高的，但经过百年的折腾后，在还没学到西方民主政制之前，国民已沦陷于西方肉食习惯之中。

如果你想知道国人的健康是如何沦陷的，你可以参阅柯林·坎贝尔的《中国健康调查报告》（又译《救命饮食》）。“中国健康调查”是美国康奈尔大学、英国牛津大学和中国疾病预防控制中心经二十年合作进行的一个重大研究，是人类史上规模最庞大的关于膳食、生活方式与疾病死亡率的流行病学研究项目。此调查得出“令人震惊的”结论：动物蛋白显著增加癌症、心脏病、糖尿病、多发性硬化病、肾结石、骨质疏松症、高血压、白内障和老年痴呆症等的患病概率。

可悲的是，这个结论是在无数中国人的悲剧中得到的。而在一百年前，孙中山先生早就在《建国大纲》上警告过了。如果，我们还是不能从这些悲剧中获得教训，那真是有负无数“先行者”的牺牲了。

抗暖化的失误

2011年方过一半，人们已见证了许许多多规模空前的极端气候：一千多个龙卷风肆虐北美，北半球酷热大旱，长江中下游地区“旱涝急转”……

暖化的结果当然不仅是多开几天空调。气候变迁造成的缺水、缺粮、物价急升、海底甲烷外冒、海平面上升、物种多样化的丧失，任何一项都足以造成剧烈的社会动荡，任何一项都将可以拍成最吓人的恐怖片。

而更恐怖的是，人类社会对此依然不为所动。据国际能源署的最新报告显示，经过多年“节能减碳”的空泛呼吁，2010年全球合共排出306亿吨二氧化碳，较2009年上升18亿吨，超越了2008年所创下的最高纪录。

《京都议定书》精神的全面溃退，固然是因为各大国死抱短期的利益不放。而抗暖化的失败，却是因为整个倡导方向一直走在错误的道路上。错误的思维，必然导致事与愿违。

正如世界银行前首席环境顾问罗伯特·古德兰（Robert Goodland）所言：“大家通常相信遏制全球暖化的唯一途径是，将世界近期最迫切的问题设定为用再生能源替代化石燃料并提高能源效率。但实际上，这是一个错误的观念。”他在2009年发表的《牲畜与气候变化》报告中指出，全球畜牧业及其副产品的温室气体排放量已占人为温室气体排放总量的51%，远远超过了联合国粮农组织2006年发布的《牲畜的巨大阴影》中估算的18%。联合国秘书长潘基文说：“现今的农业和畜牧养殖业耗费70%的淡水，造成80%的森林砍伐，我们必须重新考虑农业的经营模式和水资源的管理方式。”

这些重要的数据，却依然难见于重要媒体，市民大众大都只凭窄小的城市生活经验作出判断，难以把习以为常的饮食习惯与毁灭生态的元凶联系在一起。即使是已经意识到的人，因为没有政策的支持，要么孤军作战，要么继续麻木不仁。

最近在传媒上读到关于台中自助餐老板因有感暖化严重而把餐厅由荤转素的报道。五十七岁的老板徐根进是在日本大地震后决意把自助餐改为全素食供应。他几乎是从零开始，发现蔬菜成本比原来贵了两成，且生意大不如前。但他无怨无悔，下定决心钻研素菜吸引更多人来吃素。他的赤诚和坦然，感动了许多人，自愿为他宣传。

菜比肉贵，那是因为给畜牧业的农业津贴所造成的。那就形成了原材料比成品贵的荒谬现象。如果取消农业补贴，让成本全都反映在售价上，在美国买个最便宜的汉堡就要花上三十五美元。

人们的税金都被用于自我毁灭之上了。

吃口真西瓜真难！

夏日炎炎，下班回家，最想做的就是先吃半个西瓜。

但是，发现现在的西瓜不论味道还是颜色都很怪，好像越吃越渴，有一些甚至瓜肉的红色都像颜料一样完全不均匀。曾经有一天，跑到街上到处找好一点的西瓜吃，买回来的几个里居然没有好吃的——不是不熟不红，而是太红太“熟”。后来去找“湾仔婆”（带农产品来澳销售的珠海农民）买瓜，确实完全不一样，只是味道跟小时候吃到的西瓜仍然有说不清的不同。想起新闻报道中的膨大剂和甜味剂，真是越吃越不是滋味。

其实我小时候在农村自己种过西瓜，也经常去同学家的瓜田摘瓜吃，选西瓜对我来说本是小事一桩。关键是市面的瓜很难找到“正常”的。听网友说，现在内地只有那些“特供农业基地”才能找到那种“原味西瓜”。

一位读农业的内地朋友这一两年一直在收集那些非基因改造的种子，据他说，现在是越来越难找到了。实际上，他现在的“人生目标”是为子孙后代保存粮食种子。第一次听他这样说时，我觉得他说得有点夸张了。在吃西瓜吃得想吐时，我就真的切身感觉到食物的危机。连吃一口正常的西瓜，现在已变成了一种奢望。

最近，原本在北京工作的郭成林因为在自己博客发表文章《金龙鱼，一条祸国殃民的鱼》而被押进深圳市南山法院，身穿囚服，拖着手铐脚镣，形同重犯。他在帖子中指金龙鱼食用油利用“有害的”转基因大豆，“毒害”国人的身体健康，呼吁人们抵制金龙鱼。

那些连虫子都不敢吃的转基因食品究竟对人有什么影响？大概现在还很难说清楚。但是，可以肯定的是，如果可以选择，相信没有人会种这种“断子断孙”且毫无味道的东西给自己吃。

其实在欧洲、美洲和日本，小区支持型农业（Community Supported Agriculture）正在不断成长。这种被称为世纪农业革命的产销模式其实很简单，就是让消费者决定该种什么、怎么种。消费者组成一个Society，直接要求农场为他们生产他们所需要的有机蔬果。这样既可消除过去产销的层层剥削，让消费者和生产者都能从中获益。

事实上，我的一位老同学已在中国北方组织这样的Society；听说广东地区也有类似的模式在运作。只可惜，在孤岛一样的澳门，这种最简单的操作也是难于登天。

原本我在家里就有自己发芽菜、种豆苗，现在可能要盘算一下扩大天台的“菜圃”了。

杀生和天灾

前几天在电视上看到一个关于动物生态与自然灾害的节目，其中介绍一位印度科学家关于屠杀动物引起地震、风灾和水灾的研究。

那位科学家就全世界有记录的大灾害进行分析，发现在那些巨大灾害发生前，附近区域都有大量的动物被屠杀。据那位科学家的解释，动物在被杀害时会散发出一种极度沉重而负面的波振，这种停留在大地、海洋和大气中的波振会在较细微的层面对地球这个有机体造成影响，像推动小齿轮一样，一步步启动更大的齿轮，当积累到一定强度时，那股无形的振动力就会最终触发异乎巨大的物理灾难，也只有这样，这种能量才能得到释放与中和。

那位科学家认为，这正解释了为何许多重大自然灾害都是发生在一些重大的喜庆节日——人们在这些日子前会集体大量宰杀禽畜。

这让我想起老子《道德经》里的一句话："以道佐人主者，不以兵强天下。其事好还。师之所处，荆棘生焉。大军之后，必有凶年。"我们的老祖宗早就知道大量的杀生一定会触发灾难。关于这一点，几乎所有大宗教都是这样说的。佛教的《大智度论》中有云："诸余罪中，杀业最重，诸功德中，放生第一。"《圣经·新约》中，耶稣说："凡动刀的，必死于刀下。"说的其实都是"其事好还"这个道理。

那些唯物论的信奉者也许会认为这只是劝人向善的迷信思想。但在嘲讽别人“迷信”之前，我们最好细心思量一下自己的“科学观”是否正确。根据爱因斯坦相对论，能量和物质是可以互相转换和推动的——物质分解到最后只是振动力。通过量子物理学，人们也得知反物质的存在。宇宙其实是通过非常微细却强大的多维能量系统在运作，生物圈正是这个庞大无比的系统中的重要一环。如果大量动物产生巨大的负面振动能量，影响到整个生物圈磁场的和谐，也是完全可以理解的。

据联合国的统计，随着人类社会的“发展”，肉食比例一直在增长，地球上每年供人食用而被杀的动物一直急速增长，近年已超过五百五十亿——相当于全球总人口的八倍；加上数百亿条鱼，平均每天有一亿五千五百万个生灵遭到屠杀。

如果有人能把人类畜牧业在这个世纪的扩张数据化，并将之与天灾发生的频率做比较，我相信这两条增长曲线很可能是平行地往上走的。

所以，有人认为全球暖化的根本问题并不是光从物理层面能完全解决的。

易牙的残忍

和我哥在香港见面，路过某商场，见一餐厅名曰“易牙”，一个个热锅旁围满了使着筷子大快朵颐的食客，觉得背后一阵寒意涌上喉咙，想吐又吐不出来，跟哥说：“这是我见过最恶心的餐厅名了！”

哥问：“易牙？为什么恶心？”我说：“你知道易牙是谁吗？”哥摇头。“易牙其实是齐桓公时的名厨，受宠于桓公夫人卫共姬，能充分满足桓公的口腹欲。齐桓公有一天感叹自己遍尝天下佳肴，却未吃过婴儿肉。易牙回家就把自己的儿子煮了献给桓公。桓公因此对易牙的‘忠心’印象深刻，乃至不听管仲之遗言，后重用易牙、竖刁。桓公重病，易牙和竖刁弄权作乱，在宫门筑起高墙，内外不通，把桓公活活饿死，尸首爬满蛆虫仍无人过问……”

哥听后出了一会儿神，说：“其实我觉得这个餐厅名挺切题的。对于习惯吃肉的人来说，吃动物和吃人可能都差不多，一样都有头有脚、有眼耳口鼻、有父母兄弟……味道大概也差不多，因为都是那些香料。”

我想起，前几天一位肠癌末期患者问我有什么建议，我直言说：“在我看过的所有抗癌书籍里，几乎毫无例外都是教人停止动物蛋白的吸收、运动、晒太阳这三招。我看你的样子像几年没见过阳光的。”那位脸色苍白的女士说：“医生叫我不能吃太多富纤维的植物；我一运动就受不了；我的皮肤一见阳光就起斑点。”然后就跟我辩，既然植物和动物都有生命，能吃植物就该能吃动物。我当时就被她雷倒了！顿时明白，其实一个人得到什么样的命运，基本是由各自的思维模式所决定的。我只能苦笑道：“既然你那么相信你的医生，又那么坚持自己的生活模式，那就得欣然接受自己的命运了。”她的脸色当场大变，黯然道：“我过去也是满怀斗志，很有信心能战胜癌魔，但是一年过去了，两年过去了，失败太多太痛苦了，已经真的气馁了……”我说：“你的奋斗方向根本是错误的，怎么可能获胜呢？而且，可怕的根本不是癌细胞，是让你积聚癌细胞的生活习惯，和让你拒绝改变的头脑。这才是你该战胜的‘魔’。”她听后，目光变得闪烁，说：“你讲的那些都只是个案，不见得适合我的情况。”又把话题引到“既然植物和动物都一样有生命，为什么不能吃动物”上去。

“通过思想辩证，人类真的可以把自己变得麻木不仁，甚至在对待家人和自己的生命时也变得无比残忍！”我跟那位女士说，也对我哥这样说。

疯狂牛仔

说到吃肉的安全问题，许多朋友会认为蔬菜有农药和激素等，一样不会安全到哪里去。

现代农业的疯狂耕种方式的确让人头疼！但是，这完全不能推断出“吃蔬菜和吃肉一样危险”的结论。关于畜牧业的可怕作业方式，我过去都是通过BBC和一些动物爱护组织的纪录片得知，那些残忍肮脏的镜头，完全超乎一般人的想象；里面的场面经常让人浑身抽搐，所以我很少真能完整看完。

让我对畜牧业有相对完整认识的，倒是那本《红色牧人的绿色旅程》（*Mad Cowboy*）。作者霍华·李曼（Howard F. Lyman）是曾拥有数千头牛的美国畜牧业大亨。他在事业巅峰之际面临脊椎病变，在冰冷绝望的病床上做出了一个重要的决定——恢复被自己亲手摧毁的身体和土地。这位拥有七千头牲畜和一万英亩农地的牧场主人开始了他的有机耕种和素食环保的旅程。奇迹般康复后，他开始向大众披露畜牧业的重重内幕。他的言论被肉品业者群起围攻，告上法庭，但因为他讲的是事实，不但没有被告倒，反而逼使美国政府向世界承认美国是疯牛病的疫区。

作者在书中讲述他如何在大学里学会新式化学农耕方式，并以各种农药实现大幅增产。但增产后发现谷物卖不到多少钱，就开始增养牛只。牛只太多时，他实行工厂式养殖。为了让牛肉更肥美，他改变了牛吃草的天性，只给它们喂以饲料、谷物和高浓缩蛋白，最后它们的食物里九成都是谷物。这些谷物让牛肉更柔嫩多脂的同时，也搅乱了牛的消化系统，让大部分牛只阴道和直肠脱垂。于是，作者每天花许多时间把二十五磅重的牛器官塞回每头牛体内，再把伤口缝合。

因为牛多地小，卫生环境极端恶劣，又要让牛只快点长大，农场主需要在所有饲料中加入大量抗生素和激素，而且因为病菌的抗药能力不断变强，剂量也必须不断增加。而且，满地牛粪之上飞满苍蝇，牛只呼吸很困难，大都患有尘肺炎，作者就大量使用杀虫剂，牲口、土地、树木、青草和谷物上厚厚地铺满一层杀虫剂。而这些杀虫剂当然就会进入肉食者体内。

作者提到，他给牛使用的药物里，许多都是因为对人类健康有重大危害而遭到禁用的，但政府都非常配合，只有在某种药物的存货差不多售尽后才让禁令生效。当禁令生效后，农场的人已把这些昂贵的药物用得一滴不剩。

疯狂的肉食

“我看素食者比肉食者更能享受食物，因为素食者真的会想一下自己在吃什么。如果肉食者能认真想想他们在吃什么东西，他们一定会吐的。”网友 John Sakars 说。

从养牛大享变成素食推广者的霍华·李曼，踢爆了许许多多畜牧业的惊人内幕。其中最让人发指的，应该是关于疯牛症和生化激素的使用。

据他研究，英国疯牛症是因为用感染了“羊搔症”的绵羊尸体来喂养牛只所致的。这其实是一种脑部耗损疾病，在貂身上叫“传染性貂脑病”，在猫则有“猫科海绵状脑病”，而在人类中，以前主要发生在食人族身上，称作“古鲁症”。其共同成因是一种称为“普恩蛋白质”的异常蛋白质。而这种蛋白质引起的库贾氏症是可以通过食道和遗传传染的，在人体潜伏期长达十年。疯牛症也是相似的疾病。所以，20 世纪 90 年代暴发的疯牛症，其实是 80 年代已种下的祸根。在霍华·李曼等人的努力下，美国政府通过了禁止给牛只喂反刍动物尸体的法令，还于 2003 年不得已承认疯牛症的存在。但是，美国牛肉并没有自此就变得更安全。据霍华·李曼所言，那道禁止给牛只喂牛尸的法令并没有得到实际的执行。而且，美国政府对疫情的隐瞒跟英国政府当年麻木不仁的冷却手法不遑多让。许多疯牛症或库贾氏症的案例都被有意无意间并到同样让人痴呆的阿兹海默病里去了。

霍华·李曼揭露，食品化学农业系统最疯狂的行径，还包括使用“基因重组牛科生长荷尔蒙”（rBGH）尝试增加乳牛的产乳量。这其实也是一种生长荷尔蒙，确实能成功刺激动物的生长，但却会造成库贾氏症的传播。这种药物损害的其实不光是牛只和消费者的健康，实际上，还让大部分奶农得不偿失，因为药物会让母牛容易生产双胞胎或三胞胎，接着就患上不育症，牛只身价直线下降。诡异的是，美国食品药物管理局竟然对之多方维护。

这让我想起，前阵子内蒙古奶业协会认为：“让人人喝上牛奶比标准更重要。现行乳业标准符合中国国情，外国生奶标准很难达到。要提高标准，民族奶业要完蛋，普通老百姓则会喝不上牛奶。”其实，在欧美，牛奶的危害已非常显著，而中国的标准还远远没达到人家的水平。可想而知，内地的牛奶其实是什么东西！

被牛吃掉的西部

汽车在美国西部的高速公路上行驶，窗外飞驰而过的是无边无际的赤黄草地，铁丝网内挤着一群群牛羊。干旱广袤的土地让人仿佛进入西部片的奇妙世界。西部草原、牛仔、枪战等浪漫的电影场景，让人悠然神往，但又有多少人想到，在真实世界里，那是一段极为惨痛的生态破坏史。

曾是大农场主的霍华·李曼在他的书中写道："从19世纪开始，牛仔们就以暴力与恐吓、抢劫牲口与谋杀、非法掠夺土地与威胁官员、行贿、偷盗及侵占政府土地等手段，占有了美国西半部，这些行为如今依然在持续发生中，只是以更文明的方法——请议员和法案公关进行政治运作，为农场主谋取利益。"

很少人知道，把美洲大陆上原住民赶尽杀绝的最主要力量，其实是人们对牛肉的热爱，是这种热爱驱动了这部屠杀生态系统的畜牧业机器。据霍华·李曼所言，牛其实并不属于北美洲的"原住民"，是跟白人一起来到新大陆的。"在伤害了溪流、草原、河岸和森林后，牛群理所当然会对其他物种造成威胁。"所有土生土长的原生物都是配合环境来演化并寻找栖息地的。但牛却纯粹是剥削土地，吞食所有碰到的植物，并在牧民的帮助下迅速驱逐了北美洲土地上的原生动植物。甚至印第安人也因为改吃畜牧业产品而大批死亡——病死的比命丧子弹的印第安人多得多。

看到眼前如戈壁一样毫无生气的草原，想象曾经的水草丰美的绿色草原，我头脑里浮现的只有“沙漠化”三个字。在短短一百年的时间里，过度放牧已让美国西部近十分之一的土地趋近“一毛不长”的程度。据估计，如果美国长此下去，会形成第二个撒哈拉沙漠——撒哈拉在八千年前也是树木繁盛的地区，直到游牧民族烧林放牧为止。

沙漠化可不是美国西部所独有的，是全球性的问题。全球超过三分之一的地表土地都因为养殖牲口而造成一定程度的沙漠化。

而这些种种因素，都是霍华·李曼开始素食的原因。

“拒食肉类后不到一年，我所有的健康问题都开始消失，不仅在身体上感觉更好，且很高兴找到一个答案，可以同时解决诸多属性不同却一直折磨自己和环境的难题。”霍华·李曼说。

肉食与生存的矛盾

最近，据说全球第七十亿个人诞生了，印度、俄罗斯和菲律宾都在争着要这个极具标志性的名分。但是，据联合国人口署表示，第七十亿个人可能在六个月前就已出生。

人口问题引起的资源危机成了传媒一时的热门话题。为了看一下主流媒体的言论，我在网上翻阅了数百篇新闻报道和评论，发现所有记述和言论中，基本没有涉及可行方法的建议，大都是几十年如一日的泛泛之谈：情况很严重，值得人类深思，需要政府重视，呼吁民众珍惜资源，等等。各大社论一如既往地痛陈旧事、针砭入微；而那些官员的口气大都好像要坐飞机去开更多的国际会议，要在吃完更多牛扒后讨论这个问题。可笑的是，在我翻得手酸，看得眼痛后，竟然没有看到片言只语提及任何解决方案。

至此，笔者才彻底明白，原来无论政治还是媒体，都是用来抒发感情的，跟没事在网上发表打油诗的文艺青年是同一路货色。唯一不同的，就是他们把握着绝对的发言权和绝大部分资源。

对于生活在富裕地区的人来说，缺粮似乎是一件专属于埃塞俄比亚的事情。已经很少有人会想到，这一直都是人类历史上的首要大事。实际上，近年发生的一系列“阿拉伯之春”革命都是粮价飙升所引发的。吃的问题导致动荡这一历史规律从未改变。

潘基文说:“当今世界面临严重矛盾，比如粮食充足却有十亿人忍饥挨饿……”那是因为大部分农耕地和水资源都被用来种植动物饲料了。常识告诉我们，生产一公斤肉食，需要十多公斤的植物蛋白，消耗的淡水是马铃薯或小麦的一千倍！要养活一名荤食者需要二公顷土地；而半公顷的土地就足以养活二十名纯素食者，所以一个荤食者所消耗的土地量是素食者的八十倍。你不需要成为爱因斯坦也能想出来，如果全球范围内倡导素食，会节省多少那些将比黄金还宝贵的资源！可以肯定的是，为了任何一点这些资源，人们都会不惜再发动一次世界大战的。

两千多年前的一个希腊老头就在街上说过:“如果你要吃肉，那你就得需要更大更大的土地来种植物，一方面给这些待宰的牛羊吃，一方面你自己也得吃蔬菜，于是你开始觊觎别人的土地，想把它抢过来，于是你就得发动战争。”（苏格拉底）19 世纪初一位年轻诗人说:“如今我们所居住的地球上，最丰饶肥沃的地区，事实上都被拿来种植供动物食用的作物，其所搁置和浪费的粮食绝对是难以计数。”（雪莱）

过去，人们一直置若罔闻，今天也会一样吗？

从蒙牛到“牛奶进校园”

继三聚氰胺后，蒙牛被查出致癌物黄曲霉素，已经被“震惊”得麻木的国人又不得不再“震惊”一下！黄曲霉素不但被证实对动物有致癌作用，对人体而言，黄曲霉素容易跟乙肝病毒协同诱发肝癌。

蒙牛乳业回应称:“黄曲霉素是饲料放置过久发霉导致。虽然量很小，也没有造成伤害，但饲料发霉，蒙牛确实有责任，公司需要反思。”据不完全统计，这已是蒙牛今年第五次出事。很多人指责蒙牛乳业管理不善，仿佛只要谨慎一些就能产出“好牛奶”——其实工业时代的好牛奶，只存在于广告制造出来的幻想之中。

今天，奶制品似乎已经是地球人的基本食物，很多人难以想象没有芝士、牛奶的生活，更多人相信牛奶是补钙圣品。前一阵子就有内地朋友想托我在澳门买美国奶粉给他妈妈补钙。

现在，人们已经忘了奶制品成为所谓的“主流食品”，其实只是几十年前的事。过去，农业文明社会如古希腊、古罗马和中原的人都把“不播种，以奶类和肉类维生，穿着毛皮”的游牧民族视为野蛮人。过去，人们认为直接饮用乳品是很危险的，健康书籍经常提醒人们谨慎摄取奶类食品。有些西医甚至指责奶类会散播麻风病，而教会禁止人们在斋戒日（一年里有一百二十多天）食用乳制品。文艺复兴之后，教会才有所软化，只要交钱就可以在斋期食用黄油。后来火车的出现和巴斯德灭菌法的成熟，才大大促进了奶产品的消费。直到 20 世纪，冰箱的普及终于使得牛奶和雪糕一起进入了千家万户。

1934 年，英国政府通过《牛奶法案》（*Milk Act*），密集的游说活动（当然涉及利益输送），让政府采取“牛奶进校园”措施，所有小学生每天饮用一杯由政府补助的牛奶。这个乳品商成功的营销案例，直接启动了西方世界的牛奶校园时代，美国和欧洲各国商人纷纷仿效，让人们在最容易信任别人的年龄就深深植入了“牛奶就是健康”的思想。直到 1971 年，撒切尔夫人才终止了这场疯狂的饮宴。英国《卫报》记者在 2003 年 12 月的一篇文章中说道：“今天，我们终于了解到乳制品的潜在健康问题！回头想想，我们还真的该感激撒切尔夫人。”

而这个被西方视为惨痛教训的“牛奶进校园”戏码近年正在澳门上演。几年前，我拒绝让儿子在学校喝那盒免费牛奶时，被所有人嘲笑为异类。三聚氰胺事件后，大家都笑不出来了。但过了不久，牛奶又卷土重来了……

牛奶和补钙

蒙牛包装上印有一片茵绿的草原伸向天际，几头奶牛在远方吃草，写着：中国生态草原。

童话一样的诱人场景！可惜，场景是电脑合成的，他们绝对不敢把工业化养牛的情景印在上面。这种颠倒是非的乳品广告，对明白人来说是一个笑话。但可怕的是，这种广告已实质地统治着大部分人的思想。你随便问一下隔壁或楼下的家庭主妇和老人家，他们一定会认为牛奶可以补钙。那是因为他们生活在电视和八卦杂志里，而这些商业传媒是不会允许真实信息破坏童话幻象的。

正如培根所言："知识就是力量！"你若花一点时间去研究，就会看穿幻象的迷雾。

牛奶无疑含有大量的钙质，这是无可置疑的，这也是商人得以大做文章的重要依据。但是，人体是留不住这些钙的，因为牛奶中大量的动物脂肪和氨基酸会让血液变酸。健康的血液应呈弱碱性，变酸意味着百病丛生乃至死亡。人体神奇之处是有一个维持身体中性的功能可以中和这些酸性物质。只是，这个办法是把磷酸钙从骨头里抽出来中和血液，钙就通过尿液排出体外。这就解释了乳制品消费量越大的地区何以骨质疏松越普遍。消费牛奶最多的国家是瑞典、挪威、美国、德国、爱尔兰、英国、芬兰和新西兰等，而骨折人数最多的，也是这些国家。瑞典就保持着两项世界纪录：乳制品消费量最高和股骨颈骨折发生率最高。在柬埔寨、老挝、利比亚、刚果、尼日利亚、多哥等地，人们极少喝牛奶，动物性蛋白的吸收也只是德国的十分之一，但骨折率却是德国人的百分之一。难道这都是巧合？

奶制品予人强壮骨骼的印象其实并不是因为奶内本身的钙质，而是因为它含有促使造骨细胞增殖的因子——第一型胰岛素生长因子（IGF-1）。这种物质能刺激身体不断启动造骨程序，但一生中的造骨细胞都是有限的，所以有些长期食用奶制品又能从植物中获得钙质的人，在三十岁前通过提早透支造骨细胞很可能会显得强壮，但到了中晚年时却会急转直下。这就像长跑运动中，你在一开始就拚命冲刺，前一公里很可能会带头，但很可能到了中段就累倒了。

其实，人体对钙质的吸收和保持是通过一种活性维生素D——维生素D3进行调节的。一般人每天所需的钙约1200毫克，可从深绿色的植物中轻易获取和吸收，不像动物来源容易因无法完全排出，对肾脏、膀胱等器官造成负荷，导致泌尿系统的结石问题。

牛奶和癌症

蒙牛奶品被查出致癌物黄曲霉素超标140%，举国哗然。在网络上，说人“喝蒙牛长大的”已成为了骂人“脑残”的另一表达方式。人们一面倒地批蒙牛乳业的管理不善，我的疑惑却是：现在的工业奶场产出来的牛奶，只要把指标控制好就真的有益健康，就不会致癌了吗？

笔者固然不是医学博士，也没有什么专家名衔，但在这个资讯发达的世界中，长期关注这个问题若干年后——曾经阅读的相关资料一定比一般医师要多得多。我总结出来的答案是肯定的：工业奶场产出的牛奶极可能是现今社会的致癌凶手之一。

一个印度科学实验室曾给第一组老鼠喂食黄曲霉毒素和动物蛋白质高达20%的食物，第二组老鼠则被喂食一样的黄曲霉素，而动物蛋白质含量仅为5%。结果是第一组全数罹患肝癌，第二组没有一只患癌。在经过无数实验和对中国膳食结构数十年的大型研究后，《中国健康调查报告》的作者康奈尔大学荣誉教授柯林·坎贝尔直接指出：酪蛋白（牛奶里的蛋白质）是肿瘤的开关器。

牛奶中除了有癌症开关器，也有一个加速器：第一型类胰岛素生长因子。一头牛一岁时的体重是刚出生时的八倍，而人要长到八倍需时八年。而这八倍的差别主要在于这个生长因子了。所以，你想孩子长得快，绝对应该喂牛奶！这也是为什么喝牛奶长大的人大都很高大、很早熟——这一点上，奶品广告并没有骗你。而业界为了增加利润，得进一步加快牛只的生长速率，会往饲料中加入更多的人造第一型类胰岛素生长因子。这些天然的和人造的生长因子曾在美国引起很大的争议，但FDA 还是在 1993 年允许了在家畜身上使用这种生长激素。这种激素不但促进健康细胞的生长，也加速细胞的癌变。

另外，牛奶中酸性的蛋白质还会淹死人体内的“天然抗癌卫士”——活性维生素 D。活性维生素 D 可以使处于癌变前期的细胞回到正常增殖的轨道上，但乳制品会让身体变酸，让肾脏里的酶制造出来的维生素 D 无法生存。所以，如果一个人每天摄取大量乳制品，体内活性维生素 D 会持续偏低，他在癌症面前基本上就是不设防的。

哈佛大学的实验室近年对不同年代的牛奶进行了分析，发现过去这二三十年来，牛奶的成分没有多大变化，都是些生长激素、杀虫剂、二噁英之类的物质，但不同的是这些有害物质的含量越来越高。

换句话说，牛奶一年比一年毒，而这种变化是完全合法的。

牛奶和屠杀

为读小学的儿子辅导“常识”科考试时，看到一段关于家畜的课文：“家畜不但为我们提供肉食，奶牛还为我们提供牛奶。”

我跟儿子说：“看！你又‘被代表’了。”儿子说：“因为他们都吃肉、喝奶，所以以为所有人都吃肉、喝奶。”我当时就为儿子上了一堂语文课：“这句话的逻辑是很有问题的。你看，这里用的‘提供’一词暗示是牛在自愿供应牛奶。而事实上，母牛产奶是要用来喂小牛的，而人们把小牛带走关在小箱里挨饿，然后拚命地从日夜悲鸣呼唤自己骨肉的牛妈妈那里榨取牛奶，运到城市给人喝。你知道人们是如何报答这些奶牛的哺育之恩的吗？首先，人们把没有再见过妈妈的极度营养不良的小牛宰了，切成嫩滑的肉片，作为高档的‘小牛肉’出售。因为牛妈妈被注射大量激素，还不停地怀孕和超负荷产奶，本来可活十多年的奶牛到了五六年就会被淘汰，被绞碎成免治牛肉，制成你的同学最喜欢吃的汉堡包。你觉得奶牛是向我们提供牛奶吗？它们是被禁锢、剥削、虐待和屠杀。”“这一定很痛！”儿子睁大眼睛说。

很多人都不知道，远在几百年前就有一个人认为喝牛奶是一种抢劫行为。他就是大家熟悉的文艺复兴三杰中最博学多才的达文西（达·芬奇）。他那纯素食主义生活当年在欧洲引起的关注毫不亚于他的油画作品。

很多人在不知不觉中开始对乳制品上瘾。这种上瘾现象非常普遍，却很少有人注意到和思考其中的原因。原来所有哺乳类动物的母乳里都含有一定分量的类吗啡，这些微量类吗啡可以让婴儿情绪更稳定，睡得更香，有利于大脑的成长；同时，类吗啡也让婴儿对母乳产生上瘾和渴望，更在化学层面增加婴儿对母亲的信赖和感情。除了人类外，所有哺乳类动物在断奶后都不再饮用母乳。现代人大量吸收这些奶品里的类吗啡，所以就上瘾了。最可悲的是，这些奶制品不但没有增加人们对乳牛的感情，还让商人对它们越发残酷。

类吗啡的存在，会让人上瘾，会让人喝了更昏沉，却很少有人想到，这证明了牛只有着跟人完全一样的感情和感觉！

在过去，喝奶一般都不会让更多牛只被虐待和屠杀，但是现在世界上百分之九十的牛肉产品都来自乳牛场。

你食用乳制品，意味着资助那些禁锢、抢劫、剥削、虐待和屠杀的血腥行为。

奶粉其实很折堕

最近中国人全球狂扫奶粉，震惊多地居民，本地人的“奶粉权”成一时热议。

中国人要到境外买奶粉，凸显的是内地食品安全的老问题。政权安全比人命安全受到重视。如果政府用维稳的经费和力度来看待食品安全，中国人早已吃上欧标食品了。

要说奶粉安全问题，其实在欧美、新西兰等地也是老问题。因为乳制品是一种非常复杂的高层产品。人们在超市或药房轻易买到的那一罐奶粉，背后是从砍伐森林、种植饲料、注射抗生素、消毒、仓存、固体化、包装等非常漫长的生产过程，任何一个环节都隐藏着重重危机，而且都在不断导致极大的生态破坏和经济代价。

因为畜牧业代价异常沉重，它能存活下来只有一个原因：农业补贴。没有这些补贴，根本没有多少人买得起牛奶。它本身是一种极尽浪费的产品，稀少是正常的！如果它泛滥市场，只证明两件事：一、有很多劣质产品；二、资源耗竭，生态临危。这两点，全世界都看到了，但很少有人会质疑这件事的荒唐，因为人们认为自己需要牛奶。

这是真的吗？这只是一个成功的市场推广案例。所有哺乳动物都吃母乳长大，小牛吃母牛的奶，小猫吃母猫的奶，小狗吃母狗的奶，小猩猩吃母猩猩的奶，人为什么要吃母牛的奶呢？因为广告这样说！其实在几十年前，很少有人想到婴儿是需要奶粉的。汉人生生世世都不吃牛奶，我小时候就不曾喝过牛奶，没有觉得比别人矮小。但是，经过二十多年电视广告的洗脑，中国人就像打了鸡血针一般渴求牛奶。在利益的驱使下，内地医院已经不再鼓励母乳喂养，而是千方百计要年轻父母相信配方奶粉的营养才健全。

殊不知，牛奶神话在西方科学界早已破灭。牛奶“有助”孩子快速成长，这是真的，因为其中大量蛋白、脂肪、乳糖和十几种激素，使一头小牛在五个月内体重增加四倍，一年后增加八倍。而一个小孩正常来说要到八岁才是出生时的八倍。这其中的区别是在于牛奶中的第一型类胰岛素生长因子，而它使小孩加快生长和早熟的同时，也为其将来埋下了众多病因，如骨质疏松、前列腺癌等。

奶粉充其量不过是母乳的万不得已的替代品之一，像米糊和众多植物奶也足以让婴儿健康成长。

无论从母婴健康、社会风气，还是生态环境的角度看，奶粉都是一种很折堕的产品。

百年谎言下的限奶令

香港最近实施“限奶令”，不但让携带超过两罐奶粉的旅客罚款入柙，更在内地舆论引起了轩然大波。

有指这是香港人对内地人的歧视；有批评这加深了香港人和内地人的矛盾；有传媒指，香港不产奶，内地人被逼去香港买奶粉，以至成为奶枭被抓捕、被羞辱，认为取消奶粉进口税正当其时；更多的是指责内地在食品安全问题上的无能……

“奶枭”事件所折射的，是一个集合了政治、社会、经济、地缘和心理等一系列问题的综合征。而笔者却从奶粉的供求情况看到了人间最大的闹剧和悲剧。

有人很粗线条地作了一个分析：中国人口约十三亿，如果每人每天一杯奶，每年需求就是一亿三千万吨，需要三千五百万头奶牛，如果全部放养，中国北方草原只能供养一百万头牛；如果全部圈养，每年需要七千万吨粗粮。2011 年全国粗粮总产量为二点一五亿吨，也就是说光奶牛就吃掉粗粮总量的 32%。这根本不是一个质检总局加检测力度就能解决的问题，这是一个无解方程：人们对一种资源消耗极端浩大的产品有着过大的需求，穷一国之力仍难保证其正常供应。西方乳业全球营销成功在前，中国粗暴式发展推动在后，中国牛奶商依样画葫芦，借“科学”权威从顶层入手，成功游说政府，疯狂发展，经多年洗脑式教育和媒体广告，把意念深植社会大众，成为不容置疑的刚性需求，最终让整个行业在喧嚣和狂热中走向疯狂扩张。在急功近利的思维驱动之下，土地、淡水、粮食、空气、生态、国民健康等最难能可贵的资源，因为这一杯奶而通通元气大伤。

事实上，这远远不止是中国本身的问题，只是中国几近自杀式的发展速度实在让世界震惊而已。事实上，联合国环境规划署（UNEP）在2010年的报告中就指出，肉类和乳类产品实际是人类社会永续生存的最大障碍。报告指出："随着食用动物产品的人口增加，来自农业的对全球生态乃至气候的冲击，会大大增强。要想降低冲击强度，人们就必须远离动物产品。"艾德迦·赫尔维兹（Edgar Hertwich）教授表示："动物产品的破坏比所有水泥、塑料、金属等工业加起来还要巨大。为了喂养动物造成的破坏也比所有石油燃料要大得多。"

如果牛奶真的能让人更健康，这种毁灭式的消耗也许还算有其价值的。可悲的是，牛奶能让人健康强壮，是这一百年来最大的谎言之一。牛奶消耗越多的地区，国民体质越差，平均寿命也越短！

作为中国人，我们可以更清楚地看到自己的祖宗几千年来一直都没有喝牛奶的习惯，癌症和骨质疏松远远没有今天喝牛奶长大的人多！

牛奶真的安全吗？

资讯越发达，人的心灵力量越重要，因为如果个人不具备独立感受和反思的能力，就会成为权力、资本甚至集体无意识所操控的奴隶。

一些很简单的问题：为什么所有哺乳动物断奶后都不需要喝奶，人却一直在喝奶呢？为什么人要喝牛奶而不是猪奶、马奶、猫奶、狗奶？患有乳腺炎的母乳，你不会给婴儿喝，你却可以放心地从生活在集约式养殖场的母牛身上喝奶？为什么大部分蔬菜的钙质含量高于牛奶，而且更易于吸收，却从来没有人在电视上劝你吃青菜补钙，而是一直劝你喝牛奶呢？是什么使得牛奶成为补钙的代名词？

其实答案很简单，有人希望依赖人的无知和错误认识赚钱。笔者曾用近十篇文字在本栏讨论关于牛奶的问题，有些朋友确实因此开始对牛奶产生戒心，但估计很多人会觉得这是因为我是个“偏激的”纯素食者，所以才在这里胡说八道、危言耸听。

月前，台湾《商业周刊》刊登一篇名为“牛奶骇人”的专题报道，文中指《商业周刊》找专业机构对市面鲜奶进行了化验，发现六成产品里残留抗忧郁药、激素、避孕药和塑化剂之类的东西。此文一出，引发轩然大波。于是，台湾卫福部食品药物管理署就不得不化验牛奶，结果是在所有产品中没有验出任何“塑化剂、荷尔蒙类、抗忧郁剂、止痛剂以及八十六项动物用药残留抗生素”。也就是说，《商业周刊》验出来的，官方半点都验不出来。官方本来高调表示要告《商业周刊》，后来又说算了。《商业周刊》也在巨大压力下，发表声言：“对于造成社会的纷扰，我们深感抱歉。……追求事实，是媒体的使命。但我们报道的方式，可以再更全面。”

不明所以的大众肯定都看糊涂了：究竟牛奶能喝吗？

当然，心里还存有这种疑问的人，一定是心地特别单纯的人，或者说肯定是太天真的人。那些产品得以一直上市开售，肯定是已经打通各个环节的，涉及的利益链条之庞大可想而知。在资本统治的世界里，人都已被逼住进笼子一样的小房子里，更何况作为财产的奶牛？奶牛一辈子吃喝拉撒就待在一个卡位上动弹不得，还要在青春期前提早生小孩，并开足马力生产四倍于正常情况的奶。有点常识都知道，怎么可能不感染不吃药？饲料里怎么可能没有药？

如果心里仍存疑问的人，其实应该参阅过去曾是牧场主的霍华·李曼（Howard F. Lyman）所写的《红色牧人的绿色旅程》一书。

很多网友响应，网上资讯太多，不知该信谁。我只能说，分辨言辞背后涉及的利益关系，能让许多事情水落石出，加上理智上的判断，选择一条保护自己的路，其实没有想象中那么难。

不要成为动物坟墓

台湾有一本书叫《畜产专家也敢吃的好肉好蛋》披露了许多畜牧业的秘密。笔者在网上翻看了一下它的书摘，发现根据其标准，所谓的“好肉好蛋”，现实里几乎是不可能存在的。

书中说道：温体肉、现宰方式的存在，是台湾食品安全的大漏洞，不但是台湾现代化社会的耻辱，也是畜牧业永远的痛！作者认为中国人虽然生活在资讯发达的21世纪，但卫生观念还停留在北宋时期的水平。当代西方卫生体系认为，肉类应冷藏于摄氏四度以下才能抑制大部分的细菌生长，且放置于室温下两个小时就不适合食用。而在台湾，动物从晚上或半夜被杀掉变成尸体后，没有经过冷藏或冷冻，尸体全程暴露在外，一路贩卖到第二天中午，消费者买到这块肉的时候可能超过十小时，尸体已经开始腐烂。

最匪夷所思的是，传媒每曝光一些黑心食品，人们吓得要死，而这种腐尸每天被作为“美食”进入人们的身体！这只是个简单的常识，却暴露出我们的消费者对于肉品卫生既不用心，也没概念。

既然温体肉不代表新鲜，那么，有些人喜欢标榜的“现宰”是否就很卫生呢？据作者所言，一般的屠宰场规定是要采用“人道”昏迷后，才能宰杀动物，以避免动物痛苦。而传统市场大部分摊位都是把鸡割了喉咙后，直接丢入桶子中挣扎流血直到死亡，这种虐杀动物的方式天天在上演。这种宰杀方式中，被割喉的鸡就滚在地面的粪尿污水里，有些业者则在桶子中加水，让鸡泡在水里不会太吵，只是那桶水也就变成粪尿血水，并且更容易让污水经由被割破的血管伤口进入屠体，造成污染。

该书作者一再强调屠宰过程“人道”方式的重要性，原来他是致力“人道屠宰”的畜牧业专家。这让我想到二战期间德军使用毒气屠杀犹太人的无痛方式，还真的很符合这位专家的“人道”标准。

不过，那位作者有一句是讲得很对的，就是消费者根本不知道自己在吃什么！很少有人会想到自己吃的是副死去多时的尸体。很少有人想到那些动物在死前吓得大小便失禁，尿液跟粪糊就跟鲜血混在尸体身上。几小时后，尸体就开始腐烂，尸蛆会从内部开始腐蚀。人们就把这些“适度”腐烂的尸体切碎，调味后煮熟，吃到肚子里。

埋葬尸体的是什么地方？坟墓。

所以伊斯兰教的哈迪斯圣训曰：“不要让肚腹成为动物的坟墓。”

钞票的力量

绿色和平组织委托美国和德国两家权威纸品检测机构检测，发现内地肯德基分店的纸品含一半雨林纤维。雨林纤维是热带雨林里特有的纤维，故可断定其原料来自热带天然雨林。

绿色和平组织以此对肯德基进行一系列的谴责行动，确实大快关心环保的人心。但是，绿色和平组织提到的还只是快餐连锁店为了制造纸张而砍伐的雨林。没有提到的是，为了圈养动物和种植饲料所烧平的雨林。比起动物养殖业所破坏的雨林，制纸业的份额还真是九牛一毛。根据联合国粮农组织的报告，亚马逊热带雨林近十年的清垦原因，六成是为了养殖业开垦，两成多为了种植饲料，其他用途的仅占两成左右。

在亚马逊近二十年获得举世关注后，得到了国际社会众多援助。巴西政府于近日交出了一张相对好看的成绩表：亚马逊雨林的清垦速度降到了历史新低。但问题是，商人在巴西受到掣肘后，市场需求不变，遂把目光转向世界上的其他雨林——如印度尼西亚的雨林。这就是为什么绿色和平组织这次的雨林保护行动的目标锁定在印度尼西亚苏门答腊。这让我想起有些人为了表示善心或“放生”功德，去市场买动物到其他地方放生，不但没有减少杀生，还扩大了捉捕范围。

这其实说明了什么？那就是国际社会花大钱去保护某地区的自然生态，成效是值得怀疑的。因为你暂时救下了南边那片树林，市场需求不改变的话，东、西、北边的树林会相继失守。俗语谓:“亏钱的生意没人做，杀头的生意有人做。”商业是一个无坚不摧的神奇机器，在利益的驱使下，足以建立一切或破坏一切。

所以，最有成效的方法（虽然不见得容易），是提高消费者的环保意识，引导一套相对永续低耗的消费模式，改变市场的需求，让商业机器向更具建设性的方向运行。

换句话说，真正有能力去改变这一切的，其实不是急于表示“善心”的国际社会，而是每一位消费者。每一位消费者都在用他手上的钞票鼓励并推动着商业这台巨大机器。当你购买砍伐森林的产品，你就在砍伐；当你购买屠杀的产品，你就在屠杀；当你购买推动和平的产品，你也在推动和平。

我们手上的每一张钞票，本身也就是一张“选票”。这是当代公民当具备的意识。

暖化意味着文化遽变

经过飓风桑迪的洗礼后，切肤之痛让美国人在对待气候变迁的态度上发生了深刻的变化。全球暖化已成为美国舆论热点中的热点。

耶鲁大学于2012年11月13日公布的最新全国民意调查显示：77%的美国人认为总统和国会应视全球暖化为主要议题；88%表示美国应尽力遏制全球暖化，即使要付出经济代价；92%表示美国应大力发展清洁能源。这些统计数字几乎都是飓风桑迪前的两倍以上。

有人说，全球暖化意味着文化遽变。无论是先进如欧美，还是落后如非洲小国，无论愿意与否，全球暖化将逼使所有人做出改变。只是改变得越早越深刻，大家的日子会相对地越好过一些。

文化的改变会是怎么样的呢？我想，首先会是环保意识的大幅提升。环保，不应该再是一些故作高雅的、虚无缥缈的口号，而是很实际的生活模式。事实上，这种改变已经在美国发生了。就在桑迪过后不久，洛杉矶议会在11月9日以十四票对零票一致通过了“周一无肉日”决议，呼吁市民每周一天不吃肉。虽然警察不会检查你携带的工作午餐里是否有肉，但市政府官员表示，希望以此来启动纯植物绿色生活的趋势，对市民健康和地球环境都有莫大的好处。

过去，人们以为暖化就像抽象艺术一样，是一件可以坐下来漫无目的地讨论的雅事。但现实情况很简单：房子着火了！而且比想象中要紧迫得多。

这种文化层面的改变是重要的，因为只有在大部分人达成共识时，有利永续的法令才能产生，才有可能控制正在摧毁地球一切的商业机器。

最近的《自然》杂志刊登的一项研究报告显示，由于流经北美东海岸的墨西哥湾暖流发生了变化，该地区约一万平方公里海床上的冰冻甲烷变得很不稳定，研究人员担忧大规模的甲烷释放将给全球气候带来灾难性的影响。但就在科学家在这边为此坐立不安时，日本和美国都相继准备在北极地区试验开采冰层下面的甲烷水合物——“可燃冰”作为“新能源”。因为甲烷的温室效应是二氧化碳二十倍，无论这种开采安全与否，都会让全球暖化进一步恶化。

如果环保意识得不到大幅度提升，面对类似的疯狂行为，人们根本就无能为力，甚至全然不察。

当然，许多疯狂的行为，也在各种莫名其妙的借口下大规模进行中。如密集养殖动物来吃，所产生的甲烷和带动的资源消耗就远超所有石油能源的影响。

这一切的疯狂，只有在人们觉醒和改变后，才能真正停止。

从感恩节到游牧传统

感恩节是美国人的重要节日，传统节目是吃火鸡。但有网友说，吃火鸡根本跟感恩节无关，“我会以更传统的做法来庆祝这个节日：把邻居们都请来，大家一起享用丰盛的晚宴，然后我把他们都杀掉，占有他们的土地”。那确实是白人对待印第安人原汁原味的“感恩”方式。

但是，传统就一定是好的吗？多少残酷的行为，在“传统”的掩护下进行着。日本人以“传统”的名义屠杀鲸、豚；西班牙人以“传统”的名义斗牛；韩国人以“传统”的名义吃狗；地球人以各种“传统”的名义摧毁着地球和扼杀着子孙后代的未来。

这是一种什么样的“传统”呢？溯源寻根，这其实是一种古老的野蛮游牧传统。生活在城市的你可能不会警觉到自己身处游牧文明的统治之中。因为你再也看不到一望无际的草原，更见不到“风吹草低见牛羊”的景象。因为这一切都被蓄意隐藏起来了，大型养殖场被严密看守着。

根据当代众多杰出历史学家的研究成果，在一万多年前，地球上分布着众多爱好和平的古老农耕民族，但后来先后被野蛮的游牧民族所征服。这些游牧民族崇尚暴力和权力，他们把一切生命（包括牛羊和人）当作财产。这就是为什么西方人的“资本”（capital）一词源来自“头”（caput）。因为一切财产都是赤裸裸地以牲畜和奴隶的数量来计算的。这些民族要积聚更多“头”的方法很简单直接，就是去抢。兼并完所有的兄弟部落后，就去抢比自己先进得多的农耕民族。当游牧民族统治世界后，那种视生命为财产、通过暴力夺取一切、压迫和忍受压迫的思维模式已深入地球人的骨髓，一直流传至今。

据历史学家考证，众多文明古国流传着关于更古老的黄金时代的记载，其实就是对受到游牧民族侵略前的大同世界的记忆。在此之前，人类更懂得与人和万物相互合作、和平共存。在此之后，一切都被对立成剥削和被剥削。在此之前，合一的思想是很正常很好理解的。像在古老的中国，天人合一完全是一种生存和亲身体验的模式；流传到后来，只剩下文字的想象。到现在，你跟一个人谈谈人类生活对全球暖化的影响，他都会以异样的目光看着你。因为人们已很难理解合一的概念，人们习惯了对抗、分离和互相剥削。

这就是我们的“传统”。

最后，我想报告一下，联合国世界气象组织日前发布年度《温室气体公报》，表示造成气候变迁的温室气体在大气中含量于 2011 年创下新高，并预测接下来的数十年内地球平均气温将上升四摄氏度。

爱狗，吃猪肉，穿牛皮

认识很多养狗或养猫的朋友，发觉他们完全把狗或猫当成家人，一说到它们，他们都像充足了电一样，眼睛放光，口角露出幸福的笑意，不停讲述它们是那么的可爱、有灵性和善解人意……

我知道那是他们在生命中与其他灵魂产生联结时的温馨体验，但有时候，还是忍不住插问一句："动物是很有灵性的，其实跟人并没有多大区别。但是，你为什么在深爱狗的同时，却吃猪、牛、羊呢？"他们当然无言以对。虽然我并不想给他们难堪，但却真希望大家都花点时间想想自己的选择背后的真实情况。

餐桌上一盘淋满香料酱汁的肉块，让人有何反应呢？大概食指大动，刀叉齐舞，大快朵颐。就在杯盘狼藉之际，要是有人问你："刚才的乳猪好吃吗？"或"刚才的小牛肉好吗？"你也许会满意地点点头。要是有人问："刚才的小狗肉好吃吗？"那反应可能就见仁见智了。如果有人问："刚才的人婴口感如何？"不知会有多少人会像齐桓公一样满意地给出一个笑容？

为什么人们会认为吃狗是一种罪而吃猪很正常呢？这是一个完全经不起推敲的商业设定。商人把被定义为可以吃的动物关禁在暗无天日的养殖场里，因为正如孟子所言："见其生，不忍见其死；闻其声，不忍食其肉。"这是人之常情。绝大部分人一辈子都没见过养殖场里的动物，而放在餐桌时，它们已经是制作精美的“食物”，让人口水直流，根本联想不到跛行在粪便之上悲鸣终日的那只满身疾病和药物的可怜动物。

人们一直都相信自己过的是一种文明友好的生活。这就是为什么大家从传媒上看到虐待动物的画面时是那么的义愤填膺，特别是被虐对象是跟自己家里一样的狗或猫时，那种联系是如此明显而强烈！正如曾为父母的人，看到受人凌辱或骨瘦如柴的小孩时，心会被撕裂一样难过。因为，那些景象触动到本性中最纯粹的爱——一切生命的源头。

所以披头士成员保罗·麦卡尼曾说：“如果屠宰场的外墙是透明的，所有人都会成为素食者。”Facebook 的 CEO 马克•扎克伯格（Mark Zuckerberg）说：“我其实原本不是素食者，但相信要想吃动物，该自己动手，不然无法知道那份食物的代价。但是自己动手可真够麻烦的，所以别人都觉得我是素食者。”人们都喜欢相信自己做出的都是自由选择，但现实是，没有意识就没有自由选择。

可悲的是，人们可以花几个星期来选择一部智能手机，却很少有人花一点时间思考一下食物选择的真实后果。

吃鱼：成为毒王之王

世人想法千奇百怪，时日既久也就变得根深蒂固，成了所谓传统。譬如，有人认为鱼和海鲜是“白肉”，没有红血，应该属于“素食”。于是，有了所谓“鱼素者”（pescetarian）一词。元禄时代前的日本人大都为鱼素者，名人如乔布斯、隋棠等就是鱼素者。谈起素食，很多人都会表示自己吃得“很素”，只吃点鱼。其实，他们是在坚守毒王之王的宝座。

不知从何时开始，鱼肉被流传成“低脂健康食品”，还因为一些微量元素如 ω-3 脂肪酸被誉为“健脑圣品”，而鱼肝油也被宣传成防止动脉硬化的良药。

首先，鱼类跟所有动物一样，肉中含有大量饱和脂肪、胆固醇和动物蛋白，虽然饱和脂肪含量较其他动物少一点，却怎么也称不上“低脂肪”。而“健康”二字更是天方夜谭。因为地球所有污染物都最终流入湖、河、海等水体，生活在水中的动物，通常都要远比工业化养殖的禽鸟和哺乳动物有着更强的毒性。所有毒素都会集中储存在动物脂肪组织之中，所以鱼肉积聚的毒物和致癌物质，其密度要比水本身大成千上万倍。更要命的是，大鱼吃小鱼，小鱼吃更小的鱼，使得鱼类在食物链上处于比所有陆地动物都要高的位置。每上一层的肉食鱼类，所积聚的毒素都迅猛增长。而人爱吃的基本都是大鱼。据美国环境保护署的资料，鱼类中含有的致癌物多氯联苯（PCBs）的浓度大约是水中浓度的九百万倍。九百万倍！当你吃这些渔产时，你就荣登“最顶端的肉食者”的宝座，这也意味着你就此成为毒王之王。

至于 ω-3 脂肪酸，其实还有许多植物来源，如亚麻籽、核桃、大豆、豆腐、芥花油、大麻油等，根本不必冒着成为毒王之王的危险去补脑。鱼肉其实是“非常浓缩的蛋白质”。吃一点鱼后，人体很快就会蛋白质超标，鱼肉对肝、肾和免疫系统造成巨大的压力。所有动物的肝脏都是身体的解毒工厂，所以里面集中了所摄取的所有毒物。从鱼肝提取的油含有大量多氯联苯和二噁英等碳氢化合物毒素。你要是想用鱼肝油来保护动脉，很可能是在服碳氢化合物之毒。

鱼类把污染物吸收进自己的身体，故能净化水体，这意味着它们可被看作地球的肾脏。人类大量吃鱼，不但毒害自己的身体，也在破坏地球的肾脏功能。

美国海洋及气候治理署首席科学家西尔维亚·厄尔曾说：“我不会故意去吃一条石斑鱼，就像我不会吃一条可卡犬一样。它们如此友善、好奇、可爱。鱼类很敏感，它们有自己的个性，受伤时它们会感到疼痛。”

反狗肉节和慈悲之圈

说起动物保护，总会升起一种无力感。很多人尝试告诉你，这世界弱肉强食，玩弄动物、虐待牲畜、杀生吃肉是最正常不过的，它们的存在就是供人类所用。还会跟你说，大部分人都这样，宣扬素食“太极端”，根本不符合现实，吃素不但怕营养不够，又极不方便，能尽量少吃肉已经很好了。

十万八千个理由，就是不愿意改变习惯，要吃肉。吃肉的人比吃素人多，这我承认，但说宣扬吃素“太极端”，则不敢苟同。回顾人类历史，宣扬素食的，可都是推动文明进程的重要人物，如毕达哥拉斯、佛陀、马哈维那、柏拉图、达文西（达·芬奇）、雪莱、托尔斯泰、爱因斯坦、甘地、昂山素季、雅奈兹，他们不惜代价向世人分享了其智慧成果，但世人在享受他们的奉献后，却蓄意忽略他们关于善待生命的建议。在近一万年的畜牧暴力的漫长统治之下，人类已习惯于圈养和剥削动物，乃至把一些人也划分到豢养范围之内。

所谓人之初性本善，每个人都有其关爱的对象，首先是父母兄弟，然后是亲朋好友，婴儿、儿童、少年时代一般都对身边的人、动植物有着深厚的感情，长大后才因分离意识开始选择应该爱什么，应该利用和吃什么，爱的范围一直收窄。当大部分人的慈悲之圈越发收窄，人类社会就会变得充满暴力和仇恨，而那些推动人类文明进步的人，都尝试让人类的慈悲之圈尽量扩大。儒家说：“四海之内皆兄弟也。”“老吾老，以及人之老。”“见其生，不忍见其死。”墨子讲“兼爱”。释氏曰：“众生悉曾为亲属，不应食其肉。”基督说：“爱你的邻居。”“爱你的敌人。”而耆那教的圣哲们连植物都要选那些伤害最小的来吃。

但人类社会总是同时存在着收窄慈悲之圈和扩大慈悲之圈的两股力量。慈悲之圈缩小，疾病、饥饿、冲突和战争必然增加，有助维系建基于恐惧的野蛮黑暗统治。慈悲之圈扩大，和平富足就会增长，显示正走向和谐光明的大同。

最近，广西玉林的“荔枝狗肉节”在国内外动保团体的强烈抗议下，作为全世界的焦点，被主流媒体所唾骂。这个一年一度的恐怖大屠杀最后还是照往例举行，一天吃狗过万。当地食品药品监督局局长苦笑说：“你要是敢干涉吃狗肉，他们会提刀杀人的！”虽然，这显示那股野蛮力量异常顽固。但从好的方面看，可以明显感觉到，大部分人在对待动物保护上，已有着更广泛和深入的共识。

对素食者而言，猪肉和狗肉其实没有本质的区别，但看到大部分人的慈悲之圈正在扩大，确实是一件值得欣慰的事。相信人们在反对吃狗的同时，一定也会对善待生命做出更多的反思。

终有一天，人们会明白，生命都是一样的。

男孩在屠场哭了

记得以前看到儿子的“常识”课本里有一句“动物为我们提供肉类食品”，当时就痛骂写教科书的人不是白痴就是恶魔！这是一句多么恶心的话！这就好比德国纳粹说“犹太人为我们提供人皮灯罩原料”一样让人毛骨悚然。

肉食在端到小孩子面前时，一般已经是切得整洁方整，他们闻到的是各种香料混合尿酸后的味道。大部分人吃一辈子肉，却从没见过动物是如何变成肉的。

最近，美国一位老师带领一班五年级学生参观屠宰场，了解动物变成肉的过程。据老师说，那是因为之前他们参观了巧克力厂，有人问他那些牛奶是从哪里来的，于是该老师就把学生带到了跟奶牛场一体的屠宰场。就在参观旅程刚开始，那些学生走到牛肉生产线第一站——电枪击毙时，“有一些孩子开始大哭。”屠房工作人员说，“我们告诉孩子，这是美味牛肉制作过程中的自然过程，但根本没用。”就在观看那些脑死亡的牛只各部位被切割出来挂上生产线时，一个小男孩开始呕吐，其他人一个接一个尖叫，有的掩面往回走，大部分人都当场呕吐不止。参观旅程就此完全失控。带队老师因此面临纪律处分。但该名老师认为这次参观没有什么不对，孩子们会好奇食物是从哪里来的，了解肉类食品的来源并无不妥。

对这件事，不同人会有不同的解读。但是，可以肯定的是，这说明听说跟亲眼看到是不一样的。很多人自豪地把自己称为“食肉兽”，但他们肯定不清楚大规模屠杀动物的血淋淋的场景有多可怕。如果人类是肉食动物的话，那些看到血肉淋漓的尸体的小孩一定热血沸腾，会争先恐后扑上去用前爪和前齿撕噬。可惜的是，他们居然哭了。

“如果屠宰场的外墙是透明的，所有人都会成为素食者。”披头士成员保罗·麦卡尼如是说。

有人以为，很多人连人权都没有，还管动物做什么？这是很无知的想法。圈禁动物和禁锢人，杀动物和杀人，很多时候都是一体的。就以纳粹德国的集中营为例，这种集中营的方式，据历史学家考证，是希特勒从美国芝加哥的大型屠宰场那里获得灵感的。而且，现在科学已证明，那些血腥暴力产生的负面能量场和毒素会一直留在血肉之中，进入肉食者的身体后也会一直吸引并积累同样负面的能量，直到最后爆发为人间的暴力和身体的疾病。

所以托尔斯泰说：“只要有屠场，就会有战场。”甘地说：“一个国家的文明程度，就看它怎么对待动物。”

你敢直视那双眼睛吗？

听说和知道是不同的，知道和看到是不同的，看到和体验更是不一样的。在资讯发达的现代，人们大都只停留在听说的阶段，很少去思考以至知道，有意识地去体验的机会更是少之又少。

记得小时候在农村，家里常吃鱼，却从来没想过有什么奇怪。直到有一次，亲戚送来一尾大鲤鱼，放在天井里的大铁盆里，我蹲在旁边看了半天，发觉它漂亮得像神话里的神物，细腻柔和的嘴经常游向盆沿轻轻翕动吐泡，浑圆晶莹的眼睛温柔地看上来，仿佛在向我诉说水底世界的故事。当天晚上，它成了家宴的盘中餐，这让我难过了很久很久。几年后，我第一次煮鱼，看着鲫鱼在砧板上蹦跳，左手按住它，它的眼珠温柔地盯着我，似有说不尽的话，想起那条漂亮的鲤鱼，瞬间崩溃了。过了不知道多久，把心一横，一刀劈下去，刀不锋利，推锯几下才把头切下来。它的眼珠还在动，静静地瞪了我好一会儿。吃鱼，看鱼，和杀鱼，完完全全不是一回事。

那是我第一次真正知道吃和杀的关系。人的可怕之处，也是可贵之处，在于可以用一个念头就掩盖一切或改变一切。没多久，我拒绝再吃肉。这个决定引来了没完没了的问题和麻烦。但我解开了一直萦绕心里的那个疑团。很多人问我为什么吃素，我会说自己在练瑜伽，或者说肉食不好什么的。但我真正想回应的是一连串的反问：“你为什么要吃肉？你真的知道肉食意味着杀死跟你一样的生命吗？你真的敢直视那块肉的主人的那双眼睛吗？”出于可笑的礼貌，我从来没有这样说过，只是我还深深记得那条鲫鱼在我左手之下挣扎牵摆时传过来的波动，还有它最后静下来那种让我觉得寒栗的颤动。

在网上看到美国小学生被屠宰场的血腥场景吓哭时，掌心上又隐隐传来了那鲫鱼的颤动，同时也想起读过的关于屠宰场的一些片断：大部分人并不知道，动物不是在被彻底杀死后才割断喉咙的。当脖子上的大动脉被割开时，其心脏一定还在跳动，只有这样血才会从身体里喷出来，不然肉里会浸泡着太多的血，使得肉很难吃。因此，它们是在昏迷的状态下一直流血而死。流血直到死亡需要多久？一般是二十秒到几分钟，这段时间对它们而言会痛苦得非常漫长，而且很多时候动物并没有真正昏迷。

人道屠宰是不存在的，正如没有人道强奸，也没有人道种族灭绝。不杀，非暴力，才是真正的人道。

《战马》——心灵共鸣的交响乐

这是一部新时代的伟大作品。

《战马》在奥斯卡中一无所得，但在我看来，这是荷里活（好莱坞）大导演史提芬史匹堡（斯皮尔伯格）最重要的作品，将会与《舒特拉的名单》(《辛德勒的名单》) 并肩而立于史上最佳反战电影之列。

战争电影佳作很多，但以动物为主角的恐怕这是第一部——在少是我看过的第一部。它跟以往战争片最大的不同，是把人文关怀扩展到动物身上，我认为这有划时代的意义，也是史提芬史匹堡个人乃至人类意识进化的一个标志。学院派的奥斯卡评委反而没有意识到这一点。

《战马》的故事改编自英国作家迈克·莫波格的儿童文学作品，所以被贴上“童话”的标签，一些影评人认为不够“真实”。其实，很多所谓“童话”作品，反而更直观地反映被世俗社会僵化了的真实内心。那种认为“不真实”的评价，是因为他们不相信马可以具备如此高的灵性质量。笔者虽然没有养过马，但是曾经专门收集过许多当代“动物英雄”的真实报道，其中一部分就是马的故事。跟那些真实而“神奇的”事迹比，电影中的“煽情”部分并无过火之虞。

有一位当代灵修导师认为，不同物种会有不同的爱心质量（LQ）数值，如狗有 110%，猪 120%，鸡 90%，水牛 110%，野生猴子 100%，熊 110%，大象 100%，马 180%，鲸 300%，乳牛

300%，海豚 110%，老虎 20%，狮子 21%……人类的平均数值只有 20%。如果这数据属实，马的爱心指数在地球生物中可是位于顶端附近的了。而人类，跟狮子、老虎等是同一级别的残酷。

但在电影中，导演把战火中的人性光辉刻画得淋漓尽致。从出生、离别母亲到奔赴战场，主角 Joey 都深深地打动了每一位主人，最后被困两军对峙的铁丝网之中时，还让两军各派代表合力将他救了下来。动物与动物之间、人与动物之间的感情，在史诗式的叙事中，加上观众的心跳和热泪，交织成宏伟绚丽的心灵共鸣的交响乐。

导演对动物的关注，在许多细节上都表露无遗。艾伯特家中那只大鹅的形象就让人过目不忘：主人每次出门时，他都紧随其后；而前来催债的“恶人”地主要离开时，他也紧随于后，却发出凶狠无比的逐客令。

相信看过此片的人，都会以不一样的眼光看待动物。大家或许应该考虑用“他”或“她”作为代称，最少该用“它”，而非“它”。

蛋、奶不可能是素食

蛋、奶是不是素食？经常有人问。

这个简单的问题，回答起来却颇费周章。如果问的是有没有自称“素食者”的人还在吃这些？那是有的。如果问的是两千多年前由释迦牟尼佛定下来的戒律，则是否定的。《大藏经》中有云：“一切出卵不可食，皆有子也。”卵类从来都是被禁止的，所以鸡蛋不应该出现在佛教素食的菜单之上。因为释迦生活在农业社会时代，也因为牛在印度是神圣的，农民不可能为了喝奶而虐待母牛、饿死小牛、将之做成牛肉，所以佛陀并没有禁止牛奶。关于释迦喝奶，在《达摩大师破相论》中有一段很有意思的问答。“问曰：‘经云：释迦如来，为菩萨时，曾饮三斗六升乳糜，方成佛道……’答曰：‘……言食乳者，有二种，佛所食者，非是世间不净之乳，乃是清净法乳；三斗者，三聚净戒，六升者，六波罗蜜；成佛道时，由食如是清净法乳，方证佛果。若言如来食于世间和合不净牛羶腥乳，岂不谤误之甚……’”另在《优婆塞戒经》中有言：“画佛像时，彩中不杂胶、乳、鸡子……不如外道烧酥、大麦而供养之。终不以酥涂塔像身，亦不乳洗。”可见佛教虽未禁绝牛奶，但一直推崇的“清净法乳”其实只是一种比喻，最多属“方便”范畴。

如果“素食”指的是慈悲的非暴力饮食，那么现在的所有奶、蛋制品肯定都不是素食。

撇除宗教因素，光从现实来看，当代密集式养殖业是非常恐怖的。了解乳制品与鸡蛋生产方式的人都会认为，这两种剥削雌性动物的产业比杀生取肉还要恶毒和残忍得多。奶牛和母鸡需要承受更漫长的虐待，而且产能下降时，最终还是被宰。奶牛和母鸡都被关在肮脏拥挤、暗无天日的养殖场里。雌鸡一律被去喙，灼热的刀片切断其最敏感的神经组织，其剧痛足以让许多鸡只当场死去。活下来的，也要用余生去感受去喙造成的痛楚，吃，变成了一生的折磨。公鸡是没用的，所以每年有过亿只雄性小鸡因为有人要吃鸡肉或鸡蛋而在出生不久后被压死或活埋，变成饲料或肥料。市场上的牛肉产品，大部分来自奶场。小牛肉割自乳牛不能喂养的孩子，免治牛肉来自老弱的奶牛——很多人的乳娘。

人们买牛奶和鸡蛋制品的同时，除了在推动这两种产业，也在为牛肉和鸡肉产业降低生产成本，让市场提供更廉价的肉品。肉品越便宜，买来吃的人就越多，所以当你买蛋、奶制品的同时也在推动更多人去吃更多的肉。

所以，蛋、奶不可能是素食。

吃，从来都不是小事

常听到一些人表示自己百无禁忌，什么都吃，颇有自豪之色。显然，没有人在吃的问题上是真正百无禁忌的。连食人族也会有各种禁忌。禁忌背后总有其原因，就像前人留给后人的导盲讯息。

有时我想，黑心食品、垃圾食品、基改食品之大行其道，归根究底并不光是因为体制不健全、政府不力，甚至还不全因为道德败坏，最重要的是人们对吃什么根本不重视。人们从小在谎言中长大，就像被圈养的动物一样，在无所不在的商业广告的指引下，对吃有着一套十分畸形的哲学。吃，要不变成满足口舌之欲的娱乐，要不就是填饱肚子的无意识行为。前者是豪华型高端消费，利润丰厚；后者是低成本垃圾食品，产量和销量都可以无穷大。这两种态度都十分适合牟取暴利，因为人们只关心味道和方便，这在化工时代是最容易实现的。

在很多人的印象里，食物是从街市、超市、饼店、餐厅里买来的某些东西，而忘记了食物其实是在大自然中吸收了天地灵气和日月精华的植物果实。这些大地的产物，大都没有人去为其做广告。广告里，我们只看到那些工业产品、香精饮料、牛奶、肉酱、海鲜之类。那些越是把人推向医院的东西，广告做得越多。

吃，其实从来都不是小事。综观所有文明体系，没有一个宗教的经典在吃的问题上是轻忽的，都在不停唠叨着这不能吃，那不能吃。因为有智慧的人都会知道，吃绝对是一件大事。通过吃，人与天地融合一体，让某种物质和意念成为一个人的血肉，成为意识的一部分，他者与本我合而为一，这个仪式甚至比性爱和婚姻还要神圣和重要，更需慎之重之。古犹太艾赛尼教派的《和平福音》有言：“你所食即成为你的身体，而你所思即成为你的精神。树上果实、田里庄稼都是你们的粮食。因为这些是由生命之火化育成熟的，是大地母亲给我们的礼物。但绝不可食用由死亡之火烹调的食物，那来自撒旦，只会把你们引向罪恶和疾病的死亡之途。上帝餐桌上的盛筵，将为你的身体带来能量与活力，使你永离疾苦。任何人吃动物的肉，就是在咬死神的身体。因为每一滴动物的血在人的血里都变成毒药；动物的气息在人的呼吸中发臭；动物的肉在人的肉中成疔疮；动物的死亡就是人的死亡。”

一个人说自己什么都吃，其实并不真正知道这意味着什么。简单的一餐，对人来说只是例行私事，但对很多生命来说那是无止境的痛苦、怨恨、绝望和死亡，而根据所有宗教的因果律，这些都会回到吃的人身上。

悲惨的澳门赛狗

读一位美国人写的书，里面提到他跟弟弟在流浪途中偶遇一只牧羊狗，那狗在近两周之中像朋友般陪伴他们，为他们化解许多麻烦，但在山路上为他们击退最危险的狼狗攻击后，它就掉头回家了。目送它远去时，作者泪流满脸，相信那是上帝派给他们的守护天使，但心里想，要是那狗出生在中国，它很可能只是一块狗肉，它的高贵质量将无法显露出来。

在西方人眼中，中国仍然是没有动物保护概念的野蛮国度。但是，据澳门爱护动物协会主席 Albano Martins 指出，澳门在保护动物方面的立法工作，比内地还要落后。他说，很多澳门人引以自豪的赛狗场每年入口赛狗约三百六十只，每月退役的赛狗达三十只，退役的都被人道毁灭。

前阵子读到太皮的《赛狗的悲鸣》一文，对他描写的校运会回忆和狗只撕心裂肺的嚎叫，很有共鸣。太皮兄亲眼看着受伤狗只被抬出场，“只见它吐着舌头喘气，似无大碍”。后来却从官方网页知道它已因腿骨折断被“人道毁灭”。

我们印象中一些美好的娱乐和享受，其背后却是恐怖的暴行，还美其言曰“人道”。据说，以下是赛狗在澳门所受的待遇：在赛事中五次没有跑到前三名的会被打针毁灭，平均每天一只；与跳蚤、壁虱和蚕食内脏的寄生虫相亲相爱；被强行拖往跑道作赛前操练时呼吸清新空气几分钟……

其实，澳门赛狗场在世界动物保护界早已是恶名昭著的了，笔者知道有一位国际上著名的动保人士为救助赛狗还专门隔着太平洋拨了一项专款过来，三番四次请求澳门一些友人出面关注狗只的死活。

知道大洋彼岸有一人为我们身边小狗的死活极力争取，不知大家做何感想，我自己就觉羞愧无地了。作为人均GDP名列全球前茅的澳门，对漠视动物权益的恶名甘之如饴，实在让人深感不解。

古人云“厚德载物”，财富和权力本身是带着义务的，当你获得越多力量时，你在人类文明进程中的责任也就越大。为了小小的利益而失德于天、见责于仁，实非君子之所为。

随着社会的进步，许多过去认为正常的惯例，都已被过去的贤人义士废除而写入历史，警惕后人不可再犯，同时也激励后人步履先贤，继续为文明的进步做出应有的贡献。一如过往解放人类奴隶，世界上很多人已在呼吁解放动物奴隶了。

澳门，也该醒来了。

人正确，世界就正确了！

最近，美国成为全世界最冷的地方，气温比南、北两极还要低，甚至比火星还要冷！二百多人死亡，近二亿人受寒灾影响。强烈寒风还会让人感受到零下五十度的极寒。最戏剧的是，有一名成功越狱的男子因为太冷宁愿自首回监狱蹲着。

这已经是灾难电影《后天》(《*The Day after Tomorrow*》)的真实版。电影描述全球暖化引发“极地气旋”，使地球再度进入冰河时期。于是，学术界又开始一场关于全球暖化是否存在、暖化会否让气温遽降等永无休止的辩论。什么气候模型、厄尔尼诺、大气循环一大堆科学名词和数据，又一次把在寒风中发抖的民众说糊涂了。

其实，争论的核心问题很简单，那就是：人类活动究竟对全球气候有没有影响？以石油工业为核心动力的政商体系倡导的是暖化不存在，即使存在也是因为天体变化的关系，跟人类文明没有任何关系。因为只有在这种隔断式的思考模型中，人类才会不顾一切地消费并消耗自然资源，这样才能保证其无止境的垄断性利益。

这种否认万物相连、忽视前因后果的思考模式，在东方称为断灭论，是使人盲目行乐的基础。这种思考模式也正是当今世界的主导力量。它让人们保持长时间的无知，让人们变成轮子上奋力狂奔以产生动力的老鼠。隔断式思考让所有人尝试在每个人面前的一个个小环节中努力解决一个巨大系统的整体问题。这种模式让人不去思考医院和肉食的关系，让人忘记禽、畜流感和养殖业的关系，让人不相信今天和昨天的连续性，让人看不到人和世界的联结……

这让我想起一个故事：

一位牧师在准备下一天的讲道内容时，太太外出，留下的年幼的儿子让他不能专心工作。他本打算讲关于如何面对和解决世界上的问题，但心乱如麻，不知话题从何说起，还被儿子不断地扰攘，没有一刻安宁。在他烦不过时，心生一计，随手拿起一本旧杂志，找一页色彩最鲜艳的大图画，正好是一幅世界地图。他把图片撕下来，再撕成碎片带到客厅丢在地板上，对儿子说："你来做拼图游戏吧！拼好就有奖赏。"儿子真的埋头纸屑之上，牧师心想自己总有一两个小时的安静了。没想到，儿子很快就敲门，交出拼好的世界地图。牧师大吃一惊，问他是怎么拼得那么快。儿子得意地说："你看，地图后面是一个人的照片，我只要把那照片拼对就行了。我想，如果人正确，世界也就正确了。"牧师豁然开朗，明白世界的问题，其实是在每个人的身上。

世界最大的问题，其实就是人们刻意忽视自己和世界的关系。

节还是劫

春节是中国人一年中最大的节，但对一方来说是节庆，对另一方来说反而是劫难。记得一位朋友曾跟我说，其实人类的节庆就是动物的大屠杀日。

日前新闻报道，邻埠因为担心禽流感传播，已于之前一天扑杀活鸡二万多只，并将关闭活禽市场二十一天。业界人士表示，这将使他们少卖活鸡三十万只。

看到那些平静的数字，不知各位做何感想。我心里想到的是，那么小的一个地方，那么短的一段时间就能卖出并杀掉三十万只活鸡！三十万！据日本的统计，南京大屠杀的死亡人数是二十万。如果用尸堆成山来形容南京大屠杀，血流成河也照样可以用来形容一个城市过一个节日的“盛况”。即使我们并不相信什么轮回，这个数字应该也照样足够吓人的。因为养殖业本身所耗用的资源非常庞大，每一只禽鸟牲畜背后都是非常严重的环境破坏，而环境的破坏又意味着一连串的生灵涂炭，也意味着让人们所恐惧的禽流感。

换个简单的说法，养殖业意味着浪费、污染、疾病和死亡。许多人却依然喜欢以养殖业的恐怖产品来庆祝节日。这真是莫大的讽刺。

这时候有人又会跳出来说，动物的生命怎么可以跟人命比呢？植物不一样也有生命？就在这个流感盛行的季节，病毒却以铁一般的现象给出了一个再明确不过的证据：动物的病会传给人，植物却没有病传给人。这证明人和动物其实是在同一个生命层次！最少是在极端接近的层次，不然怎么会有着共同的疾病呢？而人类正在以史无前例的规模禁锢、虐待、剥削和残杀动物，所以动物的疾病也以史无前例的规模在人类身上传播。这种显浅不过的因果关系，却被分门别类的西方“科学”思维所蒙蔽。猪流感来了就杀猪、停卖猪肉，禽流感来了就杀鸡、停卖活鸡。然后，可怜的卖肉小商贩一而再再而三地蒙受损失。从来没有人在这种关键时刻说出实话：这根本是大可不必的！

印度有一位科学家曾做过一个统计研究，结果发现节庆日发生灾难的频率和规模要比平时大得多，据说那是因为节庆时人们喜欢屠杀动物，而大量动物死亡时发出的负面振动波可以触发巨大的灾难。这大概就是中国人传统在初一、十五受月球牵引影响最大的时候选择素食的原因，那是希望通过减少杀生来减少灾害。

大年初一，很多人都会吃素斋，那是老祖宗传下来的良风美俗。无论大家相信什么，或者不相信什么，但心存善念，必获天佑。一天的好生之德，远胜于万句祝贺之辞。

希望我们的节日，是节简好生之节，而非劫夺好杀之劫。节还是劫，存乎一心而已。

澳门：拥挤并悠闲着

澳门政府说要打造“世界旅游休闲中心”，看惯关闸长龙、中区人海等大场面，又经常找不到的士、挤不上巴士的澳门市民大都有点错愕：生活现实和理想期望相差何其大也！

这两年来，笔者曾经把许多打算来澳门旅游的朋友劝退。但最近的案例让我幡然醒悟。一位美国诗人想到澳门看我，托我代订酒店房间，但在他知道房价后就决定还是到珠海见面好了。

后来我想，澳门致力打造的“休闲中心”，也许并非穷诗人所想象的漫步林荫那种诗情逸趣的悠闲，而是比较接近在内地城市常见到的“保健休闲中心”。此休闲，实非彼休闲。悠闲可以完全是一种身心放缓的精神享受，也可以是一种明码实价的室内人工服务。易于打造的，明显是后者，而且这种休闲吸引的肯定是多金之人，实为一门很实际的生意。

所以，那些认为澳门车多人多不能成为休闲中心的人，其思想是落后的，其理解也是偏差的。澳门实在是南中国最安全、最理想不过的室内耍乐休闲中心！虽然，排队过关要挤一两个小时，拦的士比较痛苦，拖着行李在街上走几条街，但这既可训练耐性、锻炼身体、检查正能量的储备，又能深入社会切身体验一下澳门人民的幸福生活。只要有钱，在澳门还是可以很悠闲的。如果在各大酒店的人工美景中找不到天然，旅游景点和旧城区又找不到悠闲，找一家书店（如果找得到的话）

感受一下“门前冷落车马稀”的凄清，找一些文化展览馆，你就能找到一个人包场观展的那种阔气和泰然。

话说广东某室内休闲中心被雷霆扫荡，相形之下，澳门作为“世界旅游休闲中心”，其“国际级”的优势更为显著。君不见街上撒满肉色广告，扫之不尽；君不见娱乐场深入小区，横行无忌。澳门在悠闲方面的与众不同，罄竹难书，实在是神州土豪们之至爱。

至于澳门居民，应该为蜗居在一个拥挤的“世界旅游休闲中心”而感到自豪，为自己能住在天价房屋之中感到高兴。至于休闲，你可以在记忆中，慢慢回忆那些永不回来的风景。

气象、科学和巫术

科学跟所有知识一样，一旦在大众社会中流传，就会变得越来越像神话、巫术，最后成为愚痴的迷信。

这是一个热得难以忍受的夏天！在有限的个人记忆中，从来没有如此漫长的炎热夏日，却看到一些关于地球在变冷的报道。当然，这已不是什么新闻了。暖化议题自诞生以来，都一直伴随着无数暖化阴谋论、小冰河时期之类的泥巴战。反正地球气候变化原理复杂，胡扯空间极大——风水先生可以扯个十来年，气候专家可能骗个几十年。

气候专家和风水先生确实有很多相似之处，充满矛盾辩证的不确定性，阴阳极反就是一念之间。最终说出来的，往往都是根据付款的主子的喜好而定。他们成功的秘诀就是说一些符合预期，又不需要主子做出任何努力去改变任何事情的话。

譬如，某些病明明可以通过改变生活习惯治好的，但为了产业利益，科学研究会告诉你：你这病是跟遗传有关，只能通过吃“特效药”舒缓病症。在气候问题上，专家的胡诌动力就更强大了。人类在石油能源的强大动力的帮助下，这几十年间几乎把热带雨林铲光，把海洋变成死亡之域，然后说人类活动影响不到地球气温变化。把气温变化归咎于太阳粒子运动，跟人类活动毫无关系。这里的“遗传”“特效药”“太阳粒子”，就像古代的巫术一样带着强烈的宿命意味，把人类从因果世界里抽离出来，理论几乎无法证实，也无法证伪。于是，病态生活照旧，树照砍，海照填，牛照养，直至没得救了，其宿命论就得以“证明”了。

最近西伯利亚暴发炭疽疫情，据说是因为过去被冰封的炭疽杆菌孢子随着气温升高活过来了。不过，还是有很多装得很“科学”的人认为暖化是个骗局，根本否认地球在变暖。这是拒绝改变者的科学教福音。

对统治者而言，“科学”是用来保护利益的，不符合利益就是“不科学”的。

就像某小城的“地球物理暨气象局”在附近地区全部停工停课的情况下坚持拒绝挂八号风球。最后，居然没有因此造成严重伤亡，其监测之精准、计算之严谨，相比邻近地区真是鹤立鸡群。其大无畏科学精神，更是可歌可泣。当然，这绝非包括笔者在内的一般小市民所能理解的。

知识和图书馆

有朋友最近感叹自己写的一本书中文原版在内地的价格，只是亚马逊上英文翻译本的十分之一，可是北京的房价比纽约还高。

问题很简单：对知识的尊重，中国远远不如美国。楼市背后的强大权力，远比知识值得膜拜。

对资本权力的膜拜和对知识创造的轻蔑，总是出双入对，其影响随处可见。就以中国人最近爱推动的文化产业为例。对美国而言，政府根本不必搞什么创意产业，只需维持尊重文化知识的土壤和崇尚自由公平的空气，文化就能跟市场自然结合，长出参天大树甚至茂密的森林。

随着网络团购的兴起，中国电影市场发展异常猛迅，但国产电影的普遍水平依旧让人冒冷汗。其病根并不是在于没钱没技术，是资本从骨子里轻视知识，轻视剧本的创作。资金全投给大导演、大明星，编剧基本没话语权没钱更没有足够的时间。最近很多影视公司，还放话出来不再请专业编剧。这是反智的表现，更是反智社会的缩影。

再如内地网站和微信朋友圈里不停转发的文章、图片，绝大部分都是没有注明来源和作者的。

不懂尊重创作的地方，不可能产生伟大的创作。同样，不注重文化的地区不可能出现什么文化产业。最近，澳门很多人都在质疑新中央图书馆建筑耗费九亿元，甚至立法会主席都发话：太豪华了！

在小市民听来，建个图书馆九亿好贵啊！但我想想，如果这在当年几十万就一个千呎单位的时候，花九亿当然很贵。但在动辄一两千万元一个单位的今天，九亿真的很多吗？九亿元换来三万平方米的公共空间，以如今的呎价我很难说它过分！除非我们的楼价能回到从前……

纳税人当然希望少花点钱办大事，但与其不断花大钱延请外人的花里胡哨的文化活动和永无止境的办公室租金，我更希望政府建一个像样的图书馆。我不奢求纽约公共图书馆或法国国家图书馆的级别，但我希望自己的孩子放假时走过赌场的沼泽后，能有一个像样的地方坐下来看看书，希望他经常能在书籍的巴别塔前感受一下那种同时带有敬畏和快意的卑微感，我也希望他知道自己所在的地方，是一个尊重文化的地方。

边度有书就是这里没书

“边度有书”关门搬迁。在议事亭前地茫茫购物盲流之中，抬头看到的那扇绿窗里面的人文情怀不再，人们说新马路附近再无书店，这确实够让人伤感的。

但不得不承认，我这种伤感跟许多文青一样，说白了就是叶公好龙。

因为我近年喜欢的书能在小书店找到的机会接近零，所以极少光顾。每次上去都是因为香港或内地诗友或影友来澳门，约在那里碰面，印象最深的反而是那只在窗台上翻腾或在书架旁蜷身打睡的猫，仿佛已成了有朋自远方来的吉祥物。对许多人来说，书店是一种纯情怀的存在。

市中心容不下一间文艺书店，这个在掌握小城经济命脉的大佬们看来再小不过的小事，反映的事情路人皆知却束手无策。大家都知道是地产霸权，空间成本无限上涨，是天下无敌的吸金大法，足以让所有成本飙升，吸去所有产业的大部分利润和无产者的绝大部分财富；再加上赌业独大，人力资源的稀缺和人力成本之高昂，进一步扼杀中小企业的发展和多元化的可能。

实体书店经营困难是很多地区的共同问题，但与文化休闲生活的结合，又让其获得新生。

记得去年我去成都方所书店，觉得自己像走进一座教堂。我自此认为，在这个资讯年代，人类的圣殿本来就该以书本砌建起来的。

那些不相信有最高主宰的人，最少会在知识的海洋和书籍的巴别塔前保持基本的敬畏和自知之明，不然就真是无知无畏的愚昧。

毫无悬念的是，在这个连一所小书店都养不活的小城市里，很容易大批量滋生一些不学无术却趾高气扬、洋洋自得之人。或者反过来说，之所以出现这种现状，是因为有太多那样的人。无知和无畏总是息息相关的。

话说“边度有书”这店名，在粤语听来其实就是摊开手说：这里根本没有书！也许是太贴切了，那里就是没有书。那又怎样不教叶公们埋怨呢？

只是让人郁闷的是，同一批叶公认为那一区不需要图书馆，因为那里人流太多，车位不足。

虽然我也好装文青偶作叶公之叹，但如此高深的好龙妙论，远非我的有限智商所能理解的了。我看到的是，在这个赌城里，能养得起情怀的，也许只有政府了。

实际点，改变饮食吧！

看完影帝里安纳度（莱昂纳多）拍的《洪水来临前》，既感神伤又有欣慰。

伤感的是，气候变迁日益严重，但政治家们依然扯皮，媒体依然受到石油公司的控制高举“暖化阴谋论”，大众依然茫然漠然……

欣慰的是，该片比戈尔的《不愿面对的真相》更进一步，更直指要害。里安提道，他在跟时任副总统的戈尔聊天时第一次听到“全国暖化”这词。而当年的毛头小子，现在已从戈尔手上接下了倡导绿色生活的和平大使之棒。他跟奥巴马谈暖化，奥巴马吹嘘一轮巴黎协议，里安说：“我对您的乐观挺佩服！但您比任何人都清楚现在有多危急。”奥巴马愣了一下，凛然说：“是啊！暖化危机不光是环境危机，海水上升会让沿海居民四散奔逃，成为气候难民，引起的可就是国土危机。”片子说出了要点：畜牧业是暖化的元凶！人类把绝大部分资源都用来生产肉食，为此付出沉重的代价；如果习性不改，到达临界点后，代价之大必将超乎想象。片中的专家苦口婆心地说：“我们实际点吧！改变饮食根本没有那么难！不吃肉食的效益是显而易见的。”

确实，我们该实际点！关于暖化、减碳等的口水战从不停息，等政客们轮流到世界不同度假城市召开的气候大会讨论出个结构的框架的架构来，估计十个地球都被淹没了。政客是民不动，我不动；民众只笑看专家和传媒各种泥巴战。所以都干耗着。但我们能从自己的生活着手，那就是减少肉食。

在减少吃肉的工作上，欧美民众在这几年其实做得相当好。美国和德国的肉食消耗量在这几年都在不断下降，素食产业发展迅猛。不然，素食多年的里安也不会敢冒天下之大不韪，把肉食推到聚焦灯之下。正如《阿凡达》导演卡麦隆所言："肉食者根本算不上环保人士。"

在西方，把肉食跟环境破坏、战争联系起来的，最早可追溯到苏格拉底，后来有托尔斯泰。而近代影响最大的应该是Will Tuttle，他在《世界和平饮食》一书中，站在人类文明和个人灵性发展的高度，对饮食行为进行深入的省思，在西方引起很大反响，一度成为畅销书，影响巨大。由笔者翻译的简体中文版马上要正式上架，且容我以自己三年的青春向各位郑重推荐。

禅易相长——我认识的 Will Tuttle

从洛杉矶一晤到北京再见，已是五年光阴。

时间没有给 Will 留下太多痕迹，只是我已从一名听众转换成《世界和平饮食》一书的译者。经过一千多个日夜反复思量和字斟句酌，他那万物相生相连的思维方式已深植我的脑海，以至于交流起来有说不出的熟悉感。对于某些事情的看法，他只要说半句，我大概就知道他将在什么层面和用什么例子来响应和评论，只是让我惊讶的是他语言背后的静谧更为深沉雄浑。

在密集的演讲之间，主办方还是安排了一天游长城和颐和园，我就成了他的导游。

我选了游客较少的古北口长城。我跟他说“不上长城非好汉”，他听后一愣，我补充说，在你的体系看来，这话明显是畜牧文明崇尚战争和暴力的产物。我们相视大笑。因为他当过韩国和尚，我喜欢跟他聊禅宗，从僧粲《信心铭》、六祖《坛经》、黄檗《断际禅师宛陵录》，到临济、南泉和赵州等禅师的公案，他均烂熟于心，如数家珍。我说赵州，他马上说“庭前柏子树”。我提到南华寺慧能真身，他开始大段大段地背诵《坛经》经文，说：“Isn’t it beautiful ? ”能从如此深奥的经典中发现美，我确信其智商少有人可比。

在颐和园十七孔桥上，我给他解释中间桥孔最大，跟两边小孔加起来都是九，取其九五之尊之意。他听了很开心，说这就是“九五，飞龙在天”吗？我很是吃了一惊，没想到这洋和尚还会《易经》，“学贯西东”真不是吹的。问他一些象数上的问题，他均对答如流。原来他在研究中国哲学时，被《易经》迷住了，十多年不能自拔，经常对经文、爻辞和卦象苦思冥想。

我曾将 Will Tuttle 和梭罗相提并论，想来区别颇大。因为 Will 没有梭罗那么明显的文学属性；但在哲学，他透过深度融合东西方智慧，已建立了一套独特的宇宙观、文明历史观和社会观，形成更完备的思想体系，他又积极推动世界和平的社会运动，可以说是在完整继承梭罗的反思精神后，向前踏出了一大步。

游　记

人到洛阳思兴废

往郑州的飞机因雨转降洛阳。那是一个很小的机场，几座矮房外就是望不尽头的玉米田。

“情系中原”澳门团一行八人站在机场的出口等待临时找来接我们的客车。细雨在远霭和近雾间淅淅地洒了下来，而我已陷入了洛阳的思绪中难以自拔。

洛阳，一个糅合着历史与诗意的地名。中华文明无数的重大事件都在这块土地上发生：商汤定都西亳、伊尹放迎太甲、八百诸侯会孟津、平王东迁、周公制礼作乐、孔子入周问礼、诸侯筑成周、光武中兴、东汉建太学、曹魏建都、左思作《三都赋》……这无疑是中原的中原。

曾先后有十三个朝代定都于此。而且在过去，作为都城的洛阳可不像如今居住环境极端恶劣的北京，那可是“落花乱马足”“洛水照千门”的自然与人文高度融合、交相辉映的都城。说到洛阳，无数的诗情画意仿佛就在舌头间呼之欲出……

从繁华事散到朝代更迭，我想了许多。我想到华夏的都城从中部搬到西部，又从西部搬到东部，有时还搬往南方，而人们却从来没有忘记一个“中”字。这个“中”字除了指方位外，很明显是指文化和政治的中央地位。过去，华夏文化无疑处在最高的地位，政治相对开明，其他各地族人都想往这个地方跑，这个地方自然就是“中”国了。所谓“为政以德，譬如北辰，居其所，而众星共之”。很有意味的是，河南人至今还是说好不叫好，说行不叫行，只说一个“中”字。

四十分钟后，我们登上了开往郑州的客车。

在一派“晚紫凝华天”的暮色中，雨雾里的田园景色在车窗外迅速闪过，地下埋藏着的数不清的都城也在我的脑海里一层层翻开，谎言与真相纷至沓来，仿佛在告诉我一个比铁还坚定的道理，但它永远寂寞地缥缈在时间的雨雾中。我只是在想：祖国什么时候才可再次成为世界的中心呢？

无可奈何开封事

“情系中原”一行真可谓马不停蹄，时空转换之快，对耽于冥想幽思的人确实是一种挑战。

首日行程的早上还在黄帝故里新郑掂量轩辕如何代神农伐蚩尤，下午就回了郑州到河南博物院看商周的青铜器。而第二天一早，我们又赶到了埋藏着魏、唐、宋、金、明和清六座古城的充满着传奇和矛盾的开封。仿佛这两天几十公里的路程就已把中华民族的历史浏览了一遍。

说到开封，许多人大概会雀跃于北宋的那位包青天和作为当时全世界第一大都会的东京。但我在漫步“清明上河园”时想起的却是另一批人物和另一个时代。那就是第一位建都此地的梁（魏）惠王。梁惠王一生最大的错误除了不听孟夫子的大道外，恐怕就是错过公孙鞅这位法家人才了。而这位在魏不受重视的年轻人到秦国后三说孝公，建信图霸，立法强兵，为将来的始皇统一天下定下了正确的发展方向，打下了固不可拔的法制基础。而离开魏不到三年，这位青年就带着秦兵把魏打得割河西之地，迁都大梁。

所以，开封从一开始就是一个无可奈何的都城。

在“清明上河园”看完一场颇有“古风”的斗鸡小赌局后，我们又到了旁边的龙亭公园，赶上园内上演的“杯酒释兵权”的场景戏。那赵匡胤是“卧榻之侧，岂容他人鼾睡”？但集权成功的同时，也注定了强干弱枝终将把赵家的天下推向灭亡。我忽然想到，赵匡胤当时需要的也许是像商鞅这种能审时度势、重组社会管理制度的法治人才，而不是为一时安睡耍出的小把戏。

在汽车驶离开封时，我又想到了那位梁惠王。想到他一生里错过的两位伟人：一位可让他改革法治，雄霸天下；一位可让他乃至他的后代建立和谐社会。进而想到秦用法而一统天下，却未能用仁而和天下，实是前车可鉴。但若在政制法治得以改善前而想建设和谐社会，怕且也是难事。没有合理的司法制度，即使有十个开封府、一百个包青天，上访人士的沉冤也难得雪啊。

首座监狱囚圣贤

文王拘而演周易。我们来到了商纣王囚禁西伯侯姬昌的地方——汤阴的羑里城。据说这是中国第一座有文字记载的国家监狱。

姬昌以惊人的忍耐力喝下了用自己儿子做的肉汤，再以参透天人的智慧把奠定后来儒道两家基础的周易推演出来。这是一个典型“天将降大任于斯人也”的英雄式故事。

连那位清朝的弘历（乾隆）皇帝游历此地时也题诗：“天王圣明罪当诛，千载而下真知己。”看着乾隆那圆润潇洒的字迹，我却不禁打了个寒战：中国的第一座监狱囚禁的竟是一位圣贤！而这位圣贤给人的启示就是对不合理百忍成金，安于“天命”。当弘历爷大兴文字狱时，是否会想到里面可有一位姬昌“真知己”呢？

是的，光辉灿烂的中华文化传承下来的就是这样一种美德：对不合理保持沉默、忍耐——忍耐也许是为了夺到施予不公的权力。这种“神圣的”传承让我们的祖祖辈辈听天从命，等待一位较不变态的独裁者，等待一些铁面无私的包青天。

这种传承让秦始皇用全国三分之一的人口来修他的陵墓；这种传承让隋炀帝驱使四百万壮丁修建迷楼（过半数累死在工地）；这种传承让多少忠臣含冤而死；这种传承让一亩地长出百万斤稻米；这种传承让文化大革命铺天盖地……

欧洲也有一座为人们津津乐道的监狱——巴士底狱。当年那里关的不是些什么圣贤，也许还有不少是真材实料的杀人越货的主儿。但就是那些凡夫俗子引发了惊天动地的法国大革命，一石惊起千重浪，自由民主的思潮直拍北美……

几千年来，我们的圣贤已够多了，圣贤文化也够深入民心了，但我想也是时候打破沉默，作为凡夫站起来指出什么是不对的，什么是我们需要的。

碰巧汤阴也是岳飞的故里，但因行程紧凑，并未能参观，但当地的导游小姐却热情地给我们朗诵了他的《满江红》。在跌宕激昂的词调里，我深深纳闷着：何故忠良多被害？但愿我们的监狱里关的不再是姬昌和岳飞啊！

幸福的闲逛时光

坐车到达的是一个景点，用相机记录的是一个画面，而放任双腿走出来的却往往是一种境界。旅途中最值得回味的总是闲逛的时光。

在安阳看完殷墟累累白骨的那天晚上，我一个人溜了出去。在酒店附近的一个广场上看人们玩转得像UFO的发光陀螺，看一个小伙子在把丈八长的大软鞭在半空打得噼里啪啦响……最有趣的是一个摊位放着一个大盆，盆里的水漂满了塑料水草和假鱼，一群小孩和家长围在那里用小鱼竿钓“鱼”，还为一条小“鱼”争得嬉笑扯闹。

我钻进一个菜市场里头的一家小店要了碗凉面，老板娘在她的大锡盘里把豆芽、面条和着酸辣酱拌得正欢，醋香就充溢了只有一盏温暖的钨丝灯和两张矮桌的小店，我仿佛便从殷商的恻凄惨淡回到了大学时代的阳光明媚，心情突然好了起来。

在几年前的差不多的一个夏夜里，在差不多的一条街上，我和大学同学蹲在一家差不多的小店里吃凉面。那个地方就是武则天的故乡四川广元，想起过两天就能到武则天最喜欢的东京洛阳，让人晕眩却愉悦的时空错乱又袭上了心头……

这次河南的行程也是由闲逛结束的。跟团到郑州最大的商场下车，本要到大街上逛去了，但走不到十分钟就下起了大雨，不得不折回了商场。在一个水吧前坐了下来，要了碗姜汁饮料，跟一男一女两个年轻服务员有一句没一句地扯起来，知道他们都是南阳人，都是高中没有读完就出来打工了。

我却发现他们之间讲的都是普通话。言谈中还带着羞涩的女孩子告诉我，他们那里经常是隔一座山头的村子就语言不通。我笑说："你们省里的领导对我们讲的都是河南话，没想到你们之间说的却是如此正宗的普通话！"

雨停后，不知如何逛到了一个小公园，有块小碑写着公园中心的那个长满青草的土堆就是商城墙的一段遗址。我在那"城墙"附近的一家小书店里买了几本中州古籍出版社的书。我家本来就有很多这个出版社的书，但到这时我才知道"中州"究竟是一个怎么样的地方。

在我的人生漫步中，这也是一片让人难忘的土地。

辰州小记

日前因公事有机会走马湖南，从长沙、湘潭到张家界，再到怀化沅陵，一路上政府招待热情，风光无限。但在密集的行程和紧凑的工作中，除了一路艳阳浃汗，除了张家界里十分钟清润的深呼吸外，竟皆如水过鸭背，不留毫痕。

但到了怀化的沅陵（古称辰州），在离开大城市和熙攘的景区后，心情就像浮尘落地，回复安宁，开始可以细细品味这里的山水与人情。

发现自己一下子就爱上了这个平凡宁静的小城。这小城虽然没有大城市的繁华，却也没有一般县城的脏乱。

这里有我向往已久的龙兴讲寺。龙兴讲寺除了是唐代最早建成的佛学书院，还比四大书院之首的岳麓书院早建三百四十五年，更重要的是，寺内还有我最敬重的历史人物王守仁讲学的虎溪精舍。王守仁当年被谪贵州，在龙场驿站悟道讲学两年后被任命为卢陵知县，归途中就经过沅陵，受辰州学子之邀，在寺内讲授《致良知》一个月，并在寺内留下题壁诗一首："杖藜一过虎溪头，何处僧房问慧休。云起峰间沉阁影，林疏地低见江流。烟花日暖犹含雨，鸥鹭春闲自满州。好景同游不同赏，诗篇还为故人留。"

在诗壁和王守仁石像之间，我坐了良久，遥想这位圣人级别的大学者如何在鸟不生蛋的贵州获得用之不尽的力量和智慧，遥想他如何白天计打土匪晚上静心讲授仁义哲理，遥想他是如何在未得朝廷的支持下几乎仅凭一己之力及时平定了宁王之乱，最大限度地避免了一场生灵涂炭的浩劫。

当天报道工作完成后，我一个人跑到王守仁所说“林疏地低见江流”的沅水河畔。河畔有个供国际龙舟节用的大广场，广场上男女老幼在习习河风中享受着山城特有的温柔夏夜与融乐天伦。

忽然想起自己几年前曾多次来到怀化一带，当时看到的不是麻风病人就是艾滋病患者，虽然都生活在同一块土地上，喝着同一条河的水，但生活的现实是多么的不一样。那时忙于扶助弱患，根本没有机会游览名胜古迹，这次也算是对以前那种缺失的补偿了。

台中的榕树

万物运行，在于引力。但爱因斯坦说，所谓引力，其实是庞然大物的存在造成“时空体”的扭曲和倾斜，时空扭曲让邻近物质“倾向”庞然大物。

在我站在台中文学馆那棵巨大的榕树下时，我就开始相信时空扭曲。榕树远看像一副硕大的竖琴，笔直密集的垂根，就是琴弦。它的存在，对我而言，已经不是一棵树，而是一个改变时空流向的庞然大物。

在树旁精致日式建筑里的“文学餐厅”用餐时，我仍然目不转睛地透过窗户看着外面的榕树。一种沉静凛然的生命生息仿佛穿过玻璃直扑而来，心底竟涌起许多早该淡忘的物事，各种情景像加速播放的影片一般投射到垂根形成的褐色巨幕之上。

最清晰的，是与台中诗人林德俊第一次见面的情景。他说话总是自然流畅得像一颗同时在自转又在公转的行星，声音温润柔和，恰如当时那阵满蘸霞光的海风。第二次见面，已是十四年后，三天前在台北文学论坛上，开始并没认出他来，只觉得很是熟悉，直至再次出现既自转又公转的感觉。

回想这十多年来，世界多少变幻，人事几番折腾，看似的不期而遇，背后无数牵连，每个人的存在，都在扭曲着各自的时空，牵引着不同的人和事。

人与人、物与物、人与物之间千丝万缕的关系，也许正像这棵独树成林的榕树，看似独立的树干，实际只是一个体系的一部分，而这个体系又是另一个更庞大体系的一部分……一个广袤森林，也不过是整个生命之树的一部分。

再次走近榕树，仿佛站在一座宏伟的歌特式大教堂前面，巨大的枝干和整齐的垂根，俨然就是一个个尖拱、拱肋、扶壁和飞扶壁，形成鹰架和肋骨的交错结构，抬首仰望之际，一股似极了宗教式的崇敬感油然而生。

绕树之际，开始西斜的日照正好从垂根之间的空隙穿透过来，就像一双双拨动竖琴的手，闪烁着造物者纯洁而强烈的光芒。我不禁叹而止步，榕树流溢而出的宁静波动让身体成为一个在半空颤抖的铜钟，不停地把一种神秘的喜悦传播开去，成了那一刻唯一的冲动。

我跟林德俊说:“这树真像是台中的圣殿，有这样一个文学馆真棒！”他说:“文学馆本来就是围绕这棵树建立起来的。许多室外的文学活动都是在这棵树前的空地上举行。”

看来树木除了调节气候、供人乘凉外，确实有一种特殊的牵引和魅力。

古罗马的老普林尼就认为，“树木自古皆为神灵的圣殿。林木的沉静常让人膜拜，个中虔诚不亚于对黄金象牙神像的供奉。而不同的树由不同的神祇所司，如栗栎之于朱庇特，月桂之于阿波罗，橄榄之于密涅瓦，桃金娘之于维纳斯，杨树之于赫丘利。”

至于榕树，大概是因为不见于地中海地区，似未受诸神的青睐，倒是十世纪的阿拉伯史学家有过这样的描述:“那高崇的巨棕（孟加拉榕），枝叶向上生长的过程，又下伸枝条入地扎根，一上一下，上下交织，颇有生命轮回的象征……”孟加拉榕树是印度苦行僧和圣人们的冥想圣地，想必也是因为其散发的巨大气场。

在台中的最后一天，走进东海大学校园时，我先被那座造型酷似帆船的路思义教堂所震慑，继而惊叹于榕树夹道的“文理路”。那里的榕树虽然没有像文学馆的那样肆意生长、扭曲时空，但与整个校园融为一体的一大片榕林，同样让人生起那种对“神灵圣殿”的崇敬感。漫步其中，甚至开始怀疑时光的流动正因此变得散漫，而这种散漫竟带着一丝淡淡的离愁。

榕树不但加深了台中的印象，甚至加深了我对时光的感伤。

半山小住

刚从山上的小公园下来，赤足走在柏油路上时，雨点噼里啪啦掉了下来。朋友连忙抱着头往前冲。

看着两人的背影消失在弯路之外，眼前是一片黑润的路面和边缘上明亮的黄线，回首来路，也是另一片同样的路面，只是弧线是反过来的。就在那一刻，我站在一个反“S”的中央，虽然雨线越发紧密，虽然狗尾草丛间的小瀑布越发湍急，我的脚步却偏停了下来，风雨拍打着本已蓬乱的头发，顿觉内心无始以来的思绪狂潮仿佛在一瞬间哗哗退去，一股不可动摇的平静如孤峰兀立，只是有点高处不胜寒……

这次是跟朋友来到了某地一个半山别墅区小住两天。先是被那房子的宽敞明丽吸引，出了客厅却就开始为那个有着小桥流水草亭细竹的后花园大为惊叹。

中午，女主人在花园的菜圃上摘了些粗生粗长的番薯藤给我做菜。那些看上去卖相欠佳的番薯藤用酱油随便一炒，吃在口里却已有着沁人心脾的清香，仿佛真有天地五行的丝丝能量渗入肌肤骨髓。久居城市的朋友们对此赞不绝口。我想起隐居瓦尔登湖的梭罗，在太阳还没升起时，摘起自种的草莓，和晨露一起放进嘴里品尝，他感叹说：“城里人每天吃许多称为‘草莓’的东西，但也许很多人至死都没有品尝过真正的草莓。只有刚从地里摘起来吃的才是真正的草莓。”我们平日在城市里吃到的番薯藤，其实也不过是一些称作“番薯藤”或者看上去像番薯藤的东西，但绝对不是真正的番薯藤。

饭后在公园里散步，随手在路边摘个半生不熟的芒果，酸涩无比，却有着一股沛然生气渗入舌尖直透脊背。人类想来真是奇怪的生物，把一切都弄得那么复杂，把地球搞得天翻地覆，回头一看，其实最美妙的还是最平常最简单的东西。

我在雨中赤足走回别墅，朋友们已搬了木凳围在亭里，看到我马上招手叫过去泡茶。两杯下肚，风吹细竹，雨打亭木，朋友忽问："以后我们一起退居此处，你以为如何？"我抬头见青山隐现在烟岚之间，嘘一口气说："真是个好主意啊！"一阵雨点穿过竹叶打在我那几乎湿透的衣服之上，心里在想，许多人过着的不过是称为"生活"的死活，许多人吃着的不过是称为"食物"的毒物。

法国小镇的笑脸

下午四点半的阳光用阴影把东西走向的一条小街切成稍稍倾斜的南北两片：北墙被晒得光亮而粉艳，像刚出炉的法式棍包；南边一列排开的水果蔬菜承着北墙返照，在阴影的衬托下显得越发娇红滴翠的，像暗室里的玉石宝珠。

我在斜坡上远远地被这景象吸引了过去，走下去才注意到街头立着一个满头鸽粪且鼻子被砍掉的一个大理石头像，像下刻文让我心头一震：Henry W.Longfellow。美国大诗人朗费罗为什么会来到芒通（Menton）——这个法国南部小镇的呢？我对着头像拍了几张照后，用蹩脚的法语问坐在石像旁的一位中年男子。那位绅士耸耸肩摊出两手，“Je ne sai pas！（不知道）”继续享受那地中海风中的醉人阳光。看着朗费罗那个让人伤感的空缺的鼻子，想起英国诗人叶芝是在芒通逝世的，忽然对这个自己阴差阳错事不得已而路过的小镇感到一股敬意，许多艺术家、作家和诗人跑到这里，尝试从这里美丽的海滩和蓝天吸收灵感的养分。也许这位不晓得Longfellow是谁的绅士也是在阳光中吸收自己所需的养分，以便在布满荆棘的人生旅途上继续前行。“心在胸膛中，上帝在头上／圣哲生平常激励／人生当可更高尚。”想起诗人那些鼓舞人心的诗句，不觉昂首长叹：“我向空中哼一支歌／它自半空落下，却不知音陨何处／谁可看穿虚空／看到它飞行的轨迹？”

我穿行在那条迷人的“水果街”上，低身拍了几张光影和颜色都反差巨大的照片，在街中央背对着朗费罗低头查看片子的曝光情况。这时，一个十三四岁的小女孩侧身仰脸在前面冲我一笑，天真中带点羞涩，说：“Bon jour，Monsieur！”蹦跳两步后夹着清脆的笑声扬长而去。我回了句“Bon jour！”后愣在那里，不明白她这是什么意思，但她那甜美的笑脸仍在我心里荡漾；而那双清澈无尘的眼睛，叫我想起百米之外的那片蔚蓝海岸。

看着她那条嫩黄透亮的小马尾在阳光和阴影间左颠右摆，明灭闪烁，不禁吟道：“而那支歌，音步明快 / 我和它擦身而过 / 在一张远去的笑脸之上。”

注：文中所吟的诗是笔者随口改自朗费罗的名作 *The Arrow and the Song*

蔚蓝海岸走马光影

从尼斯机场到火车站的大巴上，第一次看到让人眩晕的地中海蔚蓝海岸，心随着半空中滑翔的海鸥飞扬不息，阳光、海滩和笑脸，隔着车窗，也恍如隔世。

因有要事在身，拍照只是此行奢侈的余兴节目。所以携带的器材简化再简化，只剩下一部 Olympus 的小型单反 E-400 和 14-54/F2.8-3.5 镜头。E-400 是奥林巴斯专供欧洲的一个空前绝后的机型，流落亚洲多年后重返欧洲大陆，也算是适得其所。

欧洲人生活悠闲，自不待言，而我经尼斯（Nice）到芒通（Menton），所到之地，皆是富人度假之处，闲情逸致仿佛已自心底伸展到四肢百骸，甚至蔓延到城市的每一个角落。在这里，你自然就要放慢脚步，把脸轻轻抬起迎向阳光，让地中海醉人气息沁入你的呼吸。

这里自然风光和人文风情都很优美，而我更喜欢拍人和他们的生活。当你被一个动人的瞬间所触动，你拿起相机计算设定一番后按下快门，也许一切都已经改变。你也许能在某一场景预测到某一件美妙的事情将要发生，但你不能控制行人的方向，也不能拨去阳光前的乌云，画面也许会出现瑕疵，也许你会大失所望，但也有可能出现意想不到的神来之笔。对我来说，摄影的魅力正在于此，在于你完全不能控制正在发生的一切，但你可以改变你的视角，改变时间的维度，可以移动世界的边界，可以延伸想象的空间。你的心需要无比宁静，但你的头脑要高速旋转，你的双手得敏捷准确，你甚至要对手中相机的快门时滞了然于心。在按下快门的那一刻，你的心脏忽然在狂跳之中戛然一顿，而这时，画中主角也许已听到反光板声响，你该冲对方一笑，如果对方有空，你该把照片回放给他看，在他的笑容里，你可以看到一个美丽的句号；如果对方对你的笑脸保持漠然甚至皱上眉头，你可以选择道歉删相或拔腿撤退。一切都在未知之中，但在一切神秘的未知之中，也许会留下永恒的一刻。跟人生一样，我们只能做好力所能及的一切，结果如何，自有天意。

来到芒通，我才真正领略到旅游小城的真正含意：宁静却生活方便、整洁却充满人情味、历史悠久却鲜丽明艳。穿行在市区附近的小巷，真有一步十景之妙致，而在步移景迁之际，在人来影往之间，自有足以永恒回味的交错。

事情办完后回到尼斯，穿过红色大道，当我面朝大海，不禁为之迎风举臂高呼。那天的海岸上层层叠叠铺陈着各种青色和蓝色，仿佛是上帝的蓝系调色板倾泻在地。

在温暖的阳光和柔和的海风中，我几乎不想张开眼睛，一切都美得像假的……

天使与圣地

上次来尼斯，那是夏天；这次是冬天。

上次最让我印象深刻的，是阳光中无故冲我嫣然一笑的小女孩。想不到的是，这次当我走下机场大巴在地图上找民宿地址时，迎接我的竟又是两位天使般的小女孩。

她们从一所学校门口走来，既欢悦又兴奋地用英语问我是否需要帮忙，然后用法语告诉我该如何如何走。其实，我已从地图上找到了她们告诉我的路线，但却被她们脸上满溢的笑意和空中回荡的笑声所感染，以至于拖着行李走向要入住的地方时觉得自己是在走一条通向天堂的喜悦之路。

我们要跑的第一个小镇叫圣保罗。当汽车蜿蜒向东，我远远看到那座在地中海岸拔地而起的山镇，看着那个方形的堡垒钟楼，觉得西方人真有意思，除了教堂，也喜欢以圣人作地名。如圣保罗、圣马丁、圣丹尼斯、圣彼得、圣马力诺……可以是首都、城镇、小区，也可以是街名。这些地名常让我好奇，让我想知道这些圣人和这些地方的关系。有许多以神祇或圣人的地名是有史可考的。如雅典是因为它的守护神阿西娜（雅典娜）；高卢人喜欢彪悍骁勇的男子形象，故以引起特诺伊战争的英俊男子命名巴黎市；西班牙人以自己军队的守护神、传教士圣地亚哥作为智利首都的名字……有时候，这里头并没有任何能用逻辑解释的关系，但能让人觉得处处皆是圣地，也提醒人们内在不可磨灭的神圣质量。

记得我们在巴黎时跑到一条欧亚人混居的旧街拍照，据巴黎影友的介绍，人文摄影巨匠布列松就在那里拍出许多传世佳作。但当我提着相机走了一段，不觉莞尔一笑，心想：来这里的恐怕根本不会记得布列松。因为那里不但东、西方人混杂，更重要的是，它是货真价实的色情一条街。而那街名叫圣丹尼。经过一间生机食物店后看见一间小教堂，同伴站在教堂凝视半晌，戏说："人们来这里吃了生机食物好去寻花问柳，完事后也可以到教堂忏悔一番。还真是考虑周全，服务一条龙啊！"但我对自己说："这仍然是一片神圣的土地。不然，如何让布列松拍出如此美妙的作品呢？"

无论在哪里，总该提醒自己，这是一个神圣的世界，尘世就是天堂，如果自己的心居于喜乐之中。

圣保罗和埃兹

尼斯附近有很多有意思的小村镇，如圣保罗、埃兹。

圣保罗是著名的艺术村，但那里最著名的其实是夏卡尔（马克·夏加尔，俄罗斯裔法国画家、版画家和设计师）的墓地。他的墓很好认，鲜花放最多的就是。除了因为他的成就高、名气大，或许跟他美丽的名言不无关系。他说："生命的终点只是花束。"夏卡尔是画家里的浪漫诗人，喜欢画爱情，喜欢在画中飘于半空轻吻其安详娟秀的妻子，喜欢画俄罗斯的故乡风物……当我从城墙上往墓地俯拍了一张照片，一条沾着阳光的山路以六十度角伸展开去，在画面的三分之二处戛然而止，与波光帆影相间的蓝色海面遥遥相望，其画面分割倒是有点像他的名作《我与我的村子》，只是相互凝视的不是人和牛，而是墓地与庭树。

随着城墙过了墓地，往北一看，阿尔卑斯山的皑皑白雪映着冬日阳光，越发清冷如寒镜新洗，空气纯净得让人觉得身体已变得轻盈而透明，开始明白夏卡尔那种浮于半空的幻想，是那么的真切。对诗人来说，这比别人看到的世界还要真实……

要说夏卡尔像诗人，尼采就更是诗人了。

数天后，我们去了埃兹，那里以天价古堡酒店著称。从高山俯眺蔚蓝海天，确是一绝。但我更感兴趣的却是那条"尼采小径"。尼采一生中最重要的著作正是在埃兹写成的。

埃兹古城螺旋而上，造型奇特，当地人称之为"鹫巢山城”，实在再形象不过了。

穿过一条条四通八达、左穿右插的山巷，沿着斑驳的石墙拾级而上，我们到了一个种满仙人掌并竖着一系列袅娜美人雕塑的“奇异花园”。站在城堡残垣之下，已是埃兹村之巅。往西南望去，几个海岬及半岛犬牙交错向地中海伸出。这时已是下午四时，阳光斜斜地透过排云照在鱼鳞般的海面，仿佛是天堂垂下了一层层氤氲神秘的白纱。往钟楼那边看下去，一条小径隐显于林木和房屋之间，应是尼采小径，想起尼采在《查拉图斯特拉如是说》中经常提到的“幸福之岛”“美丽的海岸”“水手”“没有深度的海”等事物和意象，一定是从这里的景色而来。

美，总是神秘的。

“万物均为诸神的舞蹈，是诸神的嬉戏，世界自由而无限制，一切皆归真返璞。”查拉图斯特拉如是说。

巴黎地铁

从尼斯坐夜班火车，一大早就到了巴黎。

从度假胜地到国际大都会，从蔚蓝海岸到灰色城市，温度改变，纬度改变，更重要的是，心境也在改变。

火车站外，巴黎市在雨雾中漠漠茫茫一片，灰寒彻骨。

钻进地铁站，乌黑一团，是乘客们身上的衣服。车厢在晦暗的隧道中行进时，车窗玻璃的反映中，一群白人的脸在衣服和隧道的灰黑中像幽魂般浮动，才明白自己以前根本没有真正理解庞德（Ezra Pound）那首名诗《巴黎地铁站》："人潮中浮现的脸庞 / 花瓣落在湿漉漉的黑枝上。"

"湿漉漉的黑枝"指的除了地铁站的昏暗，还指巴黎人喜欢穿的黑得发亮的衣服。

巴黎，同时有着地上和地下的两个世界。地上，是十九世纪中叶整改后保留至今的法兰西王朝开敞的西欧文化首都的恢宏气象。而在地下，却是地铁和下水道的世界。巴黎的地铁网络和下水道都是世界首屈一指的工程成就，也是当地人最引以为傲的。有人说，城市地底的工程才是城市建设有没有远见的最佳指标。

在巴黎的地底，人和污水可以畅通无阻地流动。

在地铁世界里，我喜欢驻足聆听来自世界各地的街头音乐表演。印象最深的是一个十人乐队，乐观热情的南美音乐辐射回荡于众多窄长曲折的空间，加上来往匆匆的行人脚步，远远听着，豪迈开阔的乐韵中平添几分豁达融和的气度。有一次，还碰到一个华人抱着琵琶在奏《十面埋伏》，本已高尖的弦音在水管一样的隧道中乱碰，更像金戈铁马仓忙徘徊。看着那位“低眉信手续续弹”的弱女子，仿佛听到她在茫茫人海中无助和挣扎。

几天后，我发现每条路线的情况完全不同。有些路线会有声音报站，但大都不会报。而报站的语句也很有意思。中国人预报大都会说：“我们即将到达某某站！请乘客准备下车。”到站时会说：“某某站已到，有到哪里哪里的请下车。”但法国人却来得极为简洁，不但只剩下站名，连将来式和完成式的表达也不借助动词，直接就利用升降调来传递。如快到 La Défence，“la-dé-fence”三个音呈升调，表示将会到达；而车已缓缓停下，那三个音则呈降调。

在巴黎，地下生活和地上生活缺一不可。

洛杉矶坐车奇遇

旅游指南再三强调：洛杉矶不是纽约，不开车是活不下去的。至今仍没有驾照的我，站在这个陌生城市的马路边，看着呼啸而过的车流，觉得自己是个刚进城的野人。

幸亏这野人还知道“Google Map”的存在。在网站上，我们发现洛杉矶似乎还是有公共交通的。第一个目的地是一间纯素餐厅，解决肚子问题。设定出发地（机场附近的一家酒店）和目的地后，网站给出了公交的路线建议。看起来很简单，转几次巴士就到了。那就出发！

第一次转车，因地名不熟，提早下车，走了好长一段才找到第二辆车。第二辆巴士真是长路漫漫，司机竟没听过我要转的那条巴士路线！我担心网站的建议是错误的，于是又一次提早下车。在车站确认先前的巴士是正确的。再上车吧！

正确的巴士走了很长一段终于在正确的站下车。根据指示，转个弯就能找到下一辆巴士，但是不知是哪个方向。我拦住一位正在慢跑的男士问路。他反问我要去哪里。我说了那间素食餐厅的名字，他想了一下，说：“光坐巴士，我想你是找不到的。我载你一程吧！我就住那里附近。”

饥肠辘辘的我们上了他的车，自然是谢天谢地。那位男士听说我们是素食者，深表羡慕，说他要是素食就不会那么胖——其实跟路上看到的众多胖子比，他是小巫见大巫了，但我还是建议他多吃素。一路上，宾主交谈甚欢，以至下车时甚至有些不舍。

那餐厅是泰式 vegan 料理，菜式相当精致鲜美，觉得千里迢迢来吃一顿也算值得的。下一目的地是唐人街，买一个电源转接器。这一程不用转车，但非常漫长，一直坐到暮色四合。好不容易从本已关门的店里买到转接器，找路往回走。

回去的路线应该很简单，那就是到机场转车。车站上漫长的等待，让我跟一位黑人女士搭讪起来。上车后，黑人女士代我问了司机，原来巴士路线已经变了，这辆车不再到机场，还得转一程。黑人女士路上一直教我何时下车，下车后又应该如何转到机场。坐后面的一位墨西哥裔女孩也拿出她的 Blackberry 手机给我看地图，后来腼腆地问我们是不是来自中国，说她在高中副修的是汉语。我跟她说了几句普通话，她笑得很灿烂……黑人女士下车前特地再三叮嘱巴士司机提醒我们到站，她才下了车。

我们在深夜的疲倦和晕眩中下了车，努力回忆黑人女士关于如何到机场的指示，抬头一看，马路对面就是我们住的酒店！

我们欢呼起来，眼前仿佛显现着一路上遇到的天使的笑脸。

追求自由——Mike在美国寻求庇护

好吧！我得承认，在洛杉矶没有车是不行的。

于是，我们在第二天就包了一辆车。司机是刚从长春移民过来的年轻人Mike。谈及中美差异，Mike认为在这里混口饭吃容易多了。他认为在这里处处都有受到尊重的感觉，不像以前经常觉得自己的存在仿佛就是一种错误，会对国家人民造成阻碍。他觉得，这里的社会制度让他更有安全感。他说，来到这里才发现，过去在报章、电视上看到的美国经济和社会问题，大都是扯淡。他认为，美国人一天到晚都在媒体上喊穷，其实相对中国大众，生活轻松太多了——所谓的经济衰退对大多数人根本没有太大影响，至少对他认识的人根本没什么影响。

“不断喊穷，只是希望在国际上捞取更多好处。这就是美国人的实用思维方式；不像中国，老百姓穷得叮当响，却喜欢向全世界耀武扬威，什么大国崛起！什么经济软着陆、硬着陆，根本都还没有起飞过嘛！把子孙的自然资源贱卖出去，便说什么经济奇迹。人家媒体渲染中国强大，制造威胁论，内地的人就真的相信自己国家强大了，拿着人民的血汗钱到处救助老牌资本主义——人家老百姓的生活水平比中国好上何止十倍！人家早就在心里想好吃定你的计划了，冤大头还感到特high、特自豪。”Mike一边依着GPS在高速公路上往南驾驶，一边掰他的见解。

“这就是你决心移民到这里的原因？”我问。

“是的！我大学毕业都十多年了，在内地连买个像样一点的单位房都遥遥无期。你看我现在只是暂时做个包车接送业务，几年下来买一所房子也不算难。以后我有机会做回老本行，应该会更好一些。我以前是做舞台灯光的。”

“是啊！好莱坞的表演行业那么发达，你的专业应该有用武之地才对啊！”我问，“你是用什么方式移民过来的？”

“嘿嘿！”他嘴角露出一丝俏皮的笑意，说，“我跟老婆先以旅游的方式过来，然后寻求政治庇护。”

“哦？难道你是异见人士？在内地干了些什么？”我笑说，不禁重新仔细打量了一下身旁的这个小伙子。

“哪里！我其实连一个愤青都算不上。我们寻求庇护的理由很简单，那就是计划生育政策。我说，生多少孩子是我们的自由权利，应该得到保护。没想到，法院很认同我们这个说法。所以我们就留下来了！”

水晶大教堂

和司机Mike闲谈不断，汽车一路南行，不久就来到橙县。但我去的不是迪斯尼，而是水晶大教堂（Crystal Cathedral），一座曾被《时代》杂志评为全球最有影响力、感染力和奇观度的建筑。

在宽广的露天停车场停下来，出现在面前的，是一块明亮凌厉的巨大玻璃外墙，如刀片一样插在地面上，玻璃反映着南加州的清透晨光和蓝天中稀薄的白云。这座教堂由巨大的钢架和一万多块玻璃构成，明亮简洁，给人一种超越时空的轻盈而庄严的肃穆感。站在它面前，似乎感受到一股自信由心生起，自觉一定能克服一切障碍，仿佛已站在乘风破浪的船头，看着遥远的海岸线，心胸在无限扩张……

最吸引我们的是主建筑旁的一座高塔，远远看着像一把巨大的利剑从天上扎到地面。绕到塔下，才见到一根根钢箭指向底下的一个圆顶小房。看起来像是个祈祷室，里面有一个刻在水晶胶里的耶稣像，从立方中伸出来的圣手却被什么人打断了。想到最近这个教堂破产的消息，嘀咕着是不是债主们干的“好事”。

走进教堂主体，我马上明白建筑师的真正意图！他其实是充分利用加州充盈的阳光作为节约环保的照明，让人在蓝天之下参加崇拜！在我看着前面那座巨大的管风琴时，一位年迈的义工走过来向我介绍：“这个管风琴有二百八十七个鼓风管，一万六千多根风管，规模排名世界第五。它演奏起来响彻云霄，震撼非常！”这位老人家开始讲解教堂的结构，说那过万块矩形玻璃窗格都是用硅酮胶水黏在钢架上，作为基座的各个石礅和力柱之间都没有焊死，这样使得整座教堂能承受八级地震和每小时一百英里的强风。

老人家介绍完主体建筑后，把我们带到旁边的钟楼，沿途碰到人就介绍说：“他们是来自中国的朋友！”语气中不无兴奋之情。在二百多英尺高的塔顶，我们俯瞰橙县的秀丽景色，颇有临风振翅的幻想。塔旁有一画廊，里面有近百张关于《圣经》故事的油画，据介绍这是一位华人画家的捐赠。旁边一位女士指着我们，笑说：“这可是你们中国人的‘财产’！得好好多看几眼。”我才明白那老人家为何说起中国人那么兴奋。

画廊外有一水池，池上是耶稣行走水上的铜像。铜像的脚底刚好贴着水面，大袍迎风飘扬，跟主建筑一样，给人神圣而轻盈的感觉。

接着，老人家带我们到WC。这WC可不是厕所，而是Welcoming Center（在美国，没有人说WC，也不说“toilet”，而是“restroom”）。楼上是关于水晶大教堂的历史展。而我记住的，倒是大堂墙上的一句话：“If you can dream, you can do it.”

是的，既然已经出现在你梦中，何不将之实现？

燕子教堂的废墟园林

从水晶大教堂出来，作为不去迪斯尼乐园的补偿，我们去坐了一趟免费热气球。因为那是升上天就定在那里不动的，感觉只像坐透明升降机一样，儿子却显得兴奋不已。

下一站是燕子教堂（Mission San Juan Capistrano）。沿途是最典型的西部片景色，黄沙碧天，白墙矮树，仿佛随时会从山腰小路处转出一匹马，马上一位荷枪戴帽的牛仔。教堂所在的小镇San Juan Capistrano过去是橙县的重镇。就像电影中的小镇一样，小镇其实就一条大直路，路两边是挂着木制招牌的商户。那位想象中的牛仔在前面的酒馆下马，推开腰门，把酒馆中的脸冷冷地扫一遍，才在吧台前坐下……

小镇大路的尽头就是燕子教堂。拱门之上、十字架之下，白墙上写着“Jewel of the Missions”（传教教堂中的珍宝），可见其江湖地位非同凡响。这些所谓missions，其实不是一般意义上的“教堂”，是西班牙军队扛着长枪、带着大炮和传教士扩张领土时军教合一的根据地。因为要解决开荒者的生存问题，这种missions一般是自给自足的，所以农场、磨坊、酒窖等一应俱全。

如果想看宏伟的教堂，特别像我刚从水晶大教堂赶过来，一定会大失所望。因为这座教堂是现存最古老的建筑物，而且大部分建筑也已在1812年的大地震中倒塌。

如果想来看百燕云集的景象，同样会美梦落空。过去两个世纪以来，大量燕子会从阿根廷飞行一万多公里来到这里过冬，所以才会有“燕子教堂”之美誉。但因为全球暖化、河水消失和虫子减少等原因，燕子教堂最近十多年已经见不到燕子了。

走进Mission大门，面前出现的，其实是长满各种鲜美的旱生花草的一片废墟。没错，这是废墟。更准确来说，是由残垣败壁和植物组成的园林。

但是，我很快就被这些残缺的建筑和娇艳的花卉所吸引。沧桑中充满狂盛的生命力！磨坊遗址旁挤满一种同枝异色的红白花朵；大片紫色薰衣草中伸出一朵娇红如火的罂粟花；爬满月桂的破落花架下放一尊洁白如雪的小圣母像；植有几棵仙人掌的破烂大轮马车下，爬着一大片紫色小花，仿佛是从跑得太快的马车上喷撒下来的……

每走一步，都会被某种看似随意的奇思妙想所触动！

燕子教堂的故事

左边一排房子，里面是各种录像和展览馆，介绍燕子教堂的历史和人们在这里的生活。才知道，原来这教堂可是加州现存最古老的教堂。我在心里想，新大陆就是不一样，三百年就成最古老的了。在咱们中国，没有一千年都不好意思提什么历史悠久。

那房子后面是一个酒窖遗址，据说加州的第一瓶葡萄酒就是在这里酿出来的。走在挂满各色花朵的花架长廊，干燥的空气中飘浮着各种芬芳，随着拂面的微风和踏出的每一步，会闻到不同风格的花叶的香味，有的醇厚，有的飘逸，有的让人迷醉，有的教人清醒……在花廊下找张木椅坐下，眺望高瘦的棕榈树和天际白云勾勒出来的远景，时间仿佛已停了下来，脑海中各种离散的影像投映片一样出现在眼前。

穿过一条红砖砌成的走廊，来到一个整齐完整的花园。花园中间是开满睡莲的喷水池，池边一位女士在伞下专心致志地在画架上涂擦。池边画风景的她，当然不知道自己也成了照片中的风景。

沿着围廊，我们走到大花园的另一边，拐个弯就到了一个还在使用的小教堂。教堂小得异常宁静，一进去坐下，不但暑气全消，还仿佛就此与外界完全隔绝了。从彩色玻璃透进来的阳光好像箭一样，把人们浮躁的心钉在这个窄小的空间里。以至我开始思考，细小的空间是否真的有助敛气内定。沿小教堂门前有一条拱形甬道，到了一个更为精致安静的后园，其花卉显得更为清雅整齐。

绕过一堵巨大的残壁，回头一看，就是当年倒塌的“巨石教堂”。从遗留下来的“U”形残壁和半个穹顶看来，这个“巨石教堂”相对刚才的小教堂，确实是巨大无比了。看着那些拜占庭式的巨大石柱，往“U”形底部的那半个穹顶走过去，一种撼人心神的岁月沧桑感从中涌出。虽然头脑告诉自己，不过二百多年，仍不禁默然良久。据说，以前那些燕子就是从一万公里之外飞到那半个圆穹下筑巢而居。传说在二百多年前，一位少女正手持蜡烛走在弥撒队伍前面，忽然大地震动起来，大柱在摇摇欲坠。本可逃离的一位少年为了救走里面的小情人，冲进沙尘滚滚的教堂……震后，人们在巨石和瓦砾之中发现了两具紧紧相拥的尸体。据当地人说，每到月圆之夜，人们都可以在那里的月光之下看到一张俏丽的少女的脸，仿佛是被烛光所照亮。

这时，一只乌鸦飞来，停在墙上十字架之上，啼叫几声，似乎在呼唤废墟所掩埋的所有故事。

圣地亚哥的 Loving Hut

从橙县沿西岸高速公路一直南下，全速开往圣地亚哥。我们本想直奔目的地——巴尔波亚公园（Balboa Park），但是儿子一路上严重抗议，吵着要先吃饭。

我只能拿起司机 Mike 的 iPhone 上网查找圣地亚哥的 Loving Hut。意想不到的是，圣地亚哥竟有三家 Loving Hut！这家国际连锁纯素餐厅在三四年间遍地开花，全球已达三百多家。这绝对是环保运动和素食推广史中的一大奇迹，对我们这些素食者来说，更是莫大的福音。

赶到那餐厅时是下午四点，离晚市时间还有一个小时。Mike 建议在车上休息一个小时。我笑说："让我看看去！"

我往玻璃门内张望一下，向出来的一位越籍女士说明我们的情况。她露出了热情的微笑，说："你们千里迢迢来到这里，快进来吧！大厨没上班，但我可以给你煮碗云吞面。"

坐下不久，桌上就摆满了春卷等点心，儿子左右开弓，快把嘴都塞满了。一会儿出来一位讲普通话的女服务员，完全没有客套话就聊了起来。

Mike 拉一拉我的衣袖，轻声问："你们跟这里的人都很熟？"我先怔了一下，才想起非素食者确实很难理解共同理念下四海之内皆亲人的情感，说："我们跟他们都是第一次见面。"Mike 吐一吐舌头，说："好玩！"

吃完点心和云吞面，大厨也为我们提早了半个小时开火。

一碗越南汤河粉端上来，把Mike吃得满头大汗，说：“我真的吃不出来这是荤是素的了！”我尝了一口，也被那种仿荤的“牛肉”腥味吓一跳，赶紧往里面放柠檬。

那位带台湾口音的女服务员跟我们说，这里的大厨非常有创意，客人都很喜欢他用天然材料调配出来的味道。她来这里工作，其实是在当学徒，几个月后会在另一个城市开一家Loving Hut。

Mike说这是他第一次到素食餐厅吃饭，原来素食可以做得很好吃啊！“我以前真的从来没有想过，食物的选择对身体和地球竟然有那么大的影响。你们说的那种生活方式，我回去一定会尝试一下。”

在风卷残云之后，我付账时才发现，原来那位越南女士不但给我们免除了前面的点心和云吞面，还打了个八折。这时，整个餐厅已坐满了客人，那位女士肯定也在厨房里忙个不亦乐乎了。

一股暖流袭向心头，我已来不及向她道谢，只可在出门回望之际，向那些传播爱和光亮的人们致以无言的祝福。

情迷圣地亚哥

巴尔波亚公园（Balboa Park）是圣地亚哥的后花园，占地竟至令人发指的一千二百英亩！

吃完饭赶过去时，已近下午五时，柔暖的阳光斜照在那些豪华无比的建筑上，心知我们是来得太晚了，这公园要逛完最少得一天时间。于是，我们开始了走马观花式的游览。也许正因怀着“一寸光阴一寸金”的迫切感，对眼前的园林有着异常的感动。

公园拥有众多充满西班牙殖民文艺复兴时期特色的城堡建筑，是在1915年举办巴拿马加州博览会后留下的伟大遗产。这些建筑外墙大都涂成泥黄色，雕刻装饰极尽繁复精细之美，在饱吮午后阳光后显出比黄金还要温暖、辉煌的光泽，远远超出了数码相机的色域范围。

那些温暖的建筑，绝大多数是各种博物馆，如艺术博物馆、汽车博物馆、自然历史博物馆、在世艺术家博物馆，等等。艺术博馆内正举办一个叫“From El Greco to Dali”的画展。艾尔·葛雷柯（El Greco）和达利（Dali）之名实在让人垂涎三尺，可惜已经关门，我只能在艺术博物馆附近逛了一圈，隔着栏杆看了一些户外雕塑。

在艺术博物馆旁，有一棵异常巨大的澳洲大叶榕树（Ficus macrophylla），旁边立一块名为“大树的价值”的说明牌，上面的文字很有意思：“树木为我们的大气产生氧气，同时可以降尘、减碳、固土，改善环境，还能为野生动物提供栖息之地。科学家最近归纳出一条关于树木价值的公式：五十英尺以上的大树每年对环境的贡献约为六十五美元；小一些的树则为每年十八至三十六美元。巴尔波亚公园里有约两万棵树，每年为我们的环境贡献约一百万美元。远远超越金钱的是，像这棵澳洲大叶榕树让公园增色不少，为社会增添了历史感，也为我们的孩子留下了弥足珍贵的遗产。”这段话，也许并没有多少不为人知的知识，但把树木理所当然地视作珍贵遗产的思维，非常值得那些随意“发展”、砍伐树木的政府学习和谨记——树木在各层面来说，都是人类社会所需要的。

我们在众多的巨树和金黄建筑间踱步，影子被夕影拉得越来越长，在走向公园出口时，忍不住不停回首细看，如情人离别之际的凝视，仿佛害怕错过颦笑间每一种细微的爱意，只希望牢记用心和光影共同刻画的美丽瞬间，以供日后回忆。

再见了，圣地亚哥！因为明天的 Pasadena，才是我们此行的目的。

古北口小记

老同学曾多次邀我同游古北口，没想到的是，首次登临是在二十年不遇的寒冬。

一抹朝霞像果冻一般凝结在萧瑟的地平线上，没有温度的阳光斜照在晶透的白雪上，就如橙汁轻轻沾在棉花糖上。走过一片白杨树林，绕过一棵山桃树，蟠龙山长城就展现在我们的眼前。确实很难找到比“蟠龙”二字更形象的词语来形容这段延绵东去的长城。

登上第一个城楼，纵目南北，马上就看到古北口蟠龙、卧虎双峰壁立，潮、汤两河穿镇而过，顿时明白地扼襟喉、天窗镇钥的险要所在。这里是辽东平原和内蒙古通往中原地区的咽喉重地。同学说，这是明万里长城中最坚固最雄伟的一段，也是今天唯一完整保留明长城精华部分原貌的一段。

泥黄的城砖，剥落的墙表，枯黄的墙草，凛冽的北风，铺雪的城道，空气干净透亮得像被照亮的钻石，无尽的沧桑和凄寒通过呼吸涌进身体，满目的已不仅仅是皑皑雪岭、连绵山涛，仿佛能嗅到烽火狼烟的味道，听到吹角连营、炮弹呼啸的声音。

随着城道蛇行向东，翻过几个山头，来到一个两层的城楼，楼顶有两个大窟窿。同学说，这就是大名鼎鼎的将军楼，是蟠龙山的制高点，楼顶是在 1933 年的古北口抗战中被日军炸开的。据说，当时三百六十多名国军阵亡，剩下七位勇士挡住了日军极其凶猛的进攻。最后日军被迫调来战机狂轰滥炸，攻破古北口后，日军出于对这七位勇士的敬佩，在山脚下竖立了一块勇士碑。同学感叹着说，这块勇士碑在六十年代被中国人自己拆了，前几年在他的一位朋友的极力建议下才重修起来。

站在将军楼，往东看是一座奇特的二十四眼楼，往西看是峻峭雄奇的卧虎山长城，远远看上去就像电影《魔戒》里高大的城堡，不禁叫人惊叹不已，正如明人唐顺之赞曰："诸城皆在山之坳，此城冠山为鸟巢。到此令人思猛士，天高万里鸣弓绡。"同学在我引项长啸后，指给我看哪个城楼是戚继光办公的地方，翻过山那边就是著名的司马台长城……

这时，太阳已经升到六十度的上空，照在泥黄的墙砖上，在山雪的映对中泛起粉红带紫的奇异光芒，眼前遂呈现一条橘金色的长蛇。

我看着苍茫的远方，想到，明朝空有坚固如此的长城，也无法阻止自己的灭亡，因为真正使之灭亡的是政治昏庸和民不聊生。

沉静的武功山

武功山作为旅游目的地，远远没有像黄山、庐山那么有名，但对古代修行人来说，却是重要的洞天福地。曾到那里修道的，有三国的葛玄、东晋的葛洪、南梁的陶弘景，慕名登山游赏的名人学士有唐代的袁皓、宋代的黄庭坚、明代的徐霞客。

武功山历史悠久，文化源远流长，远自汉晋起，被道佛两家择为修身养性之洞天福地，明朝时香火达到鼎盛时期，山南山北建起了庵、堂、寺、观达一百多处。自唐宋以来，诸多仰慕其名而登山游赏吟诗作赋的名人学士络绎不绝，留下了无数珍贵墨迹，其中最为出名的有宋之黄庭坚和明之徐霞客。徐霞客有诗曰："千峰嵯峨碧玉簪，五岭堪比武功山。"

我是五月登武功山的。当天雾雨连绵，坐缆车到半山，似云中漫步，目不及五米之外，如履仙境。先见一道观，但瞬间又淹没于云雾的波涛之中；偶遇行人，转眼就消失在烟岚的屏障之后。

也许因为空气湿润，感觉那里的氧气和负离子异常充沛，仿佛整个身体都能呼吸、触摸并肆意吮饮大自然的无限养分。同行的朋友感叹说："全身毛孔都张开，肺部也完全打开了。在城市里，它们都是紧闭着的。"

因为能见距离不大，几乎看不到多少远景，远处山峰也只能在变幻的云海中偶然露面，注目的反而更多的是奇松怪石、幽溪飞瀑、青苔紫花，别有一番诗情画意。发现此山从骨子里都透着一股浓厚的道家味道，无论从哪个角度看，都可以框出一幅中国山水画，都有一种混合着沉静和飘逸的仙家风骨。

后来，雨停了，但在云雾中，即使没看到雨点，却依然像在稀释了的海洋中游泳。

仰日虬松碧岩，看到空气和泥土间那种无限迷人的灰调变化，我是多么后悔没有把德国镜头带来……

中秋诗会散记

本来很少出席文学活动的我听姚风说，这是严力办的诗歌节，心中一动，颇有一识韩荆州之意，于是有了九月的北京之行。

在中华世纪坛见面后，才知道严力不但诗写得绝好，做人更是仗义豪爽，是公认的老大。私下交谈中，于捷说："无论我在外面怎么怎么着，在他跟前永远就是司机一名。"在诗歌研讨会上，严力逐一介绍与会诗人，都是说某某跟他是如何认识的，从不提什么地位名衔，也不说谁是著名诗人什么的。感觉就像朋友聚会一样随和。

俄罗斯诗人库普里亚诺夫在把他几首诗的中译版递给我后，读到第二首时已经被镇住了，后来通过翻译介绍，才知道他是今年俄罗俄的年度诗人。把他有中译的十多首诗读完后，就能确认面前坐着的是一位重要的国际诗人。"你的诗很有点耶胡达·阿米亥的味道。"我说。"耶胡达跟我是很多年的朋友了。可惜他早早就过世了。"他伤感地说。耶胡达·阿米亥是当代诗坛的神级人物。被他的伤感所感染，我在心里想："能遇到一个这样级别的诗人，读到几首深刻的好诗，已算不虚此行了。"

就在跟俄罗斯人通过翻译吃力地交谈的时候，我听到身边的美国人梅丹理跟一位中国研究生说到一个熟悉名字，问："你们是在谈波斯诗人鲁米吗？我认为他是地球人类历史上出现过的最伟大的诗人。”梅丹理一听就兴奋起来，伸出一只只有身高超过一米九才会有的大手，跟我热烈地握手。听说我曾经翻译过一些鲁米诗作，他马上从随身带着的小包里掏出一本英文版的鲁米诗选，说:“你知道吗？在美国，卖得最多的诗集并不是惠特曼或者狄金逊的，而是这本英国人翻译的波斯诗人的集子。你做中译时该多参考不同的版本，我手上这本是英文运用得最流畅的，所以也是最受欢迎的。”说到翻译过程中的难处和乐趣，我们更有说不完的话。就在临别时，他还再三叮嘱一定要把我译的中文版寄给他看。

伊朗苏非诗人拉菲兹在研讨会上就用一种叫“满月”的鼓吟诵他自己的诗作，可谓技惊四座，估计中国诗人们心里都为自己干巴巴的朗诵有点自惭形秽了。想起唐宋的吟唱之风，更是感慨万千。拉菲兹说诗歌在伊朗人的生活里是重要一环，每个有点文化的家里都放着很多不同的诗集。

韩国女诗人罗喜德跟我说，现代诗在韩国也很受欢迎，有一些诗集可以卖上百万册。我听后瞬间石化了。

草原掠影

“今天早上天空依然很蓝，阳光开始浸染雪峰，而西方的天空中有些乌云。空气清净无染。在那样的海拔之上，群山显得近在咫尺。它们淡然独立，你有一种奇特的感觉，感觉它们很近，却又与你隔着广袤的距离。当你凝望它们，你可以感知到大地的绵长悠久与你自己的短暂渺小。”当汽车沿着迂回的公路往上爬，司机说这是从坝下翻到坝上去了，看着窗外巍峨翻腾的山脊，我不禁想起克里希那穆提的一段话。

塞外山峦早已在亿万岁月之中打磨得浑圆光滑，就像一个紧黏一个的手工面团，上面铺满了坝上特有的五彩斑斓的植被。这是一个亘古而常新的世界！司机于师傅说，几天前，山上还是茵绿一片，中秋一过就像换了一套衣服。他问我要不要停下来拍照，我说不用了，这些颜色已经完全超出了相机所能记录的色域范围。面对壮观的山林云海，固然欢欣雀跃，但同时不禁会感到一点胆怯。大自然的宏丽开阔，足以撕碎小我的一切执着。面对让人窒息的美，就像站在悬崖之上，需要做出信念之一跃，你才能融入其中。但那对所有人来说，都是极端的考验。所以，并没有多少人真正敢用心去体会大自然的美，取而代之的是用言语去感叹和描述，后来连语言都省了，直接用相机去框限大自然，希望用一个影像去安抚内心在大自然中的无力和不安，希望以此显示自己真正看到了那座山。“描述永远不是被描述的事物。我可以描述那座山，但描述不是山本身，如果你困在描述当中，就如大多数人，那你就永远看不到那座山。”

塞外风光对我来说是应该算是一个新鲜的体验，但当汽车在一望无际的黄色草原中穿行时，却有一种莫名的熟悉感，以致我差点从座位上跳起来：这跟美国加州的风景几乎一模一样嘛！结果，相似的还不光是风景，连际遇都跟在加州是一样的：黄昏时走进一条废弃旧路。根据偶尔出现的手机信号，路是对的，但前面死黑一片，天上倒是星光灿烂。

好不容易从颠簸不堪的小路上走出来，却碰上了上千辆运土豆的货车大塞车。车上几个人饥肠辘辘，于师傅带我们去几个地方投宿都扑了个空，说是淡季生意不好都关门了。途经闪电湖时，看到一轮硕大无比的十六圆月从湖上升起，如冰似玉的洁润光辉倒映在微波之上，轻轻地摇曳着，仿佛开阖着的双唇微颤，诉说草原上凄冷的传奇。

在几近绝望之时，于师傅把一个湖边农庄的大妈喊醒了，我们带着自己的锅、碗、刀、砧、面条入驻厨房张罗晚餐。于师傅对满脸讶异的大妈说：“我们是吃素的，不吃肉食、鸡蛋，爱护小动物。你说这好不好？”满眼惺忪的大妈笑说：“那敢情好！”

石榴城印象

到西班牙，没去巴塞罗那而选择了格拉纳达（Granada），因为那里是诗人洛尔迦的故乡。

一个糅合伊斯兰教、犹太教和基督教文化的城市，行走其间，总有时空错乱的感觉。

从房东介绍中得知，我们到达时刚好是Feria de Corpus Christi狂欢节的最后一晚。于是一行四人就不知怎样跳上了开往郊外的大巴。车上挤满了穿着艳丽的年轻男女，弥漫着浓厚的荷尔蒙气息。下车看到几排巨大的帐幕，灯火通明，强劲的音乐震耳欲聋，原来这里的年轻人，每年都穿着最漂亮的衣服到这里跳几晚舞。那些音乐我很快就开始受不了，但手拿相机，还是很兴奋地抓拍人们的神情。他们不但不避镜头，见有人拍照，还会抖擞精神，忘情舞蹈，自然潇洒。

这里的人大都不穿名牌，但衣服的面料和手工都相当不错，无论是传统还是新潮的款式，都显得简洁清爽，最华丽的装饰往往是脸上开朗的笑容。

第二天晚上，在古城里散步，左边一排是明亮的餐饮店铺，右边则是幽暗的护城深涧。不一会儿，看到深涧之上一条青苔斑驳的石桥，桥头放着一盏小夜灯，灯旁坐着一个男人，长得像是有络腮胡子的白人版钟镇涛。前面一个小摊桌，桌上两件白色T恤和几叠小卡片，都印着一些诗句。他说这都是他自己写的诗。他知道我们几个人是为了洛尔迦来到这里也很高兴，还教我们该怎样去他的两处故居。

我对他挑灯卖诗的行为表示赞赏。他笑说自己来到这个城市好几年，一直以此为生。过桥道别前，我忍不住买了一件T恤，上面写着：“扛着这一袋骨头，有时挺累的。”

回澳门后，每次穿着那件柔软的纯棉T恤，我就想起桥头的小夜灯和灯旁的帅哥，希望他能写出更好的诗，更希望他的诗卖得更好。

有一次看着朋友买石榴，才想起石榴的英文跟“Granada”可能是同根词，上网一查，才明白自己去的就是石榴城，一个滋养诗人和诗意的城市。

时 评

和谐非单调

和谐社会可以说是古今统治者和人民的共同理想。但理想不是光靠口号所能达到或接近的。中国几千年十多个朝代所追求的或许也就是一个和谐稳定的社会。但很明显，我们的祖先都失败了。根本问题是缺少社会协调的体制。

“和谐”在音乐上指的是高中低音呼应协调，而在社会上也当是高中低层人群的沟通协作。没有社会是完美的，所以要是只有一种上层的声音，那是单调的而不是和谐的社会。真正的和谐社会应当有由上而下的政令、由下而上的诉求，也要有由上而下的回应。

有人以为不同的声音就会造成社会的不和谐，对此讳莫如深，如临大敌。也有人认为威权是民主自由的公敌。而我却认为，各种不同的声音和主调威权的并存才有真正的和谐。没有言论自由是单调，没有威权是混乱。单调的社会制度几乎完全没有自我修复的能力。很多独裁统治和王朝时代的落后与苦难前车可鉴。

而没有威权的社会如百足之虫不知其首，台湾地区和菲律宾就是活标本。而在英美，高度的威权和高度的言论自由是相辅相成的。报章和民众可以对铁娘子或小布什极尽讽刺和挖苦之能事，但领导人说要打哪个国家就打哪个国家，要换哪个官就换哪个官。这种社会在我眼里是比较和谐的。它们的富强不正来自于和谐吗？

审视当今港澳社会，虽然还存在各种的不足，但在我看来也是很占优势的。有相对高的威权，也有相对高的言论自由。

但当权者还是须谨记和谐非单调，广开言路、集思广益、从善如流、藏富于民方为长治久安、明哲保身之计。而作为市民，除了表达自己的诉求外，或许也得想一下：不要问社会为自己做了什么，而要问自己为社会做了什么。

让人心寒的“废除中医”运动

身为一个中国人，有时真要为此感到无比的难堪。

正在韩国继“端午祭”后拟将中医改名“韩医”申遗之际，内地正在为是否该把中医排除在国家体制外闹得不可开交。

事情是这样的：一位学医三十年的张教授在网上说中医是伪科学，并发起“征集促使中医中药退出国家医疗体制签名公告”的签名活动，一时间无数“科学斗士”都站出来批斗中医。

张教授若是为了“钱途”向利益攸关者卖乖逞能，虽难算高尚，但想想人家花了几十年的青春却只得了个寒酸的教籍，也算其情可悯。但众多知识分子竟像红卫兵吃了摇头丸般对老祖宗几千年的经验积累一竹竿打倒，中国哲学和科学理念的错误灌输已到了让人心寒的地步！——这种内部的去中国化的威胁远比陈水扁在台湾干的来得可怕。

事实上，他们的反中医言论把在宝岛持“台独”意见的网友都看得目瞪口呆。有人留言：“哥们狠啊！不过我确实不想跟这伙人同称是一个国家的人。”

许多反对中医的依据是自己或亲友的疾病在中医手下如何加重或无助。持这种意见的名人，过去有鲁迅、胡适，当今有打假“百晓生”方舟子和网上第一“剽悍”名嘴罗永浩。其实看病谁也管不了你一定能治好，庸医自古比良医多。上山没碰过老虎不代表老虎不存在。

而从不上山的我却遇过一些大虫：本人虽绝少生病，却见过几个红光满面、妙手回春的中医师。其中一位还是根本没有执照的年轻人，他的医术是祖传的，看病却不是他的职业。

他第一次见病人，把脉后就把病史和当下身体状况如数家珍般罗列出来，讲得比医院的病历还清楚。据他说，中医是活的科学，所有人的病历都记载在身体里；治病要根据当地的气候和个人的情况；所有药材要医师亲自检验产地和药质。他认为如今许多大学里教的中医很多都是刻舟求剑的理论……

假设我看了几次西医都没治好，我就武断地认为西医那套全是骗人的，我也未免太不科学了——虽然我确实持此态度。

今天你被指代了吗？

最近看到一段新闻，说什么“日本推出色情版《大长今》引起中国网民愤怒”。

日本的色情业无孔不入，确实不可取。但中国网民的性格我是比较了解的，觉得这“愤怒”来得蹊跷，故专门跑到最大的几个论坛看了一下，相关帖子几乎没有一位网友就色情版《大长今》发表愤怒的言论，反而每人都在说：凭什么说我愤怒？——倒是有很多人因为找不到相关的 BT 种子表示愤怒。

大家可以批评这些中国网民并不太高尚，但我对谁有资格代表他们表态深感不满。

指代，社会上最重要的概念之一。但也许是太重要了，成了政客和传媒玩弄的最佳对象。某官员在某地获膺什么“风云人物”，回来兴奋地说：“荣誉属于所有市民！”你不禁奇怪：风云人物只是个中性词，要是有人把全城贪空，一样是风云人物，这“荣誉”也要全市人民承担吗？传媒经常会有诸如“全城欢庆 ×× 节”“全城为 ×× 哀悼”等标题——而且一般还是头条。正常头脑的第一反应是：谁在代表我发言？那感觉就像来了个你不认识的女人告诉你，你要为她肚子里的小孩负责任。

我们经常被莫名其妙地指代了，仿佛某些人天生就手握天下人的印章，他们可以拿着你的印章到所有票站代表你投票，而且他们从来不向你征询意见。有人会说他们代表所有人的利益，但要是你想请教一下相关细节，你将以最快的速度成为不是所有人里面的人了。

数学和逻辑都不太灵光的我经常为这个局部和全部的问题感到异常自卑。其实他们想做什么，只要他们过得了自己良心，考虑过史笔之锋，能做就大大方方或偷偷摸摸去做就行了，但拜托不要老拿着所有人的印章投尽所有的票，还要高调宣称“我代表所有人”——不是所有人都了解高深莫测的现代数学的。

指代，确实可以是一门艺术，但这门艺术运用得最好的，往往却是主张科学、科技的人。

网上经常会有一些对某些社会问题或社会制度的意见，有时会表现得极为激烈，以至于某政府官员或某官方学者跳出来说：网上民意其实不等同民意，只是一小撮人的意见。但要是有网友对某领导人或某政府的某些政令表示赞扬，网民又可以指代民意了，而且是极为先进而单纯可靠的民意。

指代，就像走马灯般无时无刻不在进行中。今天你被指代了吗？

小城更需距离而非团结

我们并不需要福布斯来告诉我们澳门有多拥挤，但确实需要一个人来告诉我们该怎样规划得好一点。当然这个人也许是不存在的。只会有人来告诉我们要更紧密地团结在一起，团结所有能团结的人……

其实小城里不但人口密度大，人际关系更是盘根交错，血肉相连。要是更紧密地“团结”在一起，只会更是一“团”糟，打成死“结”了。

相反，适当的距离对各方都比较健康。焚化炉与民宅之间该保持一定的距离，楼房与楼房该疏远些；同样，官与商该疏远些，媒体与当权者该疏远些。

保持距离并不意味着对立和不友好。中国人爱热闹、讲“义气”，也常常因此错过了距离的美与善。距离，很多时候是一种尊敬，一种自由。

最近澳门市道一片大好，房地产交投旺盛，我家附近的单位一个接一个地装修，楼下装修完到背后的，楼上完了到隔壁。墙是相连的，榔头可以通过地板敲到头上，电钻可以钻到耳膜里头去，夜班昼寝的我只能在装修工人午饭茶点或偷懒抽烟之际浅泊梦乡。好不容易熬到头了，请朋友来家聊天，泡茶的水都没烧开，巷子对面已在敲墙，我问理科出身的朋友：“为何隔了巷子还闹成这样？”他笑说：“这是声浪啊！你看对面凹进去简直像个扩音器，加足马力向你广播。这就是这上地方没规划，乱建房子的结果。根本没人监管建筑距离。”

我当时就想，人和人的距离，集团与集团的关系一样是需要规划的。盲目地为了些空泛的理想把人们捆绑在一起，只会让各方失去了该有的理智，发挥不出该有的功能，让本可避免的荒唐而悲惨的事一发不可收拾，不但流毒天下，还对后世的民族精神造成了不可磨灭的创伤。“二战”的法西斯主义和“文革”难道不是前车之鉴吗？

团结，岂可不慎哉！

西方人懂得距离的真谛，所以才会构思出并较易遵循“三权分立”这个伟大的原则。这是比一切市场化更值得我们国人学习的宝贵精神。

当诗人需要公约

见报的政客是好政客，见报的艺人是好艺人，见报的诗人当然就是好诗人。

日前，内地十六位著名诗人在哈尔滨参加主题诗歌活动，并形成了诗人用以自律的《天问诗歌公约》，这也是中国第一个诗人自律公约。公约主要包括八条：一、维护诗歌尊严；二、反对无节制娱乐化；三、见证时代；四、坏蛋写不出好诗；五、敬畏母语；六、没技艺不算诗；七、传统是我们的血；八、认识多于二十四种植物，反对转基因。

公约内容都很正面，但看完总叫人有说不出的酸楚，酸腐的条文背后隐隐透出光芒难掩的“国家级”的三个字：赵丽华。整个公约就像自白般印证了普罗大众对诗人的印象：这是一群需要管教的没有学养的混蛋。

其实公约一般都是为意欲从良的“强盗”而设的。当我细心查看，发现与会并在公约上签字的诗人基本都是“良民”级的诗人，“强盗”级的人物则无一陪席。所以这个公约并没有约束到任何人，只算是对赵丽华之流与流氓诗人们的一次宣示，并尝试告诉大家：“我们都不是赵丽华！”而对于媒体来说，这是继“国家级”诗人和露阴诗人后的又一则绝妙的娱乐新闻。

它的娱乐性跟以下情况是一样的：一群二三十岁的貌似智力正常的男人有一天相约喝酒，喝得兴起之际，一个有点国际视野的小伙子说咱们来签个男人公约如何？其他人觉得此“公约”二字极为洋气威风，就你一言我一语地草拟出一个震惊县城的《男人自律公约》。公约主要包括八条：一、维护男人尊严；二、反对无节制使用尿布；三、不许尿床；四、不擤鼻涕的人吃不了香饭；五、敬畏母语；六、没胡子不算男人；七、汽车是我们的玩具；八、认得多于十条街，反对开裆裤。

其实当一位诗人需要公约时，他就不能称为诗人，正如一个人还需要约束尿床时，就不能称为独立的成年人。而当媒体炒作的焦点集中在诗人的行为而不是他们的作品时，这样的社会，一定是在多方面都存在着很根本的问题。

有参与组织这次活动的诗友希望我对这个“公约”作出某种程度的肯定，但我觉得这样的肯定倒像是更狠毒的讽刺了。

天桥下的枪声

在我曾经每天上学放学、上班下班都经过的一道行人天桥下，一名警员向天开了五枪，说是空弹，却打伤了三百米外的市民……

有人说警方处理不当，有人说市民被人煽动利用，有人说是双输。

首先，警方处理不当是很明显的。实弹鸣枪！——在手无寸铁的市民面前，在全世界传媒的镜头面前，在全国上下都提倡和谐社会的大好环境下。如果说这也算是正确执法，那其执法目的绝非是建设和谐社会，而是进行恫吓了。

如果说澳门有着许多暴民，我想很多人都不相信。如果说市民被人煽动，但要是没有一定情绪在内，诱惑也是无济于事的——如果是水，再会煽风点火也是点不着的。

一个正常政府是不该期待百姓都是无欲无求千依百顺的圣人。纳税人对政府有所期盼有所要求是正常的，有人觉得自己的利益受到忽视就该出来表达诉求。历史告诉我们，如果处理得当，这些诉求也是社会进步的一种善因。上唱下和，下求上应，这才是和谐社会该有的模式。和谐社会绝非只有上面的在唱独角戏，下面全体失声——这是一种没有希望的社会模式。

退一步说，如果当中真有暴民或别有用心的政治阴谋，负责任的政府也该在事前事后进行必要的民意疏导，而不是对诉求者一味谴责。这等同于对自己的职责进行切割、撇清。

发生如此不堪之事，警方、游行者乃至政府当然都该自我反省，但事实上整个社会也难辞其咎。政府该开设更多让市民表达诉求的渠道，也该有更有效响应诉求的机制；作为市民的我们也该更关心时政，更该清楚我们享有的权利和义务；而传媒也更该深刻反省，不可为了一时之利益，用鲜花和好话把高官送进牢狱，应担当起表达民意、监督政府施政的伟大使命，尽量避免堵塞民意终致决堤之灾。

枪声打响了。这是警钟还是丧钟？仅在一念之间。如果政府和社会能痛定思痛，为此积极改进，这可以成为建设真正和谐社会的契机。如果双方都只顾推卸责任，加强对峙，不面对现实，这还不仅是双输的单一事件，将来恐怕还有更多更不堪的事要发生。

坏人或是制度产物

最近最耸人听闻的，大概算是山西煤矿的童奴了。

我曾经在山西跑过不少地方，回来后也不断地向朋友们夸耀我在那片土地上感受到的纯朴民风。童奴现象曝光后，许多朋友都向我抛来一句：你还说山西人好呢！我当然是哑口无言。想起甘地说的一句话：我认识的英国绅士们从个人来看都是些很好的人，但当他们在一起时却能做出极为残暴冷血的决议。

一个野孩子做不出什么坏事，但若是一群野孩子，基本就没有什么坏事干不出来的了。这是一种很奇异却极普遍的现象，人类社会惨绝人寰的残暴事件大都是在这种集体意志麻木个体良知后出现的。

我并不相信人性本恶，但权力在毫无监管和制衡的时候，大多时候都会走向黑暗统治——因为个体的好坏在集体的欲望面前是无能为力的。

让某种独立的权力制衡另一种权力是政治里至关重要的命题，也是一个国家不必仰仗明君降世而能长治久安的重中之重。而在我国的政治现实中，为了防止贪腐和童奴等环环相扣的问题继续泛滥恶化，给予媒体更高的独立性并让媒体加大对各地施政的监督力度，会是一个行之有效的办法——事实上，这种舆论的力量已在一些发达地区渐成气候了。

许多孩子之所以一失足成千古恨，有时是因为在关键位置关键时刻缺少监督者的警告与制约。官员的处境也是类似的，如果他们缺少人民雪亮眼睛的注视、缺少批评与监督，纵有千万贪官伏法，在集体利欲驱使之下，在制度的灰色地带的掩护下，仍会有千万人前仆后继的。

每个贪官背后又有多少未为人知的人间惨剧呢？每个生命都是可贵的，而无止境的血的教训难道还不足以让我们注视与面对那巨大无比的灰色地带吗？

新闻自由和新闻责任

上文笔者说道，给予媒体更高的独立性将有助照清灰色地带下的魑魅魍魉，不然无法阻吓并杜绝如山西童奴这种惨绝人寰的悲剧。在油墨还没全干之际，新华社就传来了消息，说全国人大常委会删除了有关新闻媒体不得“违规擅自发布”突发事件信息的规定。

熟悉新闻生态和社会现状的人当然能感受到实际操作的艰险和陷阱，也很清楚这离真正的新闻自由和独立还有千山万水，但在黑暗的夜空中，我们已看见了指明方向的北斗星。对于内地众多有良知、有使命感的新闻工作者而言，这无疑是一剂振奋人心的强心针——至少已得知自己的事业是有法律支持的。

这是一个值得万民鼓掌的重大决定。看似稳健短小的一步，却显示出中央反腐肃贪的决心与慧心，同时也预示着紧随其后的政治改革的步伐。

当然，政府不可能是万能的。舞台架起后，演出的终究是人；游戏规则定出后，遵守和监督的还是人。

也许大家都深有体会，当我们得到越多自由时，这已可以确定，我们的责任将会变得越大，不然得到的将不是自由，而是混乱。以号称“全世界最自由”的美国为例：在那里，父母不敢随便打小孩，在街上打开酒瓶是违法的，老板面试员工时不能问人家的年龄、党派、教派、有没有肝炎、残疾等私人问题，在办公室不能随便在女同事面前说黄色笑话……

真正的自由来自约束。约束可以来自两方面，一个是外在的法律，另一个是内在的道德规范。缺少两方中的任何一个都难以造就健康的社会。对于获得一定自由的新闻工作者，这些约束尤为重要。

在提交全国人民代表大会常务委员会二审的突发事件应对法草案中，新增的规定还有禁止编造、传播有关突发事件的虚假信息，倘构成犯罪的，将依法追究刑事责任。

在我们希望得到任何的自由前，其实我们都该同时想想自己能承担起多大的责任，不然我们也许很快就会尝到另一边刀锋的滋味——关于这种滋味，饱受折磨的台湾民众会有许多精彩的描述。

良禽与赌城

又一家赌场开张了。

据说澳门明年将胜过拉斯维加斯，这真是一个“振奋人心”的消息。

澳门人一向只求温饱，其他一概保持沉默。当年红树林被澳葡政府一声令下填去大半，澳门人保持沉默。从龙环葡韵看出去，早已不再是平平漠漠的海滨美景，澳门人忍了，游客当然不知道以前的诗情画意。如今沧海变了桑田，红树林成了“金光大道”，政府高层和美国财团实在该为前朝政府的高瞻远瞩额手称颂：多么具前瞻性的德政啊！

当然，感到庆幸的还该有喜欢观鸟拍鸟的所谓“鸟人”，他们将不必到处找鸟了，因为许多珍稀鸟类如黑脸琵鹭等都会集中在龙环葡韵旁的小树林——没有其他地方可去了，而据专家估计，“随着澳门近年高速发展”，那里的栖息密度过大，光噪污染骤增，且“楼价太高”，鹭鸟们将买不起“房子”，栖息澳门的意欲势将下降。那么鸟人们很可能以后不必瞎忙了，必定可以省去一大笔观鸟设备的开支。

据我所知，拉斯维加斯之所以成为赌城，那是因为那里是沙漠，那里的金银矿被采光后正好碰上了1931年的美国大萧条时期，实在没有别的可做，只能开赌维生。而澳门终超过拉城，除了背后是一个庞大无比的好赌成性的民族外，还有一个条件就是沙漠的特质——一个对文化和自然环境缺乏追求的特质，一个任何雨露都被马上蒸发掉的地方，简称“文化沙漠”。一个地方有没有文化，不是看有没有文化活动，有没有重金邀请什么乐团表演或办什么艺术展览，而是看那里的人有没有追求。

据说拉城的中产以上阶级都会把自己的孩子送离拉城，放在其他地方接受教育，不让他们在赌城里成长。每次想到这里，我都不觉背部发寒，因为身边许多有点能力有点追求的朋友，他们的孩子都已经或正准备送离澳门。

所谓“良禽择木而栖”，对于许多人（特别是那些所谓的精英），澳门只像是鹭鸟的暂息之地，它变成如何其实并不重要，因为他们的选择很多。如果你不幸像我一样不属于“良禽”，也一样不幸像我一样对澳门扯上了一点感情，那只能当盛世下的惹人厌烦的咶鹊了。再不幸点跟我一样，要把子女放在超级拉城长大，那就自求多福，好好教导他们吧！

学习开源

老子云:“天网恢恢，疏而不漏。”

如今不漏的不光是天网了，连互联网也是越收越紧了。网传挤提男教师被捕的乌云未散，网民们又迎来了微软帝国的盗版黑屏警告，又听说以后在内地进网吧得先拍照……

以色列诗人阿米亥说:“上帝的手在人间／如同母亲的手在母鸡的肚子里”，你也许能感觉到一双无形的手正借着垄断的通讯营运和法律解释权伸向你的肚子，它守护着我们发出的所有声音，它甚至想代替我们发声。

法律的完善值得欣喜，国家的安全更应该得到确保。但是更值得我们关注的是法律这把分割是非的宝刀究竟是落在何许人手上。国家是否能像保障供澳牛奶不被“污染”一样，保障自己的国民不被这把宝刀所误伤呢？

如果这种担心是多余的，那么，众多利用公权贪赃枉法、草菅人命的案件就无从解释了。所有贪官在东窗事发前无不是大义凛然、意气风发的。

当你在进入网吧前被拍照后，你也许会以为自己已经进入《黑客帝国》里头的虚拟世界——一切都被母体所监控，你的一举一动都受到无微不至的关注。

当你进入每一个建筑物都要接受安检时，你也许会天真地相信世界会因此而越来越安全了，但也许会问一下:“为什么不对每一种出厂的食品和药物进行如此严格的检验呢？”保障国民的生命安全不是国家安全最核心的首要任务吗?

当你的电脑黑屏上显示“你可能是盗版软件的受害者”时,你也许应该转用自由开源软件了。如果你厌倦了 Windows 的木马病毒、不断变慢、不停重装系统和黑屏恐吓,你可以选择安全、稳定和免费的 Linux。

熟悉 Linux 后,也许你会想:我们的社会实际应该向 Linux 操作系统学习,学习它的开放、自由、稳定和效率。一个安全的系统是该像 Linux 一样把它的源代码公诸于世,让人们知道核心在做什么,也欢迎有能力的人对核心和系统贡献出自己的源代码。这样能群策群力,并让一切暴露于阳光之下,不像专属闭源的 Windows 一样千疮百孔、滋生病毒、招惹木马。

澳门的无产阶层

经常听到对往昔澳门的怀念，以前觉得这很正常，因为怀旧本来就是一种很自然的心理需求。但最近发现，这种怀旧已不单在怀念过去的宁静，而是现实已变得太过残酷。

前一阵，一位同事打算辞职并离开澳门，原因是租金上涨太猛，加上通胀，几乎就等于每个月都白干，算下来还不如回乡收租。今天听说他已找到一个租金较低的小单位，也就决定挤一挤，再打拚两年，多存一分是一分。

另一位收入还算不错的女同事，因为离婚，带着两个女儿租房子，七月份租约到期，新租金肯定是吃不消的，感到无比茫然。前阵子跟一些葡语朋友组织了一个争取合理租金调整的请愿行动，请愿书的中文版还找我帮忙润改过，虽然是一些生硬的译文，但浏览一下也真让人感到心酸。从中能读到，许多过去把此地当成家的人，发现原来这里根本不欢迎他们了；许多日复一日为这个城市默默做出贡献多年的人，就因为不会投机钻营，手上虽然拿着一张永久居民身份证，却已经找不到一个立锥之地；在轮候多年后，许多人等到的却是三百平方英尺的公屋，是感戴皇恩浩荡，还是欲哭无泪？

十年前，我曾经在香港陪亲戚住过一个星期笼屋、几天木板隔间房，感觉自己再住下去一定会住出精神病的。后来，听说一些移居过去的年轻同乡因为太压抑而吸毒成瘾，最终乡下的白头人跑到香港去送黑头人。

前几个月，因为帮忙修电脑去看了一个朋友住的木板隔间房，外面恶臭熏天，室内阴暗狭窄，还好朋友的房间有一个阳台，且自己的空间整理得还算清爽干净。他说，这种房间在澳门的今天已经算是不错的了，隔壁（应该说是“隔板”）老王跟他说，北区之前住的才真的是人间炼狱。但朋友估计，再过一年后，这样的板房他可能也住不起了。

从月入三万到月入五千，身边许多人都为一个蜗居烦恼不已。

香港政府税收大部分依赖土地拍卖收益，高地价是难以避免的。但一年赌税达两千多亿的澳门，土地批出价格又如此之低廉，房产价格却有直追香港的势头。这根本就是说不过去的。

那份争取合理租金调整请愿书递出后一直没有得到响应，葡文同事叹气说：“我现在感觉，这跟战争根本没有区别，现在有房子的人就可以光明正大地抢没有房子的人的钱。这跟野蛮时代有什么区别呢？”另一同事说：“区别还是有的，野蛮时代你不用交税，你也可以逃高一点自己挖山洞。而且，野蛮时代里，别人用石头抢你，你只要有机会还可以把石头磨尖抢回来。但在今天，你没有房子就是没机会的。”

这就是有产阶层和无产阶层的对立。

奇妙的施予

施比受更有福。我们在帮助别人时总难免认为自己正在施予恩惠、帮助别人，但在真实层面来说，却是别人给予了我们学习的机会——更该感恩的是给予者，而非接受者。

四川大地震夺去了数万人的性命，无数人面临物质和精神上的困境，而全国上下表现出的无比关爱却也感动了全世界。神六上天时，我没有感到半丝自豪；祖国举办奥运，我也没有觉到骄傲。但看到纷纷解囊相助与自发组织救援行动的广大民众，我才真正为身为中华民族的一员感到无比的荣幸。

中国人的可爱表现在很多方面。话说卖王老吉凉茶的加多宝向四川灾区捐出了一亿元人民币——去年的总盈利额；而卖房子的万科捐了二百万元——去年盈利额的0.4‰。万科的老板王石还表示："灾难是常态，不该成为企业的负担。"此言一出，举国哗然，谴责之声不绝于网，据说已影响到部分万科楼宇的销售。另一边厢，网民们相约只要看到王老吉，见一罐买一罐，两天内就让内地的王老吉断货。

没什么精辟的论述，更没有什么精明的信仰，人民用行动表达了自己对大是大非的明确态度，也用行动告诉了执政者，人民有能力参与援助与建设，更有能力监督一切。这就是人民的力量。这也是作为公民所应拥有的权利与义务。

没错，内地的公民意识正在苏醒，民间的力量已经开始教育和督促那些有权和有钱的阶层。其实政府只是公民素质的一面镜子，而任何政府的改良也是从公民的素质开始的。公民意识高的地方是民众教育政府，公民意识低的地方则是政府糊弄民众。这只是一个此消彼长的现象。

目下正是内地推动行政透明的一个绝佳良机。虽然根深蒂固的旧观念仍视民间力量为洪水猛兽，但大势之所趋实已非螳臂所能拦挡。在位者该做的只是兢兢业业如履薄冰般做好本分，只要你尊重人民，人民就会百倍尊重你。

你施予的越多，得到的也必将越多。这真是奇妙的真理。

杂　谈

“大易”中文输入值得推广

关于中文输入，我是有话要讲的。

我在中学时因好奇学过一阵子仓颉，怪异无理的取码方式加深了 IQ80 的我对电脑的痛恨。我当时想：“要是我喜欢电脑，我一定得讨厌中文字。”所以我就用刘翔百米跨栏的速度把电脑这碴事抛诸脑后了。

没有电脑的日子真像风之子般洒脱狂奔，直到比尔·盖茨硬把电脑的魔掌伸到每一个领域时，我发觉放在面前的电脑不再是栏架，已是大山。那时我在内地上大学，于是天下第一峰就是“王码五笔”。同学说他妈为学它头发都掉了一半。

本以为考上大学的自己总该有点长进，但在伟大的五笔面前，我开始怀疑书读多了 IQ 大抵是要降一些的。有同学推荐拼音输入法。碰巧我对汉语拼音还有点概念。于是我就一头钻进了罗马拼音的思维世界。拼音输入法在内地电脑精英的努力下推出了“智能 ABC”“微软”“紫光”“黑马”“智能狂拼”等，一个比一个智能化。凭着对拼音的熟练，我开始在电脑世界中勇往直前。

回到澳门在一所夜校当过电脑老师，那所学校推行香港的“快码”输入法，字码和键位字母高度形似，学起来非常快，我看了一会儿码表就开始向学生讲解了。但此软件并不普及，价格偏高。我私下一直用的还是心爱的拼音。

但用繁体中文系统后发现台湾的注音输入法的智商还停

留在婴儿阶段。更糟的是自己对字形的漠视与淡忘实在让人担忧。别人问我一个字，十根手指清楚键盘上的走法，脑袋却已没了影像。

于是我听从电脑部同事的建议学用当今每台中文电脑都自带的“大易”。学习的第一个惊叹是：它正是“快码”的老祖宗，字根与字母的形状也相当接近易记（例如字母O的字根就是“口”），也按笔顺取码，会写就会输入。不到一个星期，我的输入速度已接近拼音年代。三个月后基本已达到专业打字员的速度。另一方面，中文字又重新一笔一画印进了我的脑海。

有时我想，让下一代学习大易输入法不失为保留中国文字精神的好方法。实际上，我已目睹许多成人和小孩在拼音、仓颉和五笔的伟大阴影下淡忘了中文字的字形和笔顺。

从珠海到海珠

买张车票，进了汽油味十足的候车棚，如果能变成机器人，你一定已是心旌摇曳、食指大动了。坐在不锈钢长椅上，一系列人物会从前面经过，目的很单纯：要钱。有的展示娱乐版上的半裸照片，有的展示营养不良的婴儿，有的只展示空手，于是你就看到自己对世界究竟有多冷漠了。

人物来去，瞳光闪烁，你忽然看到一位仁兄右手拉着女朋友，左手拾个水壶式大哥大，食指和无名指还百忙中夹着一包万宝路和火机。心里一个咣当：大水壶？从裤袋里拔出手机查年份，还好，现在不是八十年代。

顺便一看时间，该可以上车了。在车场找大巴，一位司机往某方向一指，你顺着去找……往前，被迎面一辆市内巴士拐进来拦住了；往后，被一辆后退的中巴夹着尾气逼退；往左，那辆市内巴士又在转身泊车；往右，再进来一辆长途大巴……

你站在废气的迷雾中进退维谷之际，一位刚才展露半裸照片的报贩不知如何出现在你的后面，裂开缺了两颗门牙的嘴问："你要找什么车？"于是你就像武侠小说里的小角色被那位崩牙大侠带引着，蛇行鹤步，曲折前行，终于走出了氤氲迷离、变化多端的八卦五行阵。大侠左手往山穷水阔处一指："那就是去海珠的车了！"

你回过神来走上大巴，发现那位仁兄已换了另一只手拉着女朋友的细手坐在第一排座椅上，大水壶则用肩膀和右脸夹着，好让他的嘴向话筒亲密倾诉，省出来的手则在“噼啪得得”地玩火机。

等你坐下，那位大侠来到座旁，漏着风笑着问你：“买张报纸吗？”忽然觉得这个世界也并非想象般冷漠，你问：“多少钱一份啊？”报纸没看两版，你就睡着了。吵醒你的还是那个向着水壶喷口水的声音。你心想：手机大就是好啊！除了方便用肩夹着，还可以自然地像八十年代信号不好时大声吼叫。当听到他对水壶另一边的人说已到了海珠，才想起该收拾报纸了。

下车见街上行人大都打着伞，抬头一看，没见到雨丝，但摸摸肩头却是湿润绵腻的。于是，你想起：春天已到了！

李白的可爱

希腊人把诗人从理想国里驱逐出去；印度人将诗人当成半个圣人；而诗人鲁米根本就是波斯人眼中拔尖儿的圣人，他的诗也是苏菲教的冥想前奏；而中国的诗人竟都是当官或非常想当官的。

打有名有姓的诗人计算，从屈原、曹操、陶潜到李白、高适、杜甫、王安石、苏轼……这些大诗人大概从小都把《左传》《战国策》《史记》等书当武侠小说看的，一个个都希望出将入相，无不把角色代入为吕望、管仲、乐毅等人，李白小朋友还曾跟一位名侠赵蕤学习纵横之术。这些艺术天才里头确实是有些货真价实的政治强人，如曹操打下魏晋江山的基础；高适官至左散骑常侍，算是盛唐诗人里的高官了；“翰林风月三千首，吏部文章二百年”的王安石竟发动熙宁变法，震动整个赵宋王国；苏轼官至礼部尚书，被贬期间为老百姓做了不少好事，他的“任民自择”的自由主义也被认为是朴实的民主思想。

诗人里头，自我期许最高但政治才能最低的当数是文学天分最高的李白了。李大侠多年找道士托驸马约公主，为求面见明主而不可得。最后以气冲牛斗的诗才直干玄宗，被玄宗列入御林待诏（非御林学士，只如皇室戏子，也非编制之内）。在天子旁边却无所事事的布衣诗人只能天天喝酒，最后被赐金还山。李大侠还真的去考了个道士牌，但入山为的其实是更风光的出山。安史之乱时，打着讨逆勤王旗号的永王李璘把李白从卢山请出来当幕僚。李白差点以为自己是被三顾草庐的诸葛孔明了，高兴得天天在军中写诗，眼看自己很快就能随大军光复长安了。但他的老板却打着红旗反红旗，竟挥军南下割土而治——犯的可是分裂国家罪啊！这时，曾和李、杜一起喝酒游山的高适带着肃宗的军队击溃永王的军队，李谪仙糊里糊涂被关进大牢里了。李白自信地给老朋友写信解释，高大诗人保持沉默——杜甫所谓“世人皆欲杀”之时是也。

李白最终还是被一位他可能已忘记的江湖朋友的儿子从夜郎途中救了下来。但李白一生都似乎没有承认过自己不是当官的料子。李白这种百折不挠的自信和乐观可算是盛唐的过人气度。

当人登上一个山峰，他在意的就是其他山峰了。这是李白的可爱，也是我们的悲哀。下周我们将看看同时登上书画诗文和兵法巅峰的惊世奇才——徐文长。

诗人国士一文长

有一种人是老天诚心送下来气人的：中文比你好，英文比你好，画画比你好，数学比你强，音乐比你强，电脑比你强，一不小心脸蛋还也比你帅。

徐渭（文长）就是这种人。先从“画圣”说起。郑板桥也算是书画大师了，他有一次看到徐渭的画叹说：“愿为青藤（徐渭）门下走狗。”但徐自我评价如下：吾书第一，诗次之，文次之，画又次之。

虽然袁宏道对徐推崇备至，把徐诗赞为明代第一，但作为诗人的徐渭还是为人所忽视。原因有二：首先，唐宋诗词的阴影实在是太巨大了，让后来的诗歌基本沦为交际应酬的点缀了；其二，徐诗风格的特立独行，所谓“字字鬼语”，但比李贺更白话；讽刺刁刻，却更贴近底层大众。他跟过去正统“温柔敦厚”的诗教南辕北辙，明诗选集里罕见其踪影，即便选中也是些较“正常”的作品。从现代诗学的角度看来，徐诗用字浅白却新奇，意象跳脱而幽曲，比他同时代大部分的“才子诗”都更具创新精神，也有着更高的艺术价值。

但老天爷给了他无与伦比的天赋的同时，却也给了他悲惨的命运。他幼有“神童”之名却屡试不举，终其一生仍是白衣秀才。

当被李璘请出山时，李白误以为自己就是出山之卧龙。但当抗倭军务总督胡宗宪与一介布衣的徐渭上演“三顾草庐”的旧戏后，历史证明了这位徐秀才绝对是位军事天才。他劝胡总督擒贼先擒王，献连环计赚徐海杀王直，瓦解了那个组织严密的国际海盗集团，为戚继光的大破倭寇铺好了道路。可以说，徐渭用奸谋诡计拯救了从山东到广东的沿海万民。

随着奸相严嵩的倒台，胡总督的保护伞也告破落，胡自杀狱中。徐渭压力太大装疯自杀数次，把几枚钉子插进了脑袋，连第二任妻子都不小心被砍死了，徐师爷在牢里住了几年后竟还活了过来——老天爷还有更重大的任务交给他。

这些任务包括：一、画更多的画（卖画维生），题更多的诗，把中国绘画推向更高的境界；二、教一位学生（李如松），让那学生在二十多年后在朝鲜半岛痛击日寇，扶高丽王朝于既倒。

让一位秀才完成所有这一切，老天爷也算够狠了！

读《磨盘拾翠》

此书在家里书架上已放了近两年，这段时间笔者一直有幸与作者李鹏翥社长同楼共事，却一直没有细读。最近闲居半月，午饭后随手翻开此书，却再难放下，至精彩处常阖卷闭目，踱步轻诵。读罢已是暮色四合，虽目觉涩倦，但心内却仍回荡着文中书空雕龙的浩然之气。

此书收集的大多是作者为文艺界代序的应酬之作——这也是我一直无心翻读之故，但客套时文之下却尽是真知灼见、碎玉零玑。

正所谓“文如其人”，其开章也，娓娓道来，每每平和谦冲如清风之徐来，直如平日见到作者时点头寒暄，平淡却亲切。但当行文接近主题的核心所在，接近那些只可意会而难以言传的艺术深妙之处，作者运笔深入，批大郤、导大窾，技经肯綮固然謋然而解，而山奔海立之文势却犹令人怦然心动。其收章之时，则文如鹰翔海宇，览江河乎目下，拢云烟于羽间。读者在对妙文拍案击节之余，对艺术家及其流派脉络更是了然于胸，在为艺术导赏的同时，导赏辞本身却也成了艺术。“看似寻常最奇崛，成如容易却艰辛”，良有以也。

作者行文如平川之流，虽奔腾浩荡但可过千帆而载万舟，虽似千马竞走却已是铢两悉称。这当然是得自作者多年来读书养气之功，与时下流行的那些外诞内虚、奇而无趣的诗文比较自有云泥之别。此书真堪为喜文好艺者的良师益友。

作者常以“报纸佬”自居，其实却是地地道道的书法家、文学家，文中洋溢着传统文人对艺术境界孜孜不倦的追求和对后进者自强精进的期盼。集子里虽然都是谈诗论画，但在游刃艺文的同时可以看出作者对中华文化、对澳门的深厚感情，也可以看出字里行间那份人文关怀的仁者胸怀。如果所有“报纸佬”在所有时候都抱有如此情怀，当是小城之幸事、世界之幸事了。

愚公移书

以色列诗人耶胡达·阿米亥有这样一句描写细心的女人："把感情像家具似的搬来挪去／重新布置。"

而我最近却要把家具像感情似的搬来挪去。家具从书房搬到客厅，再要搬到另一间房。其他家具还好说，说到搬书柜，那可是浩大无比的工程。爬上梯子把一摞摞书搬下来，再一本本地在另一个架子上砌起来，刚开始真有点愚公移山之叹。但搬着搬着，心静下来，把书上的灰尘轻轻拍去，脑海里忽然浮起了每本书的故事，想起了自己如何带水货赚钱到珠海凤凰北买书，如何向海关解释自己要带一套《二十四史》，如何赶在黄昏到成都九眼桥旧书摊上淘宝，如何拿着地图穿街过巷打听一家快倒闭的小书店的下落，如何心满意足地把刚买来的诗集搁在自行车的前筐里，又如何在荷花池畔梧桐下展卷独诵……每本书都有它点点滴滴的故事，牵引着说不清扯不尽的心路历程。想想自己的上半辈子过得还真是离奇复杂，竟坐在梯顶出神了。

有人在旁提醒："没用的就捐了或扔了算了，别白占地方。"我说："其实真要扔，全都可以扔了。但要是留，倒是一本都不能少。"此话一出，我自己笑了起来——想起德山宣鉴禅师的故事：

德山以前是博阅律藏的讲经和尚，尤精专门研究《金刚经》的《青龙疏钞》。后来他决定南下"捣毁"禅宗窟穴。到了南方却被龙潭信禅师一句“子亲到龙潭”所折服，终在深夜烛灭之际豁然顿悟烜赫真我，第二天就把从四川担来的那套《青龙疏钞》烧了，还说：“穷诸玄辩，若一毫置于太虚。竭世枢机，似一滴投于巨壑。”

行事激烈极端的德山风格颇合我心，既然未能照见五蕴皆空，那就继续故纸蔽目寻常过，于是移山工作仍需一丝不苟地进行下去。忙了两天，把所有书搬到客厅的地板上，终于能给儿子腾出属于他一个人的房间，铺了属于他一个人的卧床。

躺在儿子的新床上讲故事把他哄睡后，不觉自己也困极了，睡眼迷离之际，忽期盼天上来两个巨人把地板上的两座太行、王屋移走，却又希望旁边的小人和他的子孙们能把书一代代地搬下去。

保持全然

笔者有怪癖一味，每星期会随便钻进一家书店翻一本自己完全没想过去看的书，三教九流或是纯技术的、枯燥入骨的，都会硬着头皮翻上十几二十分钟。这让我有一种冒险的快感，也能活化头脑。

而本周读到的某位自称大师的台湾人说的话：我们总是依据经验行事，经验给予我们方向和安全感，但同时也让我们僵化，所以我们该随时保持全然的清醒，因为只有全然地对待目下的事情才能真正解决问题。过往的经验只在当时是适用的，如果你被过往的成功所麻醉，在瞬息万变的世事之中，你将注定被不合时宜的经验所误导，失败可能就在眼前了。

虽然听起来有点学印度奥修口吻的味道，但这段话是很值得品味的。因为此话涉及千圣共传的心学。《金刚经》曰："应无所住而生其心。"王阳明说："圣人之心如明镜，只是一个明，则随感而应，无物不照。……只怕镜不明，不怕物来不能照。讲求事变，亦是照时事，然学者却须先有个明的功夫。"陈白沙说："是以圣贤之心，廓然若无，感而后应，不感则不应。又不特圣贤如此，人心本体皆一般，只要养之以静，便自开大。"

我们从小就被教以各种知识、技能，并借此为生活、为家庭建功立业。在功利和欲望驱使下，我们从别人那里继承了许多经验，也从自己的历程中积累和总结出许多经验。于是，我们就在疲惫中沉溺于往昔，并把经验投射到将来。过去心不可得，现在心不可得，未来心不可得……完全迷失分散在逻辑和欲望的迷宫之中，我们只摸着浅薄的经验之轨在茫茫的时空中绕圈子。很少有人想起把全副身心全然置于当下，点亮额上的明灯，用毛孔呼吸一下虚空中生生不息的能量，用心跳量度广袤无边的现在与永恒。

陈白沙认为:“人心上容留一物不得，才着一物，则有碍。”这跟容器要有空间才成其用的道理一样，我们的心要是不能“廓然若无”，就难以“感而后应”了。

那“大师”其实是想说明诸葛亮为何能“战无不胜”，是因为他能全然地应对一切，不墨守成规，其计谋无迹可寻，故终成大业。历史上真正的诸葛亮是否真的“战无不胜”，实在无从考究……

但是，保持全然，却是我们理当谨记并力行的。

桃在五月

黯涩的暮色中，从一对年轻的夫妇手上买回一袋黄肉桃。果小而汁糯，酸甜中隐隐有麦香。半夜掩卷后，咬一枚在口，想起大学同学陈长春的《桃在五月》：

把夏天捂在掌心
捂得发烫时　桃哭了
桃在五月
桃在都市
桃裸体地接近一些饥渴的谎言
……

十多年前，春看桃花，夏吃桃子。本已忘怀的四川生活忽然从舌端的甘畅间浮现，颇有“访旧半为鬼”之错愕。一起上青城、过剑门的同学均已天各一方，有些留在川北的更已于震后失去音讯，网上热闹一时的同学录也渐渐门庭寥落了。

人在五月，桃在五月……
如果当初我有一丝勇气
撕掉头顶的花朵
让一个浑圆的心愿
在孤独的肩头　一路放歌

你疼痛的笑容
或许　会把饥渴的况味
植入我灵魂深处
让我在一场暴雨分娩的彩虹里
像一棵树一样醒来

记得在接受著名音乐电台访问时，陈长春听到那位美女DJ现场朗诵到这一段时感动得热泪盈眶，觉得她演绎得“太到位了”。但访问结束后，美女问他：“你这首诗想说什么？其实我没读懂……”

桃子固非十年前的桃子，五月亦非十年前的五月。当长城被移植到互联网，当和谐由形容词变成动词，当上访成为精神病，当灾难多得可以兴邦，当善心可以拉动GDP，当倒塌的都不算豆腐渣工程，猪流感自然可以不提“猪”字。

五月十二日，正要静默悼念一年前的大地震之际，在网上看到一些关于灾民有冤无路诉的报道，本想对一些官员开骂的，却闻四川证实了全国首例猪流感，怅然有悟，想一下贪渎者其实比灾民还可怜，因为他们虽然苟活着，但心智早已被永恒的黑暗所覆盖。

于是，我只想跪下，为看懂和看不懂的一切祷告——不懂就让它不懂去吧！

你就用这种受伤的方式　征服我
你就用这种征服的方式　拯救我
一如此刻的我
将一枚从世俗口中吐出的桃核
庄重地喂给泥土

在泥土持续干旱之前
在爱情迟迟不愿萌出声音之前
桃　请把我比喻成一粒露珠
让我在死亡之前
感觉自己更像生命

横尸酒场君莫笑

老听朋友们抱怨交际应酬难免陪吃陪喝，为了博感情，讨上级、客户欢心，常喝个面红耳赤，甚或不省人事。

刚开始，我会同情一下，听多了发现这是一件很扯淡的怪事：所有人都以为对方喜欢“酒后见真情”这一套，其实大家却又心里雪亮，在谈笑风生、杯觥交错之间，得失利益实际早已铢两悉称。说到底，也就是互相麻醉，自虐示忠，等待机会。大家都知这是荒唐的自残行为，却都身不由己地深陷其中，似乎有一种东西在自动运作。

那东西好听点叫悠久的酒文化，说穿了就是野蛮恶俗。一句“感情浅舔一舔，感情深一口闷，感情铁喝吐血”，把官场上的因扭曲而丑陋的嘴脸，刻画得活灵活现。

本月中旬，武汉有位水务局的副局长在陪客吃饭时，因饮酒过量引发心脏病而死。再早一点，某地房管局长跟县委书记一起喝酒时，过量而死。为了悼念这位在酒场上抛头颅洒热血的官员，举行了烈士式的丧礼，厚而葬之，还给死者三个孩子安排了工作。

看到官员们前仆后继，勇如扑火飞蛾，可见“感情”背后隐藏的利益，足令人视死如归。但是，我们也许不禁会问，究竟还有多少人正在酒席上“冒着敌人的炮火前进”？

我常想，在中国人的社会，要生意成功或出人头地，不喝酒是否就完全不可能了呢？答案似乎是肯定的了。但身边却又有些滴酒不沾却又出类拔萃的人，他们在官场、商场、职场似乎也游刃有余。于是，我问他们如何面对敬酒的问题。我很喜欢其中一个人的回答，他说：“我会告诉对方我不喝酒。为什么不喝？因为我对自己的自制力没有信心。喝一点也许没什么，但是我很难保证一点以后是否又再多一点，再多一点后，我很难保证自己会否做出一些让我和家人都痛苦终身的事情。大家都是有家人的人，很多人都会理解的。”

他的话使我想起几个月前一个台湾人醉后把自己几个月大的亲生女儿扔进油锅的新闻。这些惨绝人寰的悲剧，其实也就是一点再多一点所造成的。

所谓“三杯吐然诺，五岳倒为轻”，人命都不顾，什么五岳九州岛、家国天下，早抛九霄云外了。

常听人批评什么民族劣根性，其不着边际，颇似算命先生的断词。窃以为，反而这种大家司空见惯的称为“文化”实为“野化”的喝酒恶俗一日不除，建基在理性之上的民主进步、自由平等，一切都是空谈而已。

心和瘾

日前，一位十六岁的学生在送进戒网中心十多小时后暴毙，尸体上伤痕累累……

看到这则新闻，倍感悲哀外，脑海闪过了许许多多的人和事。我想起一位珠海好友的儿子。第一次见面，他还是三年级的小学生，见到客人爱躲在妈妈身后，熟了却喜欢吹嘘自己的电脑知识，吹起来喋喋不休，教人哭笑不得。六年后，从他妈妈那里知道他迷上了网络游戏，玩得不眠不食，给多少钱都全花在网游上，几个月下来，形销骨立。试过送到严格的寄宿学校，结果练就了一身翻墙的绝顶轻功，天一黑、灯一关就开溜，凌晨方回。后来带回江西老家，才两天就找到镇里的网吧去了。那位要为小生意奔走终日的母亲说到这里就哽咽起来了：“好好一个儿子，一年前还是唇红齿白，怎么就搞得人不像人鬼不像鬼。我就真不明白这是个什么世界了！”

我也想起另一位在内地最大的软件公司任职的朋友。他跟我说过，其实内地的IT业现在最赚钱的就是网络游戏，要是没有网络游戏，公司很可能就要倒闭了，我不失业也得减奖金。

许多行业，其实就是依附于欲望或无意识上的血吸虫。而这些行业的特点是麻痹人们的神经，让人身不由己，只依赖习惯形成的指令行事，就像中了木马的电脑一样失控，任人宰割。这些行业包括博彩、烟草、酒和毒品等。

我并没有批评这些行业的意思，因为这只是供求关系，有一定的需求才有相应的供应。就像如果杀动物是罪过的话，我认为最大的罪过应该在吃肉的人身上，而不在屠夫。问题的关键在需求上。为什么会有那么大量的人群陷于各种要命的瘾害中不能自拔？

经常看到那些年轻貌美的明星吸毒被捕的消息。这些跟有网瘾的青少年一样都是最可怜的人。这些人最大的问题是缺少导向。人的意识跟海上扁舟一样，风往那边走，心就往那里漂，如果船上根本没有指南针，那就是碰运气了。问题的根源在心，解决之道也在心。

话说人体有一种十分强大的能量，强大得让所有人害怕，它会随着心识而转变。出于陌生和恐惧，人们最自然的应对方法就是分散和麻痹意识，以此逃避那黑洞般的无限空虚。分散和麻痹在空虚的阴影下就成了虚假的救命草，这就是瘾。其实当我们觉得“无聊”时，正是这种能量蠢蠢欲动之时，如果能抓住那些时刻，进入有意识的状态，我们将可以直接面对这些能量，它也将纳入喜乐的正道。这正是所有宗教通过祷告、静坐、忘我的舞蹈和诗歌对人类的慈悲开导。

无聊和空虚，是最大的危险，也是最大的机会。这是阴阳界。

对抗或逃避

Against or Away？——对抗还是逃避？

这是我们一生里不断面对的抉择。面对强权，是对抗还是逃避？面对不公，是挺身而出，还是作壁上观？面临挑战，是知难奋进还是逃之夭夭？面对自己的懦弱与无能，是痛定思痛还是自我麻醉？

这些问题，不存在标准答案。个中滋味，只有当事人自己了解。当然，有一样可以肯定，那就是苟且求存一定是绝大多数博地凡夫们的选择。

“Against or Away”其实是澳门艺术博物馆一个明遗民书画金石展的英文展标，中文叫“豪素深心”。能名列其中的作者，均为那个动荡时期极具代表性的圣贤俊杰，有的还是可歌可泣的铁血英雄。这个展览远非一般意义上的书画展，它似乎尝试在一个更广阔的社会层面审视一种精神和一个时代。譬如，画史中著名的清初四僧、吴历等被归放在一个叫“逃禅奉教”的群体；“杭州三杰”之一的张煌言和“嘉定三屠”中的抗清名人侯峒曾、黄淳耀等放在“奋武成仁”；大学者黄宗羲、王夫之、傅山和理学家孙奇逢等列于“据儒依老”；大文豪冒襄、归庄和金圣叹等放在了“敷文游艺”之中……关注的除了艺术流派，更多的是作为个人在社会和历史中的角色。

这些作者中，有两人跟澳门有关，且都是天主教徒：瞿式耜和吴历。

瞿式耜是南明永历帝的兵部尚书。他多次勇退清兵，且因西洋传教士的关系曾从澳门借去葡兵三百、重炮数门，久守桂林。至城破前，桂林已空无一兵，他与张居正之孙张同敞饮酒赋诗，从容被捕。展览展出的包括他在囚中的临难表疏，读之教人动容。

吴历是清初六大家之一，一生布衣，其画集众家之长。他本信佛教，中年后改信天主教，并自江苏远道至澳门三巴静院修道（今大三巴牌坊），后成为司铎，病死上海。

瞿、吴两人身份、秉性和际遇悬殊，一为Against，一为Away，但均为各自的信仰和理念鞠躬尽瘁。

很多时候，是命运给予我们选择，但更多时候是我们的抉择决定我们的命运。

在我看来，所有坚持自己信念并勇敢走下去的人，都是真正的英雄。这是一个关于英雄的展览，里面有说不完的史诗般的英雄故事……对抗还是逃避？也许你会从中找到自己的答案，至少是某些启迪。

宋词和宋瓷

宋朝是中国文人文化的最高峰，如史尧弼所言，“文物之盛跨绝百代”，但经历时间的洗礼，流传下来有宋词、宋瓷和宋画等。宋词，能与唐诗相提并论，是中国古典文学的典范，自然流脍人口。宋瓷，以其清雅简练的造型和天然沉静的釉色让全世界的陶瓷爱好者为之倾倒。

对自小酷爱文学的笔者来说，宋词可以说是一个打开主观心灵感受的殿堂。每次翻开一本宋词集子，我都会感觉到自己的感官经验都被投射到一个成啫喱状的奇妙空间，所有难以言状的情感仿佛化成天际的锦霞，同时触摸着四季的山河大地，跨越高峰，随风舒展，让飞鸟穿过，最后凝结成挂叶如珠的滴滴晨露……

宋瓷，却是两年前在台北故宫第一次见到的。记得当时跟当地朋友一起，顺着朝代顺序看中国瓷器，本来是有点走马看花的，但看到汝窑、官窑和钧窑瓷器时，不但放慢下脚步，还反复徘徊其间，那些天青、月白和天蓝的瓷器像磁石一样吸引着我的目光，晶莹如堆脂的冷调釉色，幽深含蓄，表面的光华有如冬天晨曦中沿着雪岸缓缓淌漾的溪流。其洁雅清冽之状，让我想起李清照的名词《醉花阴》:“薄雾浓云愁永昼，瑞脑消金兽。佳节又重阳，玉枕纱橱，半夜凉初透。东篱把酒黄昏后，有暗香盈袖。莫道不消魂，帘卷西风，人比黄花瘦。”那些青、蓝色系浓淡不一的瓷釉，就像宋词所描绘的湖光天色一般婉约迷人。

自此，我知道了宋瓷跟宋词和宋画一样是无与伦比的艺术。直到有一天，在朋友的介绍下，试用一只仿汝窑的茶杯，同一泡茶倒进分别是青瓷（仿汝窑）、青花和紫砂的三只杯中，一一试饮，顿然明白宋人对玉质釉的追求，并不因为传说中宋徽宗那个“云破天青”的梦，也不仅仅为了视觉艺术，而是为了绝佳的触感！首先说那个紫砂杯，因为它没釉，专业术语叫“露胎”，宋人会认为这是“芒口，不堪用”。因为紫砂表面粗糙，有点刮口。而青花杯则像产生了静电一样黏唇。唯仿汝窑的杯子碰唇时不黏不刮，唇上皮肤非常放松，似乎能更好地品味茶香。我当时才明白，宋人触觉之细腻和品位之高雅表现在生活和艺术等方方面面。

最近参观了澳门艺术博物馆办的“玉貌清明——故宫珍藏两宋瓷器精品展”，从中较深入看到两宋各大官窑和民窑的风格，对宋人的生活艺术有了较直观的了解，对宋代文化中的那份细腻隽永，多了一份景仰之情。

宋词和宋瓷，一样是越品越有味道。

两种情感中心

在社交网上发了一个名为《六种最不好的情绪》的帖子："1. 发怒：是用别人的错误惩罚自己。2. 烦恼：是用自己的过失折磨自己。3. 后悔：是用无奈的往事摧残自己。4. 忧虑：是用虚拟的风险惊吓自己。5. 孤独：是用自制的牢房禁锢自己。6. 自卑：是用别人的长处诋毁自己。学会控制情绪，而不是被情绪控制，摒弃这些情绪，你就会轻松许多。"网友们对此反应异常热烈，无论转发量、响应量还是持续时间，都成了我所有帖子之冠。

这说明人们都深受情绪所困。有许多人表示：如果这些情绪统统都没有了，还是人吗？有些甚至说："学会控制情绪，你就成为冷血动物。"我想起柏拉图在《理想国》中著名的寓言：一群囚犯被关在一个洞穴中，手脚被捆绑，无法转身，只能背对着洞口。他们身后烧着一堆火，他们只能看到墙上自己的影子，故以为影子是唯一的真实。后来有人脱锁而出，看到真实世界后向其他人解释时，那些囚犯根本不相信他，坚信除了墙上的影子，世界不可能还有别的。对未知的恐惧让那些囚犯不敢想象别的可能，更遑论逃出去了。

真摆脱这些负面情绪后，会发生什么事情？要回答这个问题，得先把情绪理出个头绪来。情绪，属于情感。情感，是头脑这个计算器和身体这个生物化学厂互动所产生的能量现象。所以，情绪有心智和化学两个层面。心智层面受教育和信息环境所影响；化学层面则受饮食和所处空间的磁场所影响。有古代心理学派把这整个复杂的能量作用系统命名为“情感中心”。不同情感会引发身体各物理部位的不同反应。让系统更紊乱的，称为负面情感；让系统更和谐的，就是正面情感。

情感中心，相对理智中心和运动中心，是人体内消耗能量最严重的中心，因为大部分人都被负面情绪所控制，能量在不断被掏空。而正面情感有利保持系统和谐高效，让能量的积累变得可能，如果有意识地积累的能量达到一定程度，整个“情感中心”系统会通过提高振动频率，转化成“高级情感中心”。

所以，负面情绪消化后，并不会变得冷血，而是将省下来的能量引向更高级的情感。那些高级情感中心极端发达的人，拥有常人难以想象的正面力量和慈悲心，虽然他们看起来一样有喜、怒、哀、乐，但因为来自高级情感中心，他们散发出来的“情感”对身边的人不但没有破坏性，反而有提升的作用。这些人普遍被称为圣人。道教最有意思，称之为“真人”。

要成为“真人”，对于久习“虚假”模式的人当然不容易，但并非不可能。

多核心头脑

上次因为谈情绪的超越，提到人的两种“情感中心”。这里不妨把古老的四个中心理论简单介绍一下。这四个中心分别是理智、情感、运动和本能。

这种划分有点像电脑，过去所有运算都经由一个 CPU 核心完成，但后来就有双核心、四核心，乃至数十核心的，现在更有把 GPU、DPU、VEPU、SPU、APU 整合一体，各核心分别独立处理像图像、音频、数据库等不同运算，大大地提高效率和节省能耗。而像人如此庞杂的有机体，明显也是多核的。理智、情感、运动和本能则是最重要的四个核心。

最基本的，当然是本能中心，它负责像呼吸、血液循环、心跳等的自然运作。运动中心负责机械式动作，如无意识地走路、开车、打字等行为。熟练的打字员不会去想 A 和 P 这两个字母该用什么手指，而是毫不思索地敲打。当你可以毫不思索地做某一件事时，这就是运动中心在运作了。小孩模仿成人的行为，动物模仿人类的动作，都是运动中心在起作用。

情感中心和理智中心，相信不必解释也该知道是什么。而这两个中心都可以通过能量的转化和意识的提高分别进化成“高级情感中心”和“高级理智中心”。

这四个中心最值得关注的其实是运动、情感和理智三个，因为这三个中心交互协作非常频繁，经常互相交接和替换工作。以阅读这个行为作例子，我们拿起一本书看，刚开始是以理智中心对文字和图片等信息进行理解、分析，调动已有的知识和经验数据进行比对。比对得差不多时，情感中心会介入，产生不同的感受和情绪，如悲伤、愉悦或厌烦等。但当这些感受并不明显时，翻页、认字变成了一种纯机械动作，看书者进入无意识的走神状态，这就是运动中心在主导。于是，情感中心介入，觉得这太沉闷了，下达指令把书合上。在回过神来后，理智中心在残留的印象中比对出似乎很有意思的东西，于是又翻回去找那内容……

每个人的运动、情感和理智三大中心的活跃度千差万异，形成各自独特的人格。

实际生活中，各大中心都会有互替工作的时候，如果本该属理智中心的工作，被情感中心主导，事情会成一团糟，人就变得紧张和激动；如果理智中心尝试去代替情感中心工作，事情会变得异常乏味，人更会显得优柔寡断。一个失衡的人，或称为有“神经病”的人，就是因为各大中心长期互相替工，每个中心都拚命干预其他中心的工作，而本分工作却搪塞给别的中心。

肉食上瘾的原因

上次简单介绍了理智、情感、运动和本能四大核心。

也许你会问，这些核心究竟处于身体的哪些部位？可以肯定的是，所有核心的“总司令部”都在脑部。但生物的奥妙在于这些核心存在于身体结构的每个层级、每个部分，每一个细胞都跟头脑一样有着相类似的基本核心部件。可以想象一下，我们的头脑就如同一团岩浆，而整个身体是岩浆向外延伸过程中冷却的果冻状物质。外部物质和内里的岩浆本质是一样的，只是形态不同。

明白头脑和身体的一体性非常重要，因为只有如此，我们才能打破“精神”和“肉体”各自独立这种普遍迷信。实际情况是，我们的思想会改变身体，身体也对思想有着重要的影响。以一位身体健康的小孩为例，他全身能量充沛，所有细胞处于安详之中，情感中心的司令部会受细胞的影响沉醉在喜悦之中。如果某件事让这个人开始对未来充满恐惧，头脑的恐惧也会通过情感系统像电流一样传到每一个细胞之中。

迷信让很多人认为，只要心存善念，吃素或吃肉都没关系。但因为动物和人在理智、情感、运动和本能四大核心的基本结构非常接近，区别只存在于不同动物有着不同的比例。譬如，动物普遍有着较人类强大的情感和运动中心，理智中心则普遍较人类弱。

上文提到，情感中心是耗费能量最大的，对肉体的影响也是最显著的。动物一生所受“礼”遇产生的情绪和宰杀过程中的恐惧、悲愤和绝望，会通过全身的情感系统灌注于所有细胞之中。当肉食进入身体时，残留在各细胞的负面情绪就会像电击一样连接到进食者的情感中心。所以，一个人吃血肉时，他吃下的不光是各种养殖时注射的毒素，还有相应质量的情绪。那些情绪会让进食者的情感中心非常紧张和兴奋，但当他习惯这种紧张时，他会觉得这样很“实在”，就会像自虐者或毒瘾者，喜欢通过这种紧张来感到自己的存在。这种情感上的“饱足感”是几乎没有情感中心的植物所不能给予的。

所以，肉食不但会通过负面情绪和毒素拖累身体，还会令情感中心长期处于紧张和疲倦之中，让它自己制造满足感的能力退化。

有文学才有文创

听文友说，一份老牌本地文学刊物《澳门笔汇》的稿费缩水了，打听之下，原来是官方资助削减了几近一半。在通胀严重、百物腾贵的今天，该刊物要生存下去，还要减少内容，刊物要薄一些。

这消息对我来说是挺震惊的！因为这是一本历史悠久的刊物了，具体什么时候开始记不清楚了。只记得从我还上初中时就一期接一期地到书店去买。说实在，那些作品并不都是上乘的，在这个大家都漠视文学的社会，销量肯定也好不到哪里去，但读着那些用心推敲的文字，细品那些激发想象的意境，加上精美的插图，能感受到文学爱好者的热忱。读到本地写作人诚意十足的文字，对当时嗜文如命的我来说，无疑是一种无比亲切的鼓励，知道在这个文化沙漠之中，也有着跟自己一样爱好文学的写作人。后来，在一些文学活动中见到了那些笔名的真身，结交了一些活生生的写作人，也开始向刊物投稿。有一段时期更参与了该刊物的编校和排版工作，深知在有限资源下编校人员和写作人的不容易。有一次问起前期做插画的老前辈，说他那时也是在工余时间通宵达旦地工作，而且却酬。

后来，我因为时间有限，有几年没有参与编辑工作，但从刊物发起的各种专题的文学创作来看，不但题材新颖，因形式也灵活，所以还吸引了很多年轻人参与文学创作，产生不少灵感的火花，正是生气蓬勃之时。所以，在听到原本已不高的官方资助被大笔削减，真的颇感意外。因为这不仅仅是一本刊物的存在问题，还是整个文化政策的方向问题。

近年来，本地政府大力宣传“文化创意产业”，却削减文学刊物的资助，这是最让人啼笑皆非之处。也许是因为中、葡人之间最大的鸿沟是语言，也许是文学低调并不大适合大型社交，所以传统上，澳门政府向来对“文化”的理解一直都是偏向视觉、听觉艺术，而对文化中最核心的“文”，反而并不重视。其实，真正的文化创意，其起点在文学。再伟大的电影，都是从剧本开始，剧本本身就是文学，而大多数好剧本都来自小说。杰出如李安，他的好作品都改编自小说。正是对文学的忽视，令内地导演如张艺谋之流的作品变得不伦不类。

当人们看到梵蒂冈西斯廷礼拜堂的《创世纪》天顶画之时，相信所有人都为米开朗基罗的艺术力量所震撼。却很少人想想，真正强大的是《圣经·创世纪》中的那些文字，是它启发了后世的无数艺术创作。

当然，文学创作者也该自强不息，闯出真正属于自己的事业。

王石谷——画史中的令狐冲

最近在澳门艺术博物馆看了“山水清晖”展览，感觉就两个字：强大！该展览展出的是清初四王中王鉴和王翚（石谷）的作品。其中王石谷可真称得上画坛传奇，甚至让我想到《笑傲江湖》中的令狐冲。

话说华山派有气宗、剑宗，后来在一次决战中剑宗高手几乎被全数算计歼灭；而中国山水画自古就有南派和北派，到了明代被一个叫董其昌的强人参考佛教禅宗掰成南宗、北宗，南宗指的是以五代巨然、董源和元四家为代表的重视笔墨纵横的文人画，北宗指的是那些写实能力比较强且强调速度感的画苑派山水画。在董其昌等人的倡导下，南宗大盛，自此画山水的都在仿元四家。

其实这些分宗分派外人看起来是很无聊的，不过是以路线之分作打击他人自抬身价的惯常手段，强调我才是最强的。

不过故事往往就在荒谬之中发展出来的。就像气宗成为绝对正统主导力量的时候，掌门人之位传到了气宗里不怎么高强的岳不群手上，剑宗销声匿迹；董其昌的言论几乎是对北派犁庭扫穴，其南宗正脉传到王时敏和王原祁手上，获得官方的肯定，北宗几成绝响。就在这时候岳不群的大弟子令狐冲闯荡江湖的同时结交了“邪魔外道”，被罚面壁思过的时候偶然学会了破解五岳剑法的绝招，更跟剑宗遗老学会了独孤九剑，自此成为绝顶高手，笑傲江湖。

王石谷先后跟随王鉴和王时敏学画，他不像其他三王生于官宦世家，他是画工子弟，必须靠卖画为生，在江湖中学习了众多极其匠气的功夫，还一度以假乱真著称。幸运的是，王鉴和王时敏都是爱才如命的长老，没有像岳不群那么小心眼，都恨不得倾囊相授，把深奥微妙的南宗笔法传给他的同时，带他去看所有能挖出来的秘传古画。

老二王喜欢带王石谷去看他们和别的藏家的宋元原作，除了是让他学习，另一个原因是这个年轻人跟令狐冲一样身怀一种天下无双的怪异神功——吸星大法。王石谷最高的本领是看过一幅画后能背临出来，如镜取影。所以王石谷摹谁的画就像谁的画，不会掺杂半点别人的风格。其逼真程度，让精于鉴赏的王时敏也看不出真伪来。

实际上，后人对宋代绘画的认识，在很大程度上是通过王石谷的——说不定有一些博物馆里被认为是宋代的名作，很可能就出自王石谷之手。但也正是这种功夫让喜欢强调个性的艺评家所诟病，说他没有个性。连同为四王之一的王原祁都笑他的画“太熟”，太匠气。

王石谷用“吸星大法”吸回来的画法里，很多都是北宗的，在他结交一些金陵和新安画派的当代大家后已彻底明白天下画法博大精深，根本不是一门一派所能规限的。他六十岁时主持《康熙南巡图》，获代政太子胤礽赐“山水清晖”四字后名满京华，得便观看京官收藏的更多古画，其涉猎范围更为广泛。最后，他一身集宋元明清画法之大成，《国朝画征录》中有言：“画有南北宗，至石谷而合焉。”

勿读无益之书

年轻时喜欢读书，什么书都拿起来看看，所以家里堆聚了许多积灰尘的旧纸。最近清理书柜时，发现其实大多数书对我来说，即使读了也不过是浮光掠影，最终还是水过无痕。更让我震惊的是，许多过去曾经被自己奉为圭臬的文字和道理，许多"权威"伟论，似乎已变得无可无不可。反而过去被自己轻视的一些老生常谈，在泛黄的破纸中闪耀着沉静而睿智的光辉，令人触目惊心。《聊斋志异・司文郎》里有一个能以鼻子嗅文章的盲僧（鬼），"僧曰：'三作两千余言，谁耐久听！不如焚之，我视以鼻可也。'"能用身体各器官对其气味的反应来判断文字之优劣。

此等神技，固非凡人能之，再说这也很不环保。但随着年岁的虚长，我似乎也有了在很短时间内判断一首诗、一篇文章、一本书，甚至一位作者高低的一种直觉。只要随便抽几段或几句看一下，就能"嗅"出其中有没有电、有没有料，其作者的名声高低真的并不重要。以这种方式做检验，几天下来，就挑出好多坚决要扔掉的书。过去曾十分珍重的，反而觉得满纸秽气，实已到不弃不快的地步。

人生也许就是一个由积累到简化的过程。

同时，又想起万斯同对方苞的告诫："勿读无益之书，勿作无用之文。"很多书不但无益，反而贻害甚深。化学上的毒素，尚且有各种科学研究证明，公布其害之深，而更可怕的思想涂毒，却在“自由”的威权之下，鲜有人敢提及，以致大众传媒、各种书籍之中把充斥着早已被推翻的被蓄意混淆视听的荒谬理论。

很多人说，开卷有益，其实还真的看你开的是什么卷。回顾自己的一些读书经历，似乎芜杂太过，从中吸收到的负面元素也可谓百毒俱全。有人提出一个问题：先秦时代的伟大学者、哲学家，如晏子、孟子、庄子、列子、荀子等人，他们的实际阅读量其实并不大，可能连如今一般研究生都远远不如，但他们的创见、学术和文章所达到的高度，却都是后人所望尘莫及的，那是为什么呢？

在我看来，那是因为那些先哲们是用整个生命的身心去书写和实践，而非后世学者均满足于从文字获得信息，美其言曰“客观”，实际只是书虫。把无益之书送给做清洁的阿姨，估计会卖到二手书店，忽然有一种莫名的快感，但想起《聊斋志异》里的那个瞽僧其实是因为生前浪费纸张而有双目失明之报，不觉又为自己浪费的纸张感到惭愧。

任人唯亲和排资论辈

经常在报刊上看到关于一些机构任人唯亲和排资论辈的批评，这种义正词严的批评肯定可以引发读者的快感，确实是不错的宣泄方式。但做过实务的人，都深知其中的难处。

任人唯亲和排资论辈就真的是绝对错误？正确的答案是：很难说。因为亲者未必不能，能者也很可能失德；资深者很可能墨守成规，但新人也不见得一定具开创精神。现实问题，几乎不可能用二分法轻易判断。

最理想的用人取向不是唯亲，也非唯能，而是唯贤。所谓能，有才者也；所谓贤，才德兼备者也。但问题是，真正的才和真正的德，都是要经过长期接触和了解才能知道的。但当你接触一位才德兼备的人到一定程度，你很自然就成为其朋友，在外人眼中自然会形成一种朋党的印象。

当然，最大的问题取决于用人的人本身的格局和品性，这完全决定了他眼中的能和贤都是些什么人。围绕明主身边的自然是英才，围绕庸主身边的自然是奴才，这是品性所决定的。所以，在西方国家的选举中，选民关注的，除了那位主要人选外，最重要的是看领导人的团队，也就是那份内阁名单。用中国人的说法是“一朝天子一朝臣”。所有人都会任用自己所熟悉的人，如果想用的贤能之士自己不熟悉，也会设法笼络而后用之，受重用的永远是“亲信”。关键问题是所用之亲信，是否胜任。

说到排资论辈，我想起《三国演义》里著名的“温酒斩华雄”：董卓部将华雄骁勇强悍，连斩孙坚部将祖茂及关东二将，关东盟军一筹莫展，盟主袁绍叹息其上将颜良、文丑未至，关羽自告奋勇要除掉华雄，袁绍和袁术却因为关羽只是马弓手，职位太低，不同意他出战。只有曹操支持他，教斟上热酒为他助勇，但关羽说：“酒且斟下，某去便来！”关羽战胜回来时，其酒尚温。

这情节虽为小说，但在现实中却能见到很多袁绍、袁术之辈，他们出身名门，所以喜欢以门第阶级看人，真正的能人不可能长期为他们卖力。知人善任的曹操，几乎能尽得中原之士而用之，手下顶级谋士、勇将辈出，故能统一北方，得成一代之雄主。

如果其辈分和年资意味着强大的经验值，排资论辈是对的，否则，年资搞不好反而只是一种体制包袱。

我并无意支持任人唯亲，也不否认排资论辈的稳定作用，而是主张合理用人。媒体应该听其言、观其政，明晰不偏地履行其监督权力的天职。

回乡散记

十多年没回乡下，主要是不忍亲眼看到童年记忆中的美丽田园变成丑陋的工业贫民区。但在家人不依不饶的要求下，还是在假期中回去了一趟。

现在广州开塑料厂的二表哥开车来接，我们相视一笑，十几年似乎并没有多大隔阂，两人仿佛依然还是经常同食同寝同学习的农村小男孩。车后厢里放着几包塑料珠，让车厢里充满一股让身体紧张的“甜”味。他问我还有踢足球吗？我才想起来，我跟他以前可是学校足球队的左右干将。我说到澳门后就再没有了，他说自己经常和朋友包场比赛。

汽车接近老家时，沿途地名变得很熟悉，风貌却十分陌生。那是一个晴天，但那里的青山绿水和蓝天白云，已换成了规划整齐的工业园，天地都灰蒙蒙一片。

老家忽然成了工业园外面的一个落寞的村落。从山上的家门往外看，再不是连绵起伏的绿色山丘，而是罩在化工烟雾中的楼房。大表哥说，工业园迟早会扩展到这个村子来的。

留在农村的大表哥，近年不听我哥的劝止，养了一大批自己都不敢吃的猪，因为猪流感和价格大跌，亏了很大一笔钱，见面没多久就发起牢骚来，说在中国当农民可太惨了。

两位表哥跟我们一起去扫墓，路经很多养猪场，我远在百米之外就能闻到猪场散发出来的恶臭。刚好有一块祖坟就离一个猪场不远，整个扫墓过程，我都被那味道熏得想吐。大表哥在旁边说，希望以后征地时能拿到个好价钱，有了一笔钱就可以做更多事。我说，只要别再养动物就好，老是养那些你自己都不敢吃的东西给别人吃，你不难过吗？他说，城里人用各种工厂来毒害我们农村人，我把那些猪卖给他们，不就扯平了吗？反正我们还没有被工厂毒死，他们也还好好地吃着“好饲料”养出来的猪，大家都不是过得好好的吗？看着他魁梧的身体和坚毅的神情，我语塞之下不禁感到一种几近绝望的寒意，在刺鼻的饲料味和猪粪味之中，显得更为怪异。但静心想想，也还真就是那样一回事：不合理的制度造成严酷的对立，以致相互毒害。

大表姐知道我回来了，也专门赶过来，率直热情的她引发说不尽的往事和近况，大家一会儿哈哈大笑，一会儿凄然欲泣。她一直要我答应以后要经常回来看她，说会专门给我准备一套做素食的炊具和餐具。想起那些工业园和养猪场，我还真的不想经常回来。但为了让表姐高兴，也只能含糊其词。

我想，老家的变化也许只是中国进一步工业化的一个缩影罢了。

告别“笔成气候”

其实每周一篇八百字专栏文章，对笔者而言一直都是一件苦差。刚开始那年，感觉有写不尽的题材，渴望跟读者分享自己的体验和想法。但渐渐地发现，过去想写的都已经写过，开始为选题感到烦恼，经常坐在电脑前面几小时想不出一句话。

现实世界里，不是你想写就能写的，更不是你想讲就能讲清楚的。加上自己是十分硬头的死脑筋，往往会为每句话背后的逻辑合理性想很久很久。有时把前因后果套进不同的思想体系进行分析后，发现最佳方案其实是把所有字都删除。没有文字，才是最完美的表达。但世界确实又不可能完美，于是在不得已的情况下，写下了许多半通不通或者根本不通的文字。对于就每一句话每一个词都很容易陷入无谓思辨的重度幻想者来说，每一篇文字都充满了自找的挣扎。

曾经多次打算放弃，想象一下没有交稿压力的生活都会笑出声来。记得一位香港诗人十年前就跟我说：“定期写专栏对文字运用和技巧会有一定帮助，但对文学而言，往往是极具破坏性的。记得我写专栏的那两年里，诗歌产量几乎是零。”我当时觉得他讲得太夸张了。但今天想来不无道理，至少这权可作为自己从没写出什么像样作品的借口。

一旦真正决定告别这个专栏，却有一种甚深的不舍和茫然。十一年来，似乎已习惯时刻准备跟读者分享生命中的种种，遇到什么都在想是否可以将之化为文字，向那些遥远却又接近的心灵倾诉。告别后，这扇交流的窗户可能就此关上。在这茫茫人海，很快就不会有人记得这个窗户背后曾经站立的人。但那个曾经在十一个春秋都站在窗前凝视世界和内心的人，却怎么也不可能忘记那扇窗了。

虽然自始至终我都不知道是怎么被安排在“笔成气候”的，但当编辑大人问想不想换个专栏名的时候，才发现自己真的对这名字有感情了。“笔成气候”在粤语就是“不成气候”，兴许能成气候的只是那支书写并联结真善美的笔，卑小的我执又能成什么气候？

对我而言最遗憾的，也许是少了一个在这里长期不厌其烦地唠叨着什么素食、环保、动保的执着者。灵性值得执着，生命和爱值得崇拜。欲望和无知让本真失去分量，使虚妄显得真实。

世界是看不到墙的牢狱，无知是最牢固的枷锁，我们在这里寻找智慧和自由。

珍重！

小小奇迹

有朋自远方来，似有千言万语，但又似乎没必要讲太多。

Shanti 从南半球来到澳门，据她说是专门来向我要新诗集，顺便看看几位老朋友。

一别三载，物是人非，改变总让人唏嘘：当年一起连续几天茶叙的几位朋友，住所全都变更；一位刚做大手术出院；Shanti 也动了两次小手术，膝盖受伤也刚复原。

在朋友们看来，Shanti 的神奇在于背一个小包云游世界，一两件薄衣就游学喜马拉雅山。在我看来，最神奇的是每次见到她就觉得世上本无事，没有一丁点值得担忧。在世人眼中，她离婚了，没有房子，没有固定工作，更没有钱，但她觉得自己很富足，认为自己在世界各地碰到有意思的人，通过他们学到很多，是她最好的财富。她平时靠画画或打零工赚生活费，赚够机票就满世界跑。她大部分时间身上都没什么钱，需要时在路边给人画肖像，实在没钱就练习断食。

旅行者的故事总是很具吸引力，而她的奇异故事更是一串串的，绕半天又绕回去，时间跨度可以十几年，空间跨度可以是几大洲。其中一个小插曲特别让我难忘。三年前，她离开澳门后去了北美和南美半年，在要离开哥斯达黎加时，在路边摆摊画肖像，赚去机场的盘缠，在热闹的街道上看到一个齐膝断腿的男人坐在轮椅上，求助纸牌上的西班牙文她看不懂，就去问路人，路人见她就都走开。她觉得那人怪可怜的，急起来转头祈祷。刚睁开眼，三个漂亮的女孩向她走来，用英语问她是否需要帮忙。她就问那牌子上是什么意思，女孩告诉她，上面就说他是退伍军人，需要吃饭的钱。她就抓住那几个女孩说想给她们画肖像，但请她们先给那位老军人一点钱。女孩就过去给了钱，让 Shanti 画速写。就在画画时，她们惊讶地发现，本来无人搭理的退伍军人，开始被潮水般的行人所包围，越来越多人走过去放下零钱。那个最漂亮的女孩在拿到肖像后，给了 Shanti 五十美元，说感谢她让她见证奇迹。于是，她在帮助退伍军人后，自己也有钱饱吃一顿水果，买到了到机场的车票。

Shanti 说，每次想起那三个女孩，总觉得她们美得像从天上来的。

Jeff 传奇

纠结，是人生必经的劫。多多少少，人都会有陷进去出不来的时候。

我每次纠结的时候，想想 Shanti 的人生态度，也就没脾气了。但她说，她也是经历很多后才明白纠结是没有用的，其中一段经历对她很重要，那就是关于 Jeff Gambin 的故事。

十多年前，Shanti 从媒体知道 Jeff 长期帮助悉尼游民，她才知道原来悉尼也有很多无家可归的人。她几经打探，深夜在一个大广场上见到在给许许多多游民派发热食的 Jeff。

原来 Jeff 是经印度移民到澳大利亚的藏族人，他在悉尼的餐厅生意不错，相当有钱。他有一次为公司的事闹心，一个人晚上坐在广场上抽烟。那时，一位提着几个大塑料袋的老人家走过去跟他说："兄弟，这外面太冷，你该往巷子走，那边暖和一点。"说完就从塑料袋里拿出一张毡子放在 Jeff 的膝盖上，说："兄弟就把这个披上。"他以为 Jeff 也是无家可归的人，就把自己身上最贵重的财产送给了他。Jeff 非常感动，决定尽其所能帮助那些无家可归的人。为了了解他们的生活和真正的需要，他在给他毡子的 Owen 的帮助下混进游民群体，跟他们住了六个星期。后来，他每天晚上开着小货车向游民提供热食，因为其他官方机构和慈善团体只提供冷盘，这在冬天是难以忍受的。于是，每天晚上广场上的热食就成为游民们最温暖美好的时光。Jeff 也每天跟他们一起吃。他后来发现游民中有一些是毒品受害者，就在郊外买了一块地，雇请一些成功戒毒的游民帮助他们戒毒并重新走进正常社会。Jeff 的事迹传出去后就有一些人来当义工帮忙，其中一位后来还成了他的妻子。

Shanti 认识 Jeff 后也尝试跟游民生活在一起，给他们每个人画肖像，创作了一系列游民作品，举办义卖展览，或发动朋友，在雨天或冬天给他们购置保命的生活用品。从他们的故事中，她知道绝大部分人并不是外人所说的好吃懒做，而是各有无奈，而且很多人在艰难的时候还保持着绅士风度和对他人的尊重。其中一位游民还曾经向 Shanti 示爱，问她："你会不会有一天爱上我呢？如果会的话，我努力一把，应该能搬进房子的。" Shanti 说："也许会。"

Jeff 后来因为被传媒指违法漏税，几经折腾，宣告破产。虽然后来经过调查和众多游民的力挺，媒体公开道歉，但 Jeff 还是一无所有了。

在我打听 Jeff 的下落时，Shanti 笑说："像他那样的人，我一点都不会为他担心。"

水的承载者

Shanti 有一次在一个集市上见到一支黑玉短笛，觉得特别就拿起来看看。卖家说，喜欢就拿去。她说没钱，卖家就挂在她脖子上，送她了。

几天后，一位朋友跟她说有个很特别的关于什么世界和平的土著仪式，约她两天后去看看。她当天戴着自己的短笛上路，结果半路上朋友说有事回去了。她一个人到了约好的海边，在晚上参加了感恩净水的祈祷仪式。原来，参加者大都相互不认识，主持的长老说，这个仪式每五年一次，没有怎样组织，参加者都是自愿来的，但每次到来的人数都是十二人。Shanti 数了一下，除了长老确实只有十二人。

他们登上一艘船出海，船在天和海的星月之光之间移动，让她兴奋不已，忍不住掏出短笛吹了起来，音调简单，却低沉悠扬，在海风中具有异常强大的穿透力。

仪式后，其中一位老人问她可知道它的用途？Shanti 说不知道。那老人告诉她，这种黑玉笛子是 Waitaha 族人在古代举行这个祭水仪式前所使用的乐器。原来那老人是一个 Waitaha 族历史的专家，出版了很多关于 Waitaha 的著作。据该史学家指出，Waitaha 人是新西兰岛上比毛利人还要古老的原住民，是极为和平的素食民族、红发绿眼的白种人，后来被毛利族屠杀清洗。据说因为他们戒绝暴力，完全没有武器，族长也断然拒绝反抗，手牵手迎接屠刀，结果大部分男丁被杀，女人被俘成为妻妾，没有被杀的也沦为奴隶。

Waitaha族的故事引起了我的兴趣，在网上查了一下，“Waitaha”是指“水的承载者”，认为水是神圣的生命之源。这不禁让人想起古希腊哲学家泰利斯以水为世界本原的学说。中国的周易里，紧随乾（天）、坤（地）两卦之后的就是“水雷屯”卦，可见古人都不约而同地认识到生命是从水开始的……

有些人认为Shanti有“吉卜赛情结”，她则不以为然。且以她写于喜马拉雅山的一段诗完结本系列：“雪峰熠熠 / 辉映晚霞 / 大地肃穆沉寂 / 朝圣是心的旅程 / 步步忘我 / 念念喜悦 / 人生是最伟大的朝圣 / 啜饮圣灵的幸福。”

无题的话题

中午的公园，几个女士围在一辆婴儿车前高谈阔论，坐在旁边的我，不知不觉把眼前的一切当成了话剧。

刚开始是关于房子的事，一个说自己老公十多年前在某堂区买了多少个单位，每个单位装修又花了多少钱。另一个说你老公用的西班牙地砖太贵，太讲究了，当时省点应可以多买一个单位了，这可少赚了多少百万啊！

雨后的阳光像焊枪的赤焰穿透黑云，就像四溅的火花直扑而下，在茂密的榕枝间几个打滚，跌落在石卵路上，给人一种愉悦的惊喜，就像在古墓打开一个闪着金光的宝盒。

一走神间，各位师奶的话题不知怎样已跳到法国巴黎的恐怖袭击。不一会儿，不知怎么又说到哪里的牛肉好吃，接着又有人说起吃红肉不好，据说世卫组织把红肉列为致癌物。没多久又谈到新鲜鸡和禽流感，说禽流感有什么可怕的呢？不吃鸡还算中国人吗？然后是各自的年龄……

再下去，已完全听不出她们在讨论什么话题，而是七嘴八舌，各说各话，讲个不停。我正在暗自感叹：人到了一定年龄，是否脑袋里装太多垃圾，总得找个地方倾倒！这时，一直光着脚坐在旁边嘟囔自语的一位老人突然站起来走到那几位女士面前，大声说：“自杀，知道为什么世界那么多人自杀吗？”

女士们如密云阵雨一般的话题，忽然被这样一个莫名其妙的人的这样一句莫名其妙的话打断，虽然空气中还飘着几滴雨水，但不觉哑然对视。倒是婴儿车中一直沉默的孩子忽然大哭起来，洪亮的声音竟像打雷一样把那位自语的老人镇住了。老人低头继续嘟囔着什么，赤足走远了。一位女士向着那人哼了一声，大家都说：神经病！然后一人哄孩，其他人又继续讨论她们的话题风暴。

在我再次迷失在因不停地转换频道而出现的雪花和杂音时，看着那位在远处另一铁椅坐下的老人，想一下他的那个问题，觉得那还真是个难以回答的好问题。

你的名字，我的思念

梦与醒的交编，时与空的错位，传统与现代的互渗，人与神的联结，人与人的思念，各种碎片一块块拼合，各条线索一根根收紧，最后透过一颗彗星的分裂和坠落，让一切在虚无与真实的交会点凝聚重启，又让人在已然淡忘的名字之中再续前缘，新海诚的《你的名字》尝试演绎宇宙人生幽明互见、原始反终的真相。

一次似曾相识的偶遇，一段关系一个小镇的刻骨爱情。叙事节奏的明快，人物对白的精微，哲理表达的深刻，感情描述的含蓄，莫不精彩绝伦。但最让我难以忘怀的，是奶奶一叶对孙女三叶和四叶的一段话："三叶、四叶你们听过'结'吗？一个土地神古称'结'，其名含义深远：连接绳线是结，连接人与人是结，时间的流动也是结，全都是神的力量，我们做的结绳也是神的作品，正是时间流动的体现，聚在一起、成型、扭曲、缠绕，有时又还原、断裂，再次连接，这就是结，就是时间。"

这让我想起量子力学里的"量子纠缠"，就是两个相互缠结的粒子经常发生在位置、动量、自旋、偏振等行为的关联现象，爱因斯坦称之为"鬼魅般的超距作用"。有些科学家认为，物质其实就是由量子纠缠所组构而成的。

《华严经》把诸境比喻为"因陀罗帝网天珠"，珠珠互即互入及珠珠含藏宇宙诸法。宇宙是一张庞大无比的相互联结的网络，每个节点上都有一颗宝珠，而每一颗宝珠里又都蕴含所有宝珠的辉映。美国的Will Tuttle在《世界和平饮食》写道:“任何事物都依赖所有其他事物，没有事物是孤立的，每一个粒子都蕴藏着整个宇宙。我们跟一切都深深地紧密相连。”“智能是指建立有意义联系的能力。智慧就是每个整体的某部分与其他整体接收、回馈并建立联系的能力，通过这种方式展现它与生俱来的潜能，同时也为更大的整体服务。”

真实世界远非新海诚式的唯美，但是“一切诸法缘起相即相入”，则并无二致。

无论联结还是连劫，你的名字，我的思念。名可名，只因有非常之名。万物含灵，天若有情，生死相许，皆因总在某个时空以某种方式深深关联或互为彼此。

语言如衣服

扬雄曰：言，心声也。

语言是我们内在的显现，它跟衣着一样反映着一个人的品位和素质。而我们大部分人对衣着的执着远远大于对言语的讲究。人们的言语可以说到了不修边幅、拖泥带水的地步。有时你甚至会觉得，这要不是人们对自己的恶作剧就真是他们的莫大悲哀了。

为了了解一下本地的时事，笔者常到本地几个讨论区看看网友们都在关心些什么。刚开始总被那里起注音作用的英文和汉字混杂的奇文怪语吓跑。浏览一圈后，往往不知道那帮人在说些什么。后来用粤语一个个音读出来，才知道谜底。那里的文字一般不会太长——骂人的语句毕竟比较短促，习惯了也就当短笑话看看。但有一次撞进一个骂警察的帖子，那楼主一定是比窦娥还冤，因为他洋洋洒洒写了过万字的怪文，把他和朋友与警察之间的过节详细记录下来请网友们评理。里面是非对错，我至今搞不清，因为我试着鼓起勇气捏着鼻子读完它，但一鼓作气，再而衰，三而竭，当我三度无功而返时，故事的楔子好像才刚结束。当我庆幸这道阅读理解不一定要作答，同时着实为本地的语文教育捏一把冷汗。

你会说，那些人的教育水平不高（其实许多是大学毕业的）。那就说说咱们交际场上的精英们吧。交际场上大家一身名牌，西装革履，油头亮脸，昂昂乎庙堂之器，但许多人一开腔就够吓人的。

语言像一个屏幕，我们的一切都会投影在上面，人和人之间的沟通在很多层面都需要在上面进行，难道就不值得像讲究衣着一样讲究一下它？

图书在版编目（CIP）数据

从爱到虚无 / 凌谷著. -- 北京：作家出版社，2019. 5（2023.2重印）
（澳门文学丛书）
ISBN 978-7-5212-0240-3

Ⅰ. ①从… Ⅱ. ①凌… Ⅲ. ①散文集 - 中国 - 当代
Ⅳ. ①I267

中国版本图书馆CIP数据核字（2018）第224168号

从爱到虚无

作　　者： 凌　谷
责任编辑： 张　平
装帧设计： 棱角视觉
出版发行： 作家出版社有限公司
社　　址： 北京农展馆南里10号　　**邮　　编：** 100125
电话传真： 86-10-65067186（发行中心及邮购部）
86-10-65004079（总编室）
E-mail:zuojia@zuojia.net.cn
http://www.zuojiachubanshe.com
印　　刷： 固安兰星球彩色印刷有限公司
成品尺寸： 133 × 214
字　　数： 330千
印　　张： 14.875
版　　次： 2019年6月第1版
印　　次： 2023年2月第2次印刷
ISBN　978-7-5212-0240-3
定　　价： 48. 00元

第一批出版书目

王祯宝《曾几何时》
水　月《挥手之后还会再见吗》
邓晓炯《浮城》
未　艾《轻抚那人间的沧桑》
吕志鹏《在迷失国度下被遗忘了的自白录》
李成俊《待旦集》
李宇樑《狼狈行动》
李观鼎《三余集》
李鹏翥《澳门古今与艺文人物》
吴志良《悦读澳门》
林中英《头上彩虹》
赵　阳《没有错过的阳光》
姚　风《枯枝上的敌人》
贺绫声《如果爱情像诗般阅读》
袁绍珊《流民之歌》
黄坤尧《一方净土》
黄德鸿《澳门掌故》
梁淑淇《爱你爱我》
寂　然《有发生过》
鲁　茂《拾穗集》
穆凡中《相看是故人》
穆欣欣《寸心千里》

以上按作者姓氏笔画排序

第一批出版书目

曾几何时
王祯宝／著
Colecção Literatura
de Macau
挥手之后还会再见吗
浮城
轻抚那人间的沧桑
在迷失国度下被遗忘了的自白录
待旦集
三余集
澳门古今与艺文人物
悦读澳门
头上彩虹
没有错过的阳光

第二批出版书目

太　皮《神迹》

尹红梅《木棉絮絮飞》

卢杰桦《拳王阿里》

冯倾城《未名心情》

朱寿桐《从俗如流》

吕志鹏《挣扎》

邢　悦《被确定的事》

李烈声《回首风尘》

沈慕文《且听风吟》

初歌今《不渡》

罗卫强《恍若烟花灿烂》

周　桐《除却天边月没人知》

姚　风《龙须糖万岁》

殷立民《殷言快语》

凌　谷《无边集》

凌　稜《世间情》

黄文辉《历史对话》

龚　刚《乘兴集》

陶　里《岭上造船笔记》

程　文《我城我书》

程祥徽《多味的人生之旅》

以上按作者姓氏笔画排序

第二批出版书目

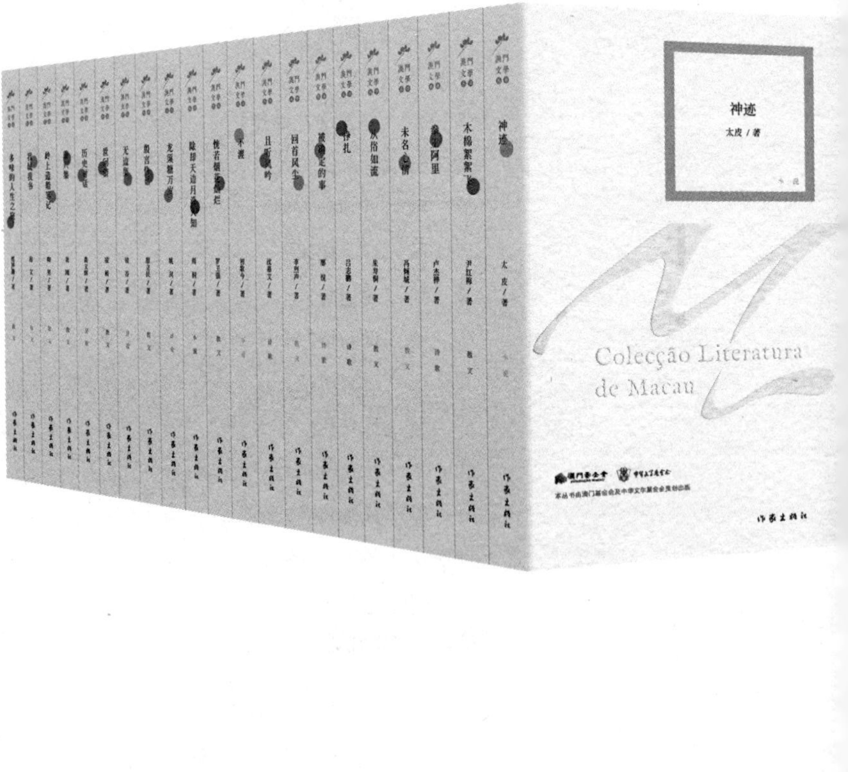

第三批出版书目

太　皮《一向年光有限身》

李文娟《吾心吾乡》

何　贞《你将来爱的人不是我》

陈志峰《寻找远方的乐章》

吴淑钿《还看红棉》

陆奥雷《新世代生活志：第一个五年》

杨开荆《图书馆人孤独时》

李嘉曾《且行且悟》

卓　玛《我在海的这边等你》

贺越明《海角片羽》

凌　雁《凌腔凌调》

谭健锹《炉石塘的日与夜》

穆欣欣《当豆捞遇上豆汁儿》

以上按作者姓氏笔画排序

第三批出版书目

澳門文學丛书